たすけ鍼《ばり》

立夏の水菓子

山 本 一 力

本書は、「小説トリッパー」二〇〇八年夏季号から
二〇一九年秋季号までの連載に加筆修正しています。

目次

たすけ鍼　立夏の水菓子

衣替え

一

深川の夏は、八月十五日の富岡八幡宮《とみおかはちまんぐう》本祭とともに去る。

そして翌日には、秋がくる。

三年に一度の本祭を迎えるたびに、季節は律儀にこの手順で入れ替わった。

天保《てんぽう》四（一八三三）年も、深川では八月十六日の夜明けとともに秋風が吹き始めた。

九月の声を聞くと、朝夕はめっきり涼しくなった。下旬には、涼しさを大きく通り越していた。

「秋もすっかり深くなったてえが、朝のこの冷え込みは冬も同然だぜ」

「まったくだ。じっと立ってるだけじゃあ、足元からじんじんと冷えてきやがる」

九月二十日の六ツ半（午前七時）過ぎ。鍼灸師《しんきゅうし》染谷《せんこく》の治療院前では、駕籠《かご》舁《か》きふたりが足踏みを続けていた。

寒い寒いと、ひっきりなしにこぼした。が、前棒の玄太郎《げんたろう》も、後棒に肩を入れる辰丙《たつへい》も、素肌に薄手の半纏《はんてん》を羽織っているだけだ。

寒いのは道理の身なりだった。

引き締まって形のいい尻には、洗いざらした木綿《もめん》のふんどしが食い込んでいる。ふたりの下半身は、剝《む》き身も同然だった。

まだ地べたがぬくもってもいない早朝である。駕籠を担いで駆けているならともかく、客待ちをするには寒さがつらかろうという格好だった。

「尊宅《そんたく》さんも、もうちっと遅くに……せめて朝日がすっかり昇ったころに仕立ててくれりゃあ、身体《からだ》も地べたもあったまっていただろうによう」

玄太郎は、前棒に手をのせた格好でぼやいた。玄太郎も辰丙も、ともに五尺七寸（約百七十三センチ）の大男である。

肉置《ししお》きのいい身体つきだけに、口をついて出るぼやきは不似合いだった。

「しゃあねえじゃねえか。いつなんどきでも、すぐさま仕立てに応じますてえことで、月極《つきぎめ》の酒手（駕籠賃）をもらってんだ」

「そいつあ、そうだが……」

辰丙に向かって、さらにぼやきをこぼそうとしたとき。

「すっかり朝夕は冷えてきたわねえ」

強い湯気の立つ湯呑《ゆの》みを盆に載せて、染谷の女房太郎《たろう》が駕籠舁きふたりに近寄った。

さすがは深川芸者で最上格の源氏名、太郎を名乗ってきた女房である。まだ早朝だというのに、身繕《みづくろ》いも髪結いも調《ととの》っていた。

染谷の治療院に届き始めた朝日が、太郎の黒髪の美しさを際立たせていた。

「葛湯《くずゆ》だけど温かいものを口にしたら、少しは楽になるでしょう」

太郎は砂糖をたっぷり奢《おご》り、甘味の利いた葛湯を拵《こしら》えていた。

「ありがてえ」

玄太郎は目尻を下げて喜んだ。

「あったけえのは、この冷え込みのなかじゃあ、なによりのご馳走《ちそう》でさ」

辰丙も礼を言ったが、玄太郎のように嬉《うれ》しそうな顔つきではなかった。

酒さえあればメシもいらないという辰丙は、なにによらず甘味を苦手としていた。が、太郎の心づくしである。

湯気の立つ湯呑みに口をつけると、ズズッとひと口をすすった。

「こいつあ驚いた」

辰丙の細い目が、まん丸に見開かれていた。

「辰丙さんは、甘いだけのは苦手でしょう？」

太郎は辰丙の葛湯には、生姜《しょうが》の絞り汁を垂らしていた。

「さすがは太郎姐《ねえ》さんだ、仏頂面で受け取ったのは勘弁してくだせえ」

辰丙が素直にあたまを下げているところに、風呂敷に包んだ焼物を提げた染谷が出てきた。

焼物には治療道具が収まっている。

九月も下旬ともなれば、朝の光が河岸《かし》に届くのは遅い。六ツ半を過ぎて、ようやく地べたを照らし始めていた。

「どんな様子なのだ？」

染谷は前棒の玄太郎に、さゆりの容態を問うた。早朝から駕籠を差し向けてきたのは、平野町の検校《けんぎょう》、大木《おおき》尊宅である。

尊宅のひとり娘さゆりの容態が、いきなりわるくなった。とにかく急ぎ往診をしてもらいたい……駕籠舁きは、染谷にこれだけを告げていた。

「申しわけありやせんが、あっしらはとにかく先生を迎えに行ってくれと言付かっただけでやすから」

玄太郎も辰丙も、患者の容態についてはなにも聞かされてはいなかった。

「分かった」

短く答えた染谷は、四ツ手駕籠に乗り込もうとした。

「まだ乗っては駄目ですよ」

太郎は駕籠の前に染谷を立たせた。

湯吞みを載せてきた盆を足元に置き、たもとから火打石を取り出した。

チャキッ、チャキッ。

乾いた音とともに、鑽《き》り火が染谷の肩口に飛び散った。平野町まで往診に出る染谷への、清めと縁起担ぎの鑽り火だ。

「しっかり治してあげてくださいな」

「まかせてくれ」

染谷は風呂敷包みを抱えて駕籠に乗り込んだ。

辰丙は垂れをおろしてから、後棒に肩を入れた。

はあん、ほう。

はあん、ほう。

長柄に肩を入れた駕籠舁きふたりは、息を揃《そろ》えて掛け声を発した。駕籠が一尺（約三十センチ）持ち上がったところで、ふたりは同時に息杖《いきづえ》を地べたに突き立てた。

駕籠が辻《つじ》を曲がるまで、太郎は染谷を見送っていた。

染谷は九月初旬から、尊宅のひとり娘さゆりの治療を始めていた。

まだ十二歳だというのに、さゆりは身体中が黒い体毛でおおわれていた。なかでも下腹部の恥毛は、男の月代《さかやき》よりも剛《こわ》い毛が生えていた。

さゆりは上背こそ四尺一寸（約百二十四センチ）あったが、目方はわずか五貫三百（約二十キロ）しかない痩せぎすの身体だった。

恥毛は真っ黒なのに、胸のふくらみは皆無。あばら骨まで透けて見えそうな、貧弱な身体である。

その釣り合いのわるさを、染谷はひどく不憫《ふびん》に感じた。

「尊宅の娘は、熊の子みてえに身体中に毛が生えてるてえじゃねえか」

「親の因果が子に報いというが、まったくだ。お天道様《てんとう》は、しっかり見ていなさるぜ」

ひとは勝手なことを言い交わした。

金貸しを生業《なりわい》とする検校を、よく言う者はほとんどいない。因果の報いを受けたこどもは不憫だと言いながらも、さゆりを「熊の子」呼ばわりするうわさは絶えなかった。

ひと通りの触診を終えたところで、染谷はさゆりに寒くはないかと問診した。

「八幡様の本祭のときでも、身体の奥のほうはすごく寒かった」

さゆりの答えに、染谷は得心した。

「女人の体毛濃きは、冷え症にそのゆえありしこと多し」

遠き昔に読んだ唐土《もろこし》の文献に記されていた一節を、さゆりを触診して思い出していたからだ。

「そなたの症状には、鍼《はり》よりも灸のほうが効き目がある。少々の熱さは、そなたなら我慢できるじゃろう？」

染谷に笑いかけられたさゆりは、強くこくっとうなずいた。身体とこころを慈しむように触れた染谷の手に、さゆりはすっかりこころを開いていた。

染谷は、小さくても効き目の強いもぐさを調合した。熱は強いが、肌の極めて小さな部分しか焼かず、身体の芯にまで届く工夫である。

肩胛骨《けんこうこつ》のすぐ下から背骨を挟んだあたりの、都合六ヵ所。

腰の下部の六ヵ所。

へその上部と、へそ下三寸。

さゆりの身体に訊《き》きながら、染谷は冷えを治癒できるツボに灸をすえた。

とはいえ、さゆりはまだ十二歳である。

しかも身体は、骨が浮き出ているほどに痩せている。

おとなのように、続けての治療はむずかしいと染谷は判じた。

「七日の間をあけて、そなたの様子を見ながら治療を続けよう」

「ありがとうございます」

さゆりは両手を畳について辞儀をした。しつけの行き届いている所作に、染谷は目を細めた。

九月三日、十日、十七日の三度、染谷はさゆりに灸をすえていた。が、毛が薄くなるとか、抜け落ちるなどの効き目はまだあらわれてはいなかった。

もぐさが強すぎたのか……。

さゆりの容態が急変したとしか、染谷は聞かされていない。駕籠に揺られながら思い浮かぶのは、前回のもぐさの調合が強かったのかという思いだった。

はあん、ほう。はあん、ほう。

駕籠舁きふたりは染谷を気遣い、揺れぬように加減して駆けている。

風呂敷包みを抱いた染谷は、目を閉じて駕籠舁きの掛け声を聞いていた。

二

「おなかのあたりが痛いんです」

染谷の顔を見るなり、さゆりは右手を腹部にあてて痛みを訴えた。

娘につきっきりの母親おくみは、昨夜食べた豆腐が傷《いた》んでいたのではないかと、食あたりを案じていた。

染谷はいつも通りに、布団の上でさゆりの触診を始めることにした。

「支度をしなさい」

「はい」

しっかりとした声で応じたさゆりは、着衣をすべて脱いだ。

部屋が寒くならないように、炭火の熾《おこ》った大型の火鉢が足元に置かれていた。差し渡しが一尺五寸（約四十五センチ）もある特大の火鉢である。

炭は強い火力が長持ちする、姥目樫《うばめがし》から拵えた備長炭《びんちょうたん》だ。染谷の言いつけを守って、部屋のふすまを四半刻《しはんとき》（三十分）ごとに開け放ち、寝間の空気を入れ替えていた。

さゆりの肌に触れる前に、染谷は火鉢に手のひらをかざした。触れたときに、冷たさを感じさせないためである。

「うつぶせでいいですか？」

「よろしい」

染谷の返事を確かめてから、さゆりはうつぶせになった。

首筋から背中、そして尻まで。

黒い毛がもつれ合うように生えている。染谷は手のひらで、毛の手触りを確かめた。

首筋も背中も尻も、毛はいささかも柔らかくなってはいなかった。

「仰向けに寝てごらん」

染谷の物言いが優しい。

さゆりはためらうことなく、仰向けになった。右手は腹のあたりに当てたままである。

「腹が痛むのか？」

「おなかのなかではなくて、おなかの周りが痛む感じです」

さゆりは、腹痛を訴えていたわけではなかった。腹の周りに、強い違和感と痛みを覚えていたのだ。

「そなたは、このあたりの様子が尋常ではないと言いたかったのかの？」

染谷はさゆりのへその周りを、やさしく撫《な》でた。

「はい」

仰向けに寝たまま、さゆりはこくんとうなずいた。

いままで一度も感じたことのないへその周囲の違和感に、十二歳のさゆりは怯《おび》えた。

どんな言葉で言い表せばいいかが分からず、母親には「おなかが痛い」と訴えた。

母親は、すぐさま尊宅のもとに出向いた。

検校屋敷には、百人を数える座頭と、十人の役付座頭（勾当《こうとう》）が暮らしている。それらの者の頂点に座す尊宅も、おくみ、さゆりとは別棟に起居していた。

「さゆりが、ひどい腹痛を起こしています」

おくみは強い口調で、娘の容態がよくないと尊宅に告げた。

「すぐにも、染谷先生に往診を頼んでくださいな」

「腹が痛むのであれば、染谷さんではなしに晩僕《ばんぼく》先生だろう」

尊宅は町医者大野《おおの》晩僕の名を挙げた。

「さゆりは、染谷先生にお願いしたいと言っていますから」

晩僕を勧める尊宅の言葉を、おくみはきっぱりと拒んだ。

平野町に診療所を構える晩僕を、町内の者は「葛根湯《かっこんとう》医者」だと陰口を叩《たた》いていた。

大した診察もせず、病にかかわりなく葛根湯を処方するからだ。

「晩僕先生のところに、竹藪《たけやぶ》に花が咲いて心配だと相談に行ったやつがいるてえんだ」

「なんでえ、それは？」

「なんでも竹に花が咲くと、たちまち枯れちまうらしい。それが心配だから診てほしいと、晩僕先生に頼んだそうだ」

「そんなことなら医者じゃあなしに、植木屋に行くのが筋だろう」

「晩僕先生も、おんなじことを言ったらしい」

「それで、どうした」

「こちらは藪医者だとうかがったもんでと、真顔でやったらしい」

晩僕は、そんなうわさをされている医者である。町内の住人には評判はさっぱりだが、尊宅は利害に聡《さと》い晩僕を主治医に頼んでいた。

検校屋敷の主治医を引き受ける医者は、晩僕のような者に限られていた。

「分かった」

染谷の人柄と技量が、どれほどのものか。尊宅も充分にわきまえている。

「染谷先生をお迎えに行くように、駕籠を仕立ててくれ」

「かしこまりました」

おくみとさゆりの世話役である勾当の元徳《げんとく》は、玄太郎のもとに座頭を差し向けた。

「ここを押しても痛みはないか？」

腹部を強く押しても、さゆりは格別に痛みを感じないようだ。染谷は風呂敷包みから天眼鏡を取り出し、へその周りの毛の様子をつぶさに調べた。

へそから秘部にかけては、ひときわ剛い毛が生えている。手で触れただけでは分からなかった。が、天眼鏡で診ると、へそ下三寸の毛は先端の色味が薄くなっていた。

灸の効き目か。

染谷の頬《ほお》が朱色に染まった。

さゆりが感じている違和感は、回復時の身体に生ずる「好転反応」に違いなかった。

身体が元通りになろうとするときには、一時的に腫れ物ができたり、高熱や痛みなどの症状を示すことがある。わるいものを吐き出すことで、身体が回復を図るからだ。

染谷はしかし、すぐには断ずることをしなかった。天眼鏡を近づけて、まさしく体毛の一本一本の様子を吟味した。

色が薄れていたのは、ほかの部分にも見つけることができた。

「もう一度、うつぶせになってもらおうか」

隠そうとしても、染谷の声は明るく弾んでいる。染谷の浮き浮き心地は、さゆりにも伝わった。

「分かりました」

さゆりの声の調子も、すこぶる明るくなっていた。

腰の周囲と尻の下の体毛が、群れになって色あせていた。手触りは黒い毛と同じだが、先端の色味は黒ではなしに焦げ茶色である。

もはや、間違いはなかった。

「そなたが我慢をした甲斐《かい》あって、灸が効き目を見せ始めておる」

いま一度仰向けになるようにと言われたさゆりは、身体をぐるっと回した。その動きは、まさに十二歳の元気に溢《あふ》れていた。

「そなたが感じた腹部の違和感は、身体が治りつつあるときにあらわれる好転反応に間違いない」

聞き慣れない言葉を、さゆりは弾んだ声でなぞり返した。

「今日は幾らか大きめの灸をすえよう。そうすれば、治りが早くなる」

「治ったら、あたしの身体から毛が抜けてくれるんですか？」

「そうだ」

「抜けたら、あたしもおきみちゃんやよしみちゃんみたいに、すべすべになるのかなあ」

治療を始めてから、さゆりがこどものような物言いをしたのは、これが初めてだった。

「もちろん、すべすべになるとも」

「だったらあたしも、みんなと一緒にお湯屋さんにも行けるよね」

枕元に座した母親に、さゆりは飛び跳ねるような声を投げた。母親は返事の代わりに、大粒の涙を落とした。

「染谷先生……」

さゆりが、思い詰めたような声で話しかけてきた。

「どうかしたか？」

「熱いのは我慢するから、おっきなお灸で早く治して」

さゆりは強い目で染谷を見詰めた。

「そうするとも」

染谷は、いままでよりもひと回り大きな灸で治療を始めた。

さゆりは歯を食いしばって、染谷の治療を受けた。

「身体がきれいになるまで、これからは一日おきに灸をすえるが、よろしいな？」

「うんっ」

こどもっぽい返事には、さゆりの喜びが詰まっていた。

天保四年十月二日は己亥《つちのとい》の日である。

まるでその日を選んだかのように、さゆりの身体に大きな変化が生じた。

朝日が地べたを照らし始めたとき、身体をびっしりとおおっていた剛毛が、白髪のような薄い灰色に変わった。

驚きとうろたえが混じり合った表情のさゆりだが、怯えてはいない。つききりの母親も、怯えていない娘を見て安堵《あんど》していた。

正午を告げる時の鐘が鳴り始めるなり、灰色の体毛が抜け始めた。それも一本、二本ではない。束になり、ごそっと抜けた。

が、なにしろ全身をおおっている体毛である。すぐにすべては抜けなかった。

正午の鐘は捨て鐘三打に続き、本鐘が九打も撞《つ》かれる。すべての鐘が鳴り終わったとき、灰色の体毛はすべて抜けおちていた。

「どんなお祝いがほしい？」

母親に問われたさゆりは……。

「お湯屋さんに連れてって」

染谷を見詰めたまま、声を弾ませた。

三

天保四年の江戸は、十二月三日の夜明けから初雪が降り始めた。

さほどに厳しい冷え込みではなかったため、ひとひらが大きい牡丹雪《ぼたゆき》だった。

が、雪は五ツ（午前八時）を過ぎても、一向にやむ気配はなかった。

「めえったぜ、この雪には」

大きな普請場を抱えている棟梁《とうりょう》は、雪空を見上げてため息をついた。

「この調子じゃあ、五寸（約十五センチ）は積もるだろうよ」

空見《そらみ》（天気予報）のできる棟梁の見当は、図星となった。牡丹雪は正午を過ぎても降り続き、八ツ（午後二時）どきには厚さ五寸の雪ノ原が深川にできていた。

「またもや平野町のあの男が、ひどい取り立てに走っているそうだが……おまえの耳には入っているか？」

染谷と同い年の医者・昭年《しょうねん》は手酌で盃《さかずき》を充たしながら、問いかけた。

染谷の治療院の客間には、大型のこたつがある。染谷お気に入りの、炭団《たどん》のこたつだ。

染谷と昭年は客間の障子戸をいっぱいに開き、大横川に落ちる牡丹雪を見ながら酒を酌み交わしていた。

とはいえ、酒は昭年だけである。染谷は熱々の玄米茶を呑みつつ、雪見を楽しんでいた。

「ひとのうわさなど、あてにはならん」

言い切った染谷は、分厚い湯呑みを手に持った。

「尊宅検校がきつい取り立てをするからには、相応のわけがあるに違いない」

あの男を軽々にわるく言うなと、染谷は昭年の口をたしなめた。

「随分と検校を買っているじゃないか」

「買っているとも」

応じた染谷は、尊宅の隠れた善行を話し始めた。

「あの男は世でいう、嫌われ者の高利貸しだ。約定《やくじょう》を破った者にきつい取立人を差し向けるのは、金貸しなら当然のことだ」

染谷の言い分を聞いても昭年は、うなずきもしなかった。が、聞く耳は持っていた。

「あの男は、おのれが嫌われていることを百も承知で、世間が知らぬ場所で目の不自由なこどもに、生きる術《すべ》を授けている」

染谷が背筋を張って問いかけた。

「あんた、それを知っていたか？」

「いや、知らぬ」

昭年は座り直して染谷を見た。相手が居住まいを正したのを見て、染谷は先を続けた。

「尊宅殿は屋敷内に一棟を設けて、目の不自由な子たちに按摩《あんま》の技を仕込んでいる。もちろん費《つい》えのすべては、尊宅殿が負っておる」

あの男を買っているのは……言葉を区切った染谷は、膝に置いた両手に力を込めた。

「すべてをひとに知られぬよう、隠れて行っていることだ」

わしらの寺子屋に通ずるものがあると、染谷は結んだ。

「それは知らなかった」

昭年から感心の声が漏れたとき。

「先生……染谷先生っ」

治療院の玄関から、男の大声が流れ込んできた。太郎は流し場で、肴《さかな》調理のさなかである。染谷当人が玄関に向かった。

声の主は駕籠舁きの玄太郎だった。

「検校さんのお嬢が背中が痛むてえんで、えらい騒ぎなんでさ」

すぐに往診してもらいたいと、玄太郎は顔を引きつらせていた。

「この雪道でやすから、そこの船着き場に猪牙舟《ちょきぶね》を用意してありやす」

「すぐに支度をする」

治療室に入った染谷は、往診の支度を始めた。昭年は自分の治療院に戻り、痛み止めを調剤して染谷に手渡した。

五倫には『朋友《ほうゆう》の信』とある。

往診に同行はせずとも、昭年は染谷の治療の手助けを買って出ていた。

さゆりは八畳間で火鉢にしがみついていた。

火鉢のすぐわきには、分厚い敷き布団と絹布の掛け布団が用意されていた。が、布団にくるまることはせず、両腕で火鉢を抱きかかえていた。

「背中が痛くて、お布団に寝ることができないから」

痛みを我慢するあまりに、さゆりの口元は歪《ゆが》んでいた。

着衣を脱がせてうつぶせに寝かせたあと、染谷はさゆりの背中を触診した。

「そこが、とっても痛いの」

右の肩胛骨の下部に軽く触れただけで、さゆりは強い痛みを訴えた。

天眼鏡で細かに調べたが、肌に変わった様子は見つからなかった。

「灸をすえれば、痛みは和《やわ》らぐ」

まずは鎮痛だと判じた染谷は、身体の奥にまで届くもぐさを調えた。

灸が効かなければ、昭年が調剤した鎮痛薬を服用させるつもりでいた。

鎮痛薬の効き目は目覚ましいが、副作用として眠気を催す。施術をしないうちにさゆりが眠ってしまっては、容態の見極めができない。ゆえに染谷は、まず灸をすえてから、鎮痛薬を服用させようと決めていた。

小さくても強い熱が染みるもぐさに、染谷は火を点《とも》した。

「熱い」

我慢強いさゆりから、三度目の灸で熱いと声が漏れた。

「いま少しの我慢だ」

染谷が言い終わらぬうちに、もぐさは燃え尽きた。

ふうっ……。

さゆりが吐息を漏らした。

背中から、痛みがひいているのだろう。心地よさそうな吐息だった。

染谷は灸をすえた部位に見入っていた。

もぐさが燃え尽きると同時に、小豆色の染みが広がり始めた。大きな握り飯ほどに広がったあとは、染みの真ん中がいきなり盛り上がりを見せた。

巨大な腫れ物のごとくである。それは染谷といえども初めて目にした、患部の得体の知れない変化だった。

ふうっ。

またもやさゆりの口から吐息が漏れた。

それはしかし、先ほどにも増して心地よさそうだった。

「どうしたの、さゆり？」

「とっても気持ちがいい」

母親に答えるさゆりは、両目を閉じていた。

染谷は患部の変化から目を離さずにいた。

真ん中が大きく盛り上がっていた小豆色の染みは、膨らんだときと同じように呆気《あっけ》なくしぼんだ。

しぼんだあとは、染みも消えた。

目を閉じていたさゆりが、不意に起き上がった。

「どうしたの、さゆり」

母親の顔がこわばった。

「おしっこ、おしっこ」

かわやに向かうさゆりは、音を立てて廊下を駆け出した。

わけの分からないおくみは、呆《ほう》けたような顔を染谷に向けた。

「おたずねしたいことがある」

背筋を伸ばした染谷は、さゆりがかつて肩胛骨のあたりを傷めたことはなかったかと問うた。

「言われてみれば……」

五歳のころに、踏み台から転げ落ちたことがあったと、おくみは応じた。

「町内のこどもたちと遊んでいたとき、父親の生業をなじられたあと、三尺（約九十一センチ）の踏み台から突き落とされました」

落ちた拍子に、肩胛骨の下のあたりを強く打った。が、ふた晩痛んだあとは、傷にもならずに治っていた。

「その古傷が、長い眠りから覚めたということでしょうな」

染谷が所見を口にしているところに、さゆりが戻ってきた。

「おなかがすいた」

なんでもいいから、口にしたいという。

「先生の前で、はしたないことを」

母親がたしなめても、さゆりは空腹だと言い募った。顔をしかめたおくみは、軽く手を叩いた。

すぐさま勾当の元徳が顔を出した。さゆりの容態が回復したことは、かわやに駆け出したときに分かっていたようだ。

「この子に、なにか口に入るものを」

「かしこまりました」

下がる元徳のあとを、さゆりは追いかけた。膳の支度が待ちきれなかったのだろう。

「まことに不作法なことを」

「腹が減ったのは、なによりだ」

染谷は笑顔で応じた。

「まだ、お茶も差し上げておりませんでした」

静かに立ち上がったおくみは、茶菓の支度を調えて戻ってきた。

娘の回復が、よほどに嬉しかったのだろう。おくみは染谷の好物の玄米茶を用意していた。仲町のやぐら下、岡満津《おかまつ》名物の「辰巳《たつみ》八景《はっけい》もなか」が茶請けに添えられていた。

「寒さよけになっていた体毛が抜け落ちたことで、五歳のときの打ち身が目覚めてしもうたようじゃが……あの子のこころは、十月の衣替えとともに回復しておった」

ゆえに古傷の打ち身がわるさを企《たくら》んでも、灸ひとつで退治ができたと告げた。

「十月の衣替えとは？」

問いながらも、おくみはみずから答えを見つけたらしい。

「毛が抜け落ちて、衣替え……」

おくみが泣き笑いのような顔つきになっているところに、さゆりが戻ってきた。

さゆりは染谷の前に正座をしたあと、畳に両手をついて辞儀をした。

「ありがとうございます」

灸の礼を伝えたあと、これで親孝行ができますと続けた。

染谷には、さゆりが言った意味が呑み込めなかった。

「親孝行と申されたのか？」

「はい」

さゆりは目元をゆるめた。

「あたしが元気になったことで、親の因果が子に報いと、おとうさんは、もうわるく言われずにすみますから」

さゆりはぺこりとあたまを下げた。

どこかで屋根の雪が落ちたらしい。

ドサッという音が、さゆりに調子を合わせていた。

まさにさゆりは快癒していた。

治療を始めたときのこの娘《こ》は、身体もこころもガリガリに痩せていた。

身体をおおっていた剛毛。あれはひとにこころを開くことのできないさゆりを守る、鎧《よろい》も同然だったのだ。

いまは染谷に礼が言えた。のみならず、検校である父への感謝まで口にできていた。

染谷は我が娘いまりのこども時分を、さゆりに重ねていた。さゆりもいまりも感ずるところがあれば、直ちにおのれの考え方を修正する、しなやかさを内に秘めていた。

憎しみすら抱いていた検校の父に、いまは正味の感謝を示せている、さゆり。

若さは柔軟と同義語、しなやかさこそが力だと、染谷はあらためて実感した。

快癒できたさゆりを目の当たりにした染谷は、さらなるさゆりの成長を願っていた。

居眠り初め

一

天保四（一八三三）年の大晦日《おおみそか》は、粉雪の舞う夜明けを迎えた。

大晦日は町ぐるみで大掃除をするのが、深川各町の慣わしだ。この日だけは、火除《ひよ》け地での焚《た》き火が許された。

大掃除で出された木片や、埃《ほこり》をかぶった飾り物などが一ヵ所に集められた。これが焚き火の元である。

燃やし方の指図《さしず》をするのは、町の肝煎《きもいり》だ。町内半纏を羽織った年配者が、若い衆に木片のくべ方をあれこれ指図する光景が、深川の大晦日名物とされていた。

雪模様の大晦日は、格別にめずらしいことではない。冷え込みが厳しいなかで降る雨は、なにかの拍子でたちまち雪になったからだ。

しかし天保四年大晦日の雪は、いつもの年とは様子が違った。

冷え込みが滅法厳しく、舞う雪はサラサラの粉雪となった。大晦日に舞う雪は、ひとひらが大きい牡丹雪と相場が決まっていた。

粉雪が連れてきた寒さには、町の長老たちも震え上がった。焚き火番が羽織る町内半纏は、分厚い綿入れに変わっていた。

「なんという寒さだ、これは」

「立っているだけで、身体の芯まで凍えてしまいそうだよ」

肝煎たちは、焚き火から離れようとはしなかった。

長屋の女房連中がおせち料理の支度を始めるのは、昼過ぎからだ。昼飯どきまでは、長屋ぐるみの大掃除に駆り出された。

仕事休みとなった亭主とこどもに、かけうどんの昼飯を食べさせてから、カミさん連中は町に買い出しに出た。

「こんな調子で降り続いたら、明日の元日は雪まみれだねえ」

「きたないものを、雪が真っ白に塗り替えてくれるからさあ」

「雪の元日もすっきりとしていて、いいもんだよ」

綿入れを羽織った女房連中は、白く濁った息を吐きながら雪空を見上げた。

雪は除夜の鐘が撞かれ始めても、降ったりやんだりを繰り返した。

すっかり降りやんだのは、夜明け前の七ツ（午前四時）ごろである。

ひとたびやんだあとは、雲は急ぎ足で四方に散った。

品川沖から昇った初日は、力強い光の矢を深川に向けて放った。

天保五（一八三四）年、元日。

深川は眩《まばゆ》い夜明けとなった。まだ赤味の強い朝日が、雪に弾《はじ》き返されていたからだ。

元日の五ツ（午前八時）。染谷は太郎といまりに囲まれて、屠蘇《とそ》を祝っていた。

「明けましておめでとうございます」

座布団からおりたいまりは、畳に三つ指をついて染谷に新年のあいさつをした。

「いい形になってきたじゃないか」

あいさつをした娘の身のこなしを、染谷は真《ま》っ直《す》ぐな物言いで褒《ほ》めた。

母親のあとを追うようにして、いまりは辰巳芸者の道を歩んでいる。大晦日と元日の両日は、江戸に実家のある芸者には宿下がりが許された。

一年の締めくくりと、新年の始まり。

その両端を、いまりは初の宿下がりで帰った実家で過ごすことになった。

そして両親に帰宅の口上を告げた。検番《けんばん》で念入りに稽古を重ねてきた口上である。

ものには動じない心構えを、染谷は常に携えていた。が、我が娘の変わりぶりに接したときには、思わず息を呑んだ。

初めて座敷で出会えたときの太郎に抱いた、言葉にもできぬ気持ちの昂《たかぶ》り。それに似た驚きを覚えてしまった。

これがあのいまりなのか……。

髷《まげ》を結って戻ってきた娘に、うかつにも見とれた。染谷の驚きぶりは、太郎にも見抜かれていた。

「検番のしつけのおかげです」

太郎は検番のおかげという言い回しで、娘を褒めた。

屠蘇を祝ったあとは、いまりが父親に灘《なだ》酒福千寿の酌をした。太郎が燗《かん》づけをした、ぬる燗である。

染谷好みのぬる燗づけは、太郎にしかできなかった。

「今年も元日の酒を、心底美味《うま》いと思うことができた」

身体の具合がいいあかしだと、染谷は素直に喜んだ。が、二杯目の盃を干したときは、目元がわずかに曇っていた。

いまりはそれを見逃さなかった。

「昭年先生が深川にいないのが、寂しいんでしょう？」

いまりは、からかい口調で問いかけた。

旧臘《きゅうろう》二十五日から昭年は、家族そろって箱根芦《あし》の湯に湯治に出かけていた。昭年も連れ合いの弥助《やすけ》も、十二月初旬から腰に強い痛みを覚えていた。染谷は鍼灸の治療を加えたが、ふたりとも身体の芯がひどく疲れていた。

「芦の湯の硫黄温泉につかってくればいい。あの湯なら、身体の芯にまで強い効き目が行き渡る」

かつて染谷は深川に投宿した芦の湯の温泉宿手代に、鍼灸治療を施したことがあった。その手代から、芦の湯逗留《とうりゅう》を強く勧められ、染谷は太郎を連れて、一度だけ芦の湯に出向いた。行ってみて分かったことだが、芦の湯は箱根関所近くの山の頂上手前だった。温泉を楽しむというような、やわな気分で出向ける所ではなかった。が、硫黄温泉の効き目には、染谷も正味で感心した。

深川からは、はるか遠くだ。しかも箱根の山道は険しい。それを承知で、染谷は昭年に芦の湯行きを強く勧めた。昭年と弥助の身体を、案じてのことだ。

医者の不養生という。昭年はしかし、染谷が自分の容態を案じていることを察した。

「若い者に荷物運びをさせればいい」

染谷の勧めに従い、昭年は息子の重太郎《じゅうたろう》を供につけて、芦の湯まで湯治に出向いた。元日は昭年と灘酒を酌み交わすのを、染谷はなによりの楽しみとしていた。

灘酒を美味く感ずることができれば、体調は万全。それを互いに確かめあい、新年を祝った。

自分が強く勧めたがゆえに、今年はひとりで酒を味わうことになった。

「芦の湯に、灘酒はあったかなあ」

染谷は盃を手にしたまま、遠い目を据えた。

朝日を浴びて、積もっていた雪が溶け始めたのだろう。

庭のほうで、ドサッという音が立った。

二

「昭年先生よう」

「先生、いたら返事してくだせえ」

元日の昼下がり。うたた寝をしていた染谷は、差し迫った男たちの声で目覚めた。

元日は四ツ半（午前十一時）から一刻《ひととき》（二時間）ほど、昼寝というには早い仮眠をとるのが染谷家の習わしである。

染谷が目覚めたとき、太郎といまりも起き出してきた。

「あたしが様子を見てきます」

いまりは薄手の綿入れを羽織り、表に出て行った。

元日の陽《ひ》は燦々《さんさん》と降り注いでいたが、凍えは今日もきついのだろう。戻ってきたときには、頬のあたりが赤くなっていた。

いまりの後ろには、厚手の半纏を羽織った職人風の男がふたり立っていた。

いまりはふたりを土間に招き入れてから、父親と向き合った。

「亀久橋《かめひさばし》の八幡湯で、大騒ぎが起きているんですって」

いまりは男たちから聞き取ったことのあらましを、染谷に話し始めた。


元日の八幡湯は、夜明けとともに朝湯が立てられた。朝は早い代わりに、仕舞い湯は日暮れ前の七ツ（午後四時）だ。

真新しい湯につかったあとで雑煮を祝うのが、元日の楽しみである。八幡湯は夜明けから、こども連れの入浴客で大賑《にぎ》わいとなった。

朝湯の賑わいに一段落がつくのは、四ツ（午前十時）を過ぎたころだ。客が少なくなったのを見計らって、木場《きば》の川並《かわなみ》（いかだ乗り）衆が八幡湯の湯船を埋めた。

川並衆は五ツからいかだの初乗りを行う。そして朝湯の客がすき始める四ツどきに湯につかり、身体を温めたあとは湯屋の二階で酒盛りを始めるのだ。

元日だけは、湯屋二階の休み処《どころ》は、川並衆の貸切座敷となった。

今年も例年通り、四ツ半から酒盛りが始まった。

酒は江戸の地酒隅田川で、肴はおせち料理というのが決まりである。おせちの調理は、休み処を差配するおくめ婆さんが受け持った。

「今年は雑煮に、鴨肉《かもにく》を奢ったからさあ。たっぷり食べておくれ」

「ほんとうかよ」

「豪勢な話じゃねえか」

川並たちは声を弾ませて、雑煮の椀をのぞき込んだ。

去年の暮れに、鴨の群れが砂村に飛来した。砂村の川漁師たちは魚取りの網で鴨を仕留めて、仲町の商家に売り歩いた。

正月の祝い膳には、鴨肉は打って付けである。瞬く間に三十羽の鴨が売りさばけた。

ふところ具合が暖かくなったのに気をよくした漁師たちは、帰り際に八幡湯につかった。

「燗酒をやっていけば、砂村までの帰り船も湯冷めをしないで漕げるからさあ」

おくめは念入りに燗をつけた。熱燗をすっかり気に入った漁師は、手元に取り置いていた鴨二羽をおくめに差し出した。

「この寒さだからよ。軒下に吊《つる》しておいたら、正月まで楽々保《も》つさ」

漁師にもらってから三日後の元日に、おくめは鴨を使って雑煮を仕立てた。肉は具に使い、骨でダシをとった雑煮である。

「こいつあ、うめえやね」

「こんな鴨を食えるなんざ、今年は春から縁起がいいぜ」

役者の声色を真似《まね》て、川並たちは鴨肉入りの雑煮を堪能した。

ところが二羽のうち、一羽の肉が傷んでいた。雑煮を食べ終えて酒に入ったあたりで、ひどい腹痛を訴える者が五人も出た。

酒盛りを楽しんでいた川並は総勢十人。そのうちの半数が、腹痛を訴えていた。

八幡湯の二階には、かわやはない。川並たちは階段をドスと踏み鳴らして、一階のかわやへ駆け込んだ。

拍子のわるいことに、なかのひとりは足を滑らせて階段下まで転がり落ちた。

「でえじょうぶか、与吉《よきち》」

転がり落ちたのは、五尺四寸（約百六十四センチ）の与吉である。気を失ったわけではなかったが、少しでも首を動かすと激痛が走るという。

腹痛の四人と、腹痛と首の痛みを訴える与吉は、二階の板の間に寝かされた。

八幡湯のかかりつけ医者は、昭年である。

「元日早々から申しわけないが、こんなときだ。急ぎ、往診してもらいなさい」

八幡湯のあるじ栓兵衛《せんべえ》の指図で、川並ふたりが昭年の治療院に駆けつけた。

往診するにも雪道である。八幡湯のあるじは、カラの四ツ手駕籠一挺《ちょう》を、川並と一緒に治療院へと差し向けた。

昭年の送り迎え用である。

「昭年先生はあいにく留守だ。わしが代わりに往診しよう」

騒動のわけが分かった染谷は、みずから往診を買って出た。

盟友昭年が、急患から治療をあてにされているのだ。染谷は聞き流すことはできなかった。

「染谷先生に診てもらえるなら、与吉も大安心てえもんだ」

染谷の名医ぶりは、冬木町の川並にも聞こえていた。川並ふたりの顔色が明るくなった。

「あたしも手伝います」

きっぱり言い切ったいまりは、染谷の返事も待たずに奥へと駆けた。雪道を行く着替えのためである。

太郎も娘のあとを追った。

「あんなきれいなお弟子さんが、先生とこにいらしたんですかい？」

川並の金次《きんじ》が、声を上ずらせた。

「ちげえねえ」

連れの尚平《しょうへい》は、唇を舐《な》めた。

「おれはひとっ走り先にけえって、鴨肉をたっぷり食いてえや」

仲間と一緒に腹痛を起こして、あのきれいなお弟子さんに触ってもらいたい……。

尚平が言い終わる前に、金次は雪のかたまりを尚平の顔にぶつけた。

「なにしやがんでえ」

息巻いた尚平は、倍の大きさの雪のつぶてを投げつけた。

いきなり雪合戦が始まった。

「おめえら、てえげえにしねえかよ」

駕籠舁きが声を荒らげたとき、いまりが戻ってきた。川並ふたりは土間に駆け戻った。

手早く袴《はかま》をはいたいまりは、たすき掛けになっている。太郎が手伝ったらしく、髷は
ほどかれて、引っ詰め髪になっていた。

金次と尚平は、口を半開きにして見とれた。

「行きましょう、おとうさん、おとうさん」

「おとうさんだとう？」

川並ふたりの声が重なり合った。

屋根の雪が、また落ちた。

三

二階の板の間では、与吉が一番階段に近い場所に寝かされていた。

動くのがつらい与吉だが、腹の具合は相変わらずゆるい。少しでも一階のかわやに近いようにと、階段にもっとも近い板の間に寝かされていた。

「おらが拵えた雑煮のせいで、みんながこんなになっちまったでよう」

二階に顔を出した染谷に、おくめは両手を合わせた。

「なんとか先生の力で、元日早々、死人だけは出さねえように頼みますだ」

死人と聞いて、横たわっていた川並たちがうめき声を漏らした。

「縁起でもないことを言うんじゃない」

おくめをたしなめてから、あるじの栓兵衛は染谷と向き合った。

「まことにご面倒をおかけしますが、なにとぞ手当のほどをお願い申しあげます」

栓兵衛の物言いには、染谷に対する深い敬いがこもっていた。

「できる限りのことをさせてもらいます」

短く応じた染谷は、すぐさま診療の支度に取りかかった。

「おくめさんに、酒を注ぎ入れた手桶《ておけ》をひとつ用意してもらいなさい」

「はい」

歯切れの良い返事をしたいまりは、おくめと一緒に流し場に入った。

うおおっ。

雄叫《おたけ》びのようなうなり声が、男たちから漏れた。横たわっていた五人も、しっかりと目でいまりを追っていた。

「あの元気が残っているなら、大事に至ることはない」

染谷は目元をゆるめた。栓兵衛の顔つきにも、明るさが戻った。

酒が注ぎ入れられた手桶を受け取った染谷は、四人から先に診察を始めた。

「手桶の酒にひたした手拭《てぬぐ》いで、胸元をきれいに拭きなさい」

指図をされたいまりは、身体が固まって動かなかった。手伝いを買って出たものの、まさかのっけから川並の肌を、手拭いで拭くことになるとは思ってもいなかったのだ。

いまりの胸中を察した染谷は、みずからの手でひとりの胸元を拭いた。いまりは父親の手つきをしっかりと見ていた。

「あとはできるな」

「できます」

きっぱりと応えたいまりは、川並の胸元をはだけた。そして染谷が示した手つきを真似て、酒に浸した手拭いで胸元を拭いた。

「おれも横になりてえ」

尚平が性懲りもないことを口にした。わきに立っている金次が、肘で尚平の脇腹を小突いた。

四人をていねいに診終わってから、染谷は与吉の診察を始めた。枕元に座った染谷は、与吉の首筋に手を差し入れた。

何ヵ所も力を込めて押したが、与吉は痛みを訴えなかった。

「首の骨に異常はないゆえ、さほどに案ずることはないぞ」

「そうですかい……」

天井を見詰めたまま、与吉は安堵の吐息を漏らした。

「向こうの四人は、いずれも同じ症状だ。先にあちらを治療するが、よろしいか？」

「もちろんでさ」

言ってから、与吉は用足しに起き上がるのがつらいと訴えた。

「よろしい。仮そめに、首の痛みを取り除いておこう」

与吉を布団の上に起こしたあと、染谷は首の付け根に鍼を一本打った。

「抜きさえしなければ、半日は痛みが消えてくれるツボだ」

首を左右に動かしてみなさいと言われた与吉は、恐る恐る首を動かした。

「驚いたぜ」

与吉が大声で痛くないと告げた。

「すげえ」

「さすがは染谷先生だ」

川並が口々に染谷の鍼を称《たた》えた。

横たわっていた四人も、目を見開いて染谷を見詰めた。

「胃ノ腑《ふ》はまだ痛んでおるのか」

問われた四人は、横たわったまま大きくうなずいた。

先ほどの触診で、四人とも食あたり特有のしこりが出来ていることを見極めていた。

幸いにも、激しい便意はすでに失《う》せているようだ。

染谷は、胃ノ腑の痛みを和らげる治療に取りかかった。

「四人の袖を捲《まく》り上げて、利き腕の内側を酒で清めなさい」

「はい」

いまりの返事は「はい」だけである。短い返事だが、声は澄んでいる。

いまりが「はい」と答えるたびに、尚平の尻がぐいっと引き締まった。

利き腕の内側の、手首から真っ直ぐに伸ばした線が、肘の横線と交わるところを、染谷は確かめた。

「相当に熱い灸だ、しっかりと歯を食いしばりなさい」

染谷は四人全員に同じことを言い聞かせて、もぐさを載せた。いまりは父親の背後で中腰になり、もぐさを手渡した。

「相当に熱いが、大丈夫だの？」

「あっしは大川を棹《さお》一本で行き来する川並でさ。もぐさが怖くちゃあ、川並は務まりやせんぜ」

いまりの手前というべきか。

男たちは口を揃えて、もぐさぐらいはなんともないと強がった。

「それを聞いて安心した」

染谷は小さなもぐさを、倍の大きさのモノに取り替えた。

「なにをなさるんで……なんだって、大きなモンと取っ替えたんで？」

「小さいのは、気休めに載せたまでだ」

大きなもぐさが本物だと、染谷は応じた。

ふうっ……。

四人からお揃いの吐息が漏れた。

もぐさが燃えるに従い、川並たちは歯ぎしりをした。が、だれも悲鳴は上げなかった。

「どうだ、効き目は？」

「腕が焼けそうで、効き目まではさっぱり分かりやせん」

四人から同じ答えが返った。

「腕の熱さで、胃ノ腑の痛みは感じなくなっただろう」

「言われてみりゃあ……」

だれもが、胃ノ腑の痛みはすっかり忘れていた。

「こども騙《だま》しのようだが、いまの灸は痛みを取り替えるツボだ」

胃ノ腑の痛みは、これで失せたと染谷は言い切った。

「胃ノ腑の痛みが失せたなら、あとは食あたりを治せばいい」

染谷はいまりに、両足の人差し指を清めるように言いつけた。

いまりはたっぷりと酒に浸した手拭いで、四人の両足人差し指をていねいに拭った。

染谷は足の裏の、人差し指付け根の膨らんだ部分を指で押した。

「どうだ、具合は？」

「痛いのと、気持ちいいのがまぜこぜになったような気分でさ」

「それでよろしい」

四人が同じ感じ方であるのを確かめてから、染谷は灸の支度に取りかかった。

先ほどとは逆に、染谷は爪のほうから人差し指を強く押した。指が折れ曲がり、足裏にくっついた。

両足に同じことをして、男たちのツボを探し当てた。そののち、小さめの灸をすえた。

「まるっきり熱くねえ」

「あっしも平気でさ」

熱いかと問われた男たちは、口を揃えて熱くないと答えた。染谷は何度も何度も、小さな灸を同じツボにすえた。

十回目の灸で、申し合わせたように熱いと訴えた。

「よろしい、もう治ったぞ」

食あたりが治れば、足裏に灸の熱さを感ずるのだ。父親が施す治療を目の当たりにしたいまりは、敬うような目を染谷に向けた。

「おれも灸を教わって、あんな目で見てもらいてえ……」

尚平は真顔でつぶやいた。

いまりにもつぶやきは聞こえたが、取り合わず染谷に従い与吉の枕元に近寄った。

「待たせたの」

染谷は四人に施したのと同じ手順で、胃ノ腑の痛み止めと、食あたりの治療を為《な》した。

「あとは首の治療だ」

染谷は与吉を敷布団の上に座らせた。

「どこが痛むのだ？」

首を押しながら問うと、与吉は右の付け根がひどく痛むと答えた。

「横になりなさい」

仮に打ってあった痛み止めの鍼を抜き、与吉をもう一度布団に寝かせた。そののち染谷は、左足裏の親指付け根の盛り上がりに灸をすえた。

いまりが目を剝いて驚いたほどに、大きな灸だった。しかし与吉は、もぐさが赤くなってもまったく熱がらなかった。

「しばらく灸を続ける。眠くなったら、構わずに眠りなさい」

染谷は灸の大きさを、徐々に小さくした。

やり過ぎるよりは、足りないほうがいい。

これが染谷の信条である。効き目があらわれるまでにひまはかかるが、患者の身体に負担はない。

染谷は小さくしたもぐさを、十六回もすえ続けた。

十七回目のとき、与吉は居眠りを始めた。

「これで首の痛みもとれた」

染谷が判じたときには、与吉は寝息を立てていた。

おまえも硫黄の湯につかって、居眠り初めを果たしたか？

箱根芦の湯にいる友に、染谷は胸の内で語りかけた。

あたかも五黄の寅《とら》が千里を疾走するがごときの速さで、想《おも》いは昭年に伝わった。

クシュンッ。

湯につかっているのに、昭年は大きなくしゃみを放った。

白く濁った硫黄の湯が揺れた。

いまりは染谷のすぐ近くで、的確無比な施術の一部始終を見ていた。

「染谷先生は名医だ」

「あたぼうよ、おれっちの命の恩人だ」

染谷を称える声は、いまりも何度も耳にしていた。が、これほどの大人数を薬は使わず、鍼だけで治療する姿を見たのは初めてだった。

こんな凄《すご》いことをやっていたの！

敬いなどという軽い言葉をはるかに超えた、心底の驚嘆を覚えた。同時に染谷が保持している体力にも、感銘を受けていた。

いまではいまりも、宴席に出られるまでに成長していた。宴席で床の間を背にする客は、大半が染谷と同年配である。

客は一様に脇息《きょうそく》に身体を預けて、芸者や幇間《ほうかん》の芸を楽しんでいた。

染谷の姿勢は、まるで違っていた。

本来なら一緒に現場に臨んだはずの昭年は、いま芦の湯で湯治中だ。いまりが脇についてはいても、昭年とは違う。

染谷は敏捷《びんしょう》な動きを武器として、ひとりで戦（治療）に臨んでいた。
ただし患者の身体に負担となる頓服治療はせず、ゆるい効き目の施術に徹した。
やり過ぎよりは、足りないほうがいい。
患者を思うがゆえの染谷の信条。
呑み込めた気がしたいまりは、込み上げてくる誇らしさを嚙《か》み締めていた。

正徳《しょうとく》の湯

一

天保五（一八三四）年一月六日、八ツ半（午後三時）。染谷と太郎は箱根芦の湯きのくにやで足すすぎを使っていた。

箱根の芦の湯は、強い硫黄の湯である。においは凄《すさ》まじいが、湯の効き目もまた桁違いに強かった。

汲《く》めども尽きぬ湯。

芦の湯の湯には、まさにこの言い回しがぴたりと当てはまった。源泉から噴き出す湯は、威勢がよく、そして量が多い。

旅籠《はたご》きのくにやは、すすぎにも温泉の湯を使っていた。

「お湯の温かさが、とっても気持ちがいい」

すすぎのたらいに足をつけた太郎は、うっとりとした顔で、感じたままを言葉にした。

「冬場のお客さんには、とりわけ湯のすすぎが受けるでよ」

すすぎの湯を運んできた下足番が、太郎に笑いかけた。


箱根山のふもとから芦の湯までは、およそ四里（約十六キロ）の登り道だ。山登りが自慢の若い者でも、途中で杖を欲しがるというきつい山道である。

夏場はそれでも、登りで噴き出す汗を山の清冽《せいれつ》な空気が乾かしてくれる。この心地よさは格別だった。

「山道の途中で立ち止まってさ。登ってきた道を振り返ると、ああ、ここまで踏ん張ってきたのかと、思わず自分を褒めてやりたくなるぜ」

「汗まみれのひたいにぶつかる山の気配が、滅法涼しくてよう。足はくたびれてるのに、気分は極楽だ」

夏の山道を行く旅人は、登るにつれて涼しさを増す気配を大いに楽しんだ。途中の茶店で呑む湧き水の冷たさもまた、格別の味わいだった。

冬場はまるで違った。

ふもとでは地べたが見えていても、登るにつれて山道は雪の下に隠れてしまった。

箱根の山の高いところは雪道だった。

杖を突き立てて一歩ずつ確かめながら進む道は、気骨が折れた。

うっかり気を抜くと、たちまち藁沓《わらぐつ》の足をすくわれる。一歩を踏み出すにも、気を遣った。

もしも足を滑らせたら、底なしに深い谷の餌食《えじき》にされた。

芦の湯はそんな箱根の山でも、ひときわてっぺんに近い温泉である。芦の湯を出れば、あとはさほどに登らずとも箱根関所だ。

先を急ぐ旅人は、芦の湯の茶店で一休みをしたあと、関所越えを目指した。

路銀にゆとりのある者は芦の湯で一泊したのち、朝早く関所へと向かった。

去年の十二月過ぎから、昭年は何度も腰の痛みを染谷に訴えた。

「まさにこれは、医者の不養生そのものだ」

鍼灸治療を施したあと、染谷は遠慮のない口調で盟友を諭《さと》した。

「薬だの鍼灸だので治療できることに限りがあるのは、他のだれよりもおまえが知ってるはずだ」

身体が深手を負う前に、ゆっくりと養生に専念したほうがいい……昭年の腰の容態を本気で案じた染谷は、前に一度訪れたことのある芦の湯での温泉治療を勧めた。

「気持ちはありがたいが、患者のことを思うと軽々しく留守にはできない」

昭年は染谷の勧めを、やんわりとした口調で拒んだ。

「それはおまえの思い違い、思い上がりだ」

染谷はいつになく厳しい物言いで応じた。

「患者のために休めないという気持ちは、分からなくもないが、それは正しそうに見えて根本に誤りがある」

染谷はきっぱりと、誤りだと断じた。

いっときでも昭年が湯治で留守にするのは、患者には痛手だ。しかし留守であれば、他の医者にその間を委ねればいい。

戻ってきた昭年は、また治療を続けることができるからだ。

もしも昭年が医者の不養生を続けて、起き上がれなくなったとしたら……。

「二度と起き上がれなくなったら、それこそ患者は途方に暮れる。おまえが患者のことを思うなら、いまのうちに身体をしっかりと治すことだ」

山間を流れる激流をたとえにして、染谷は昭年を強く諭した。

川の流れがどれほど激しくても、滝壺《たきつぼ》の手前で引き返せる地点はかならずある。その地点を見誤らなければ、舟は岸辺に帰ることができる。

しかしひとたびその地点を過ぎたあとは、いかなる力で舟を漕いでも、もはや引き返すことはできない。

激流にもてあそばれた挙げ句、滝壺へと落ちるしかない。

昭年の腰は、いまならまだ治療すれば治る。鍼灸により、元通りとはいかなくても調子をよくすることはできる。

しかし身体の芯から湯治でほぐさぬ限り、治療の効き目は続かない。

染谷は何度も諭した。

諭すだけではなく、どこの温泉が腰に効き目があるかまで、日本橋の内山をたずねて聞き込みをした。

『道中支度、いっさい調います』

これを売り物にしている内山は、掲げた老舗《しにせ》の看板に偽りはなかった。

「根っこから腰の治療をしたいなら、いささかきつい山道を行くことになりますが、やはり箱根の芦の湯が一番です」

得たりとばかりに染谷はうなずいた。

内山の手代は、芦の湯の旅籠切手を当店で扱っていますと告げた。

五泊でも十泊でも、内山なら芦の湯の手配りができるという。

「てまえどもの先々代が、ことのほか芦の湯を気に入りましてねえ。宿のあるじと掛け合い、一部屋を買い取りにしました」

七ツ半（午後五時）を過ぎても内山の切手を持参した客が泊まらなければ、その部屋は旅人に供していい。内山が使わなかった日は、月ごとに精算をする。

この約定で、内山は芦の湯温泉大黒屋の一部屋を買い取っていた。

染谷は去年から、昭年に芦の湯行きを強く勧め続けた。

「おまえがそこまで言ってくれるなら、一家で芦の湯に出向いて年越しをする」

昭年は一家を引き連れて、十二月下旬から芦の湯に湯治に出かけた。

元日の騒動を切り抜けたあと、染谷も不意に湯治に出向きたくなった。毎日顔を合わせていた昭年と、幾日も口が利けていないことに強烈な飢えを覚えたからだ。

「そろそろ、言い出すんじゃないかと思っていました」

急な旅立ちを、太郎はいささかも驚かなかった。それどころか、留守中の代役までですでにあたりをつけていた。

「所帯を構えて何年が過ぎようが、おまえの度量の大きさには感心させられる」

真正面から褒められた太郎は、滅多にないことだが頬を朱に染めた。

一月二日の八ツ（午後二時）下がりに、染谷は内山をたずねた。

「あいにく大黒屋さんの部屋は、すでにおたくさまに売り渡しずみですので」

芦の湯のもう一軒の旅籠、きのくにやの切手なら六日から十日分の空きがあるという。

「きのくにやさんなら、大黒屋さんともお隣さんです」

昭年一家と行き来するにも、なにかと好都合だと聞かされた染谷は、迷わずきのくにやの切手を買い求めた。

朝夕の食事がついて、ひとり一泊三百五十文だと手代は告げた。

旅籠の相場は二百五十文前後だ。江戸を出たあとの旅籠も、どこもこの泊まり賃だった。

「いささかお高いですが、八畳間で相客はございませんので」

ふたりで一部屋が使えて、一泊あたり七百文だという。

「それで結構だ」

染谷は即決した。ただし十泊はできないと断り、半分の五泊分の切手を買い求めた。

鍼灸の代役を頼んだ者から、ぜひとも一月半ばまでには帰ってきてほしいと、きつく言われていたからだ。

染谷と太郎は一月三日に旅立った。内山はきのくにやの切手だけではなく、道中手形まで調えた。

染谷と太郎は箱根の関所を越えるわけではない。ゆえに道中手形も、内山が身元を請け合う形の簡易なもので充分だった。

江戸も相州も、一月は晴天に恵まれるのが常である。今年もその例にもれず、深川から箱根まで晴れの日が続いた。

しかし天気はよくても、雪の積もった山道を登り続けてきたのだ。

分厚い足袋《たび》を履いてはいたが、藁沓のなかは氷室のように凍えていた。

きのくにやが用意してくれたすすぎの足湯は、太郎にも染谷にも極楽の心地よさだった。

「晩飯は暮れ六ツ（午後六時）までには済ませてくだせえ」

足湯に目を細めている染谷に、下足番は夕餉《ゆうげ》に遅れるなと注意を促した。

たらいの内で染谷は早くも足の指を閉じたり開いたりして、湯の心地よさを貪《むさぼ》っていた。

「うちの湯があんまり心地いいもんでよう。初めて泊まるお客さんは、九割がた晩飯に遅れちまうだで」

下足番は染谷よりも年長に見えた。しかし湯の効き目があらたかなのか、足腰は達者そうである。

「遅れぬように、気をつけましょう」

染谷はていねいな物言いで応じた。

下足番の達者ぶりに感心したからだ。

「部屋は二階の桐《きり》の間だでよ」

下足番が部屋名を告げても、太郎はまだ目を閉じて足を足湯につけていた。

二

一月七日の五ツ半（午前九時）どき。

きのくにや二階の板の間では、染谷と昭年が遅い朝飯をとっていた。

昭年が逗留している温泉旅籠は、大黒屋である。が、染谷の到着を知った嬉しさで、きのくにやに出向いてきたのだ。

芦の湯は箱根関所を過ぎたあと、江戸につながる山道を下り始めて、最初の温泉場だ。良質の硫黄泉が湧出する芦の湯には「大黒屋」「きのくにや」の二軒があった。どちらも別々の源泉から湯を引いており、それぞれが温泉自慢をしていた。

が、三泊以上の湯治客には、互いに客の行き来を許した。

二軒とも客の大半は関所越えを終えた客か、これから関所を越える旅人だ。温泉の良さに惹かれて訪れたわけではなかった。

先を急ぐ旅人は連泊もしない。旅人たちは宿場町の旅籠のように、夜明けには旅立った。

染谷夫妻も昭年夫妻も、芦の湯を名指しの湯治客だ。宿には最上の宿泊客だった。

昭年はいそいそと、宿の下駄を鳴らしながら、きのくにやに向かった。

しかし弥助も太郎も、板の間にはいない。

「久しぶりだから、ふたりだけにしておきましょうよ」

弥助と太郎は語らい合い、昭年と染谷の水入らずの朝餉の場を拵えていた。

「もう一杯、どうだ？」

土鍋のふたをとった染谷は、昭年にかゆの代わりを促した。

「あんたの顔を見られて、久々にメシを美味いと感じている」

照れ隠しなのだろう。

昭年の物言いは嬉しさを押し込んで、ぶっきらぼうだった。

「きのくにやのあるじの心意気のためにも、しっかり食おう」

昭年が言ったことに、染谷はきっぱりとしたうなずきで応えた。

一月七日は箱根芦の湯きのくにやでも、七草がゆが供された。七草がゆを泊まり客に供するために、きのくにやのあるじは庭に油紙囲いの畝《うね》を設けていた。

手入れもあるじがみずから行い、七草の朝を迎えるのが、きのくにやの慣わしである。

芹《せり》、なずな（アブラナ科のナズナ、ペンペングサ）、御形《ごぎよう》（ハハコグサ）、はくべら（ハコベ）、仏座《ほとけのざ》（キク科のタビラコ）、すずな（カブ）、すずしろ（ダイコン）。

これらの七草を、きのくにやは自前の畝で育てていた。油紙の囲いは雪や雨、そして寒風よけである。

江戸の砂村の農家も、同じように油紙囲いで青物を育てている。しかしその目的は、きのくにやとは大きく違っていた。

砂村の農家は、本来の旬の時季よりも早く青物を出荷して、高値で料亭などに売りさばくのが目的だ。

きのくにやでは、油紙で囲った畝は、正月七日の七草がゆを泊まり客に供するためだけが目的だった。

あるじの心意気を諒《りょう》とし、多とした染谷と昭年は、土鍋いっぱいの七草がゆが底を突くまできれいに平らげた。

土鍋のかゆがきれいになくなったとき、女中が茶を運んできた。茶請けには、小田原名物のカリカリ小梅が添えられていた。

昭年は茶をすする前に、一粒を口に運んだ。

カリカリッ。

小気味よい音を立てて、昭年は小さな梅干を賞味した。

「まさかおまえが、芦の湯まで登ってくるとは思わなかった」

言ってから、昭年は番茶をすすった。

染谷は梅干ひと粒を味わってから、昭年に目を向けた。

「重太郎はどうした？」

染谷は昭年の長男の様子をたずねた。去年の暮れから重太郎も、両親と一緒に芦の湯に逗留していた。

「今日も朝から、気持ちよく晴れたからの。あいつは芦ノ湖を見たいと言って、六ツ半(午前七時)過ぎには出て行ったよ」

箱根関所を越えなくても、芦の湯近くの高台に登れば、芦ノ湖も富士山も一望におさめることができた。

「若い者はいい」

しみじみとした口調でつぶやいてから、染谷は茶をすすった。

「若い者うんぬんをてらいもなく言い出したら、それは年寄りのあかしだぞ」

昭年が、からかい口調で言うと……。

ズズズッ。

染谷はわざと大きな音をさせて、番茶をすすった。

「大きな音を立てて茶をすするのも、年寄りのあかしだが……おまえ、大丈夫か?」

盟友の振舞いが急に年寄りじみてきたことを、昭年はもはやからかいはしなかった。

「板の間の寒さが、いささか難儀に思えただけのことだ」

染谷はその場に立ち上がると、両手を高く突き上げて身体に大きな伸びをくれた。

昭年の腰には、硫黄温泉の効き目がゆるやかにあらわれていた。が、まだ染谷のようには身体に伸びをくれることはできない。

無闇に身体を引っ張ったりしては、腰以外のどこが変調をきたすか知れないのだ。

大きな伸びを繰り返す染谷を、昭年は羨《うらや》ましげな目で見ていた。

大勢の旅人がどやどやと土間に押し入ってきたのは、染谷が五度目の伸びをしようとした直前だった。

「番頭さんよう」

「いるのは分かってんだ。こっちにつらあ出してくんねえ」

三十見当の旅人ふたりが、尖《とが》った声で番頭を呼びつけた。

染谷は伸びをやめて、元の場所に座った。

下駄を鳴らして、番頭が土間に駆け込んできた。

三

「江戸口から入った女ふたりが、関所の吟味婆《ばば》あにひっかかったらしくてよう」

ふたり連れのうち、大柄な留吉《とめきち》が口を尖らせた。江戸の左官職人で、三島宿の親戚をたずねる旅だという。

相方の小柄な晋助《しんすけ》は、留吉と同じ親方に仕える仕事仲間だった。

「女の吟味に加えてよう、こんなくそ寒い時季だてえのに、槍《やり》やら刀やらを持ったお武家の群れが、江戸に向かってるてえんだ」

箱根関所の京口も江戸口も、関所入りを待つ旅人で溢れ返っているらしい。

「御門をくぐるまでに、あと二刻《ふたとき》（四時間）はかかるてえんだ。身体の芯まで凍えそうだから、ひとまず宿にけえってきた」

きのくにやに戻ってきたのは、いずれも六ツ半過ぎに宿を出た旅人たちだった。

「女人改めと武家の行列が重なりますと、どうしても関所はひどい混みようになりますでなあ」

さぞかし難儀なことで……実直な番頭は、ていねいな物言いで留吉と晋助に応じた。

「ひとまずそこの囲炉裏で、冷えた身体をぬくめてくだされ」

番頭は板の間の端に構えた、囲炉裏を指し示した。

「囲炉裏はありがてえが、ゆんべの按摩についちゃあ、たっぷり言いてえことがある」

留吉は番頭に尖った目を向けた。

箱根関所には東海道を上る者が入る江戸口御門と、江戸を目指す旅人が入る京口御門のふたつがある。

どちらの御門も明け六ツ（午前六時）に開門され、暮れ六ツ（午後六時）に閉じられた。ひとたび御門が閉じられると、たとえ大名といえども、よほどのわけがない限り通行は許されなかった。

箱根関所は、小田原藩に警護が委ねられていた。もしも関所で不祥事を起こしたときは、公儀から厳罰を受けることになる。

ゆえに小田原藩から差し向けられた関所役人は、尋常ではない厳しさで通行人の吟味に当たった。

なににも増して関所役人が厳しい吟味を加えたのは、京口から江戸に向かう武器類の『入鉄砲《いりでっぽう》』と、江戸口から入ってくる『出女《でおんな》』だった。

武器を江戸に持ち込もうとするのは、武家に限られていた。町人には帯刀は許されていないからだ。

武器を持たない武家に対しては、関所吟味はゆるかった。

関所の高札場には、箱根関所通行にかかわる各種定めが掲げられていた。

関所に出入りする者は、笠《かさ》・頭巾をとること。

乗物（武家の駕籠）で関所に出入りする者は、戸を開いて通ること。

関より外に出る女は、つぶさに証文（道中手形類）に引き合わせて通すべきこと。また女乗物にて出る女は、番所の女を差し出して相改むべきこと。

手負・死人並びに不審なるもの、証文なくして通すべからざること。

諸大名の往来は沙汰に及ばず。

高札では、大名の通行に関しては沙汰に及ばずと記していた。

しかしそのあとには「若《も》し不審のことあるにおいては、誰人によらず改むべきこと」と付け加えられていた。

武器を携帯していたり、役人が不審に感じたりした場合は、武家といえども厳しい吟味がなされた。

なによりも調べが厳しかったのは、江戸口から入る「出女」だった。

女の旅人が提示した証文は本物であるのか。

証文記載の特徴と、提示した本人の様子が同じであるのか。

いずこから来て、いずこに行くのか。

これらを徹底して吟味した。目的は大名妻女の、江戸からの逃亡を防ぐためだ。

大名諸藩江戸屋敷には、藩主内室が留め置かれていた。藩主が公儀に謀反《むほん》をおこさぬように、人質としてである。

しかし町人に扮装《ふんそう》して江戸から逃げ出す内室が、少なからずいた。出女の厳しい吟味は、人質の逃亡を防ぐための措置だった。

女の旅人と、武器を携行する大名・武家とが重なり合ったときは、関所の通行は著しく滞った。

しかし関所役人は、どれほど多くの旅人が御門外に待っていようが、まったく頓着しなかった。

旅人が四半刻（三十分）や半刻（一時間）待つのは当たり前だったし、ときにはまる一日、通行が遮断されることもあった。

留吉と晋助は明け六ツ過ぎに朝飯を済ませたあと、六ツ半には江戸口御門前に出向いた。ところがすでに百人を超える旅人が、長い列を作っていた。

雪の積もった江戸口御門前には、屏風山《びょうぶやま》からの寒風が吹き渡っていた。一刻近く待ったものの、寒さを我慢できず、留吉たちはきのくにやに戻ってきた。

ふたりと一緒に宿を出た旅人五人も、身体の芯まで凍えてしまい、関所入りを取りやめにして旅籠に戻ってきていた。

「ゆんべ、五十文も払って身体を揉《も》んでもらったがよう。関所を行き帰りしただけで、足の痛みがぶり返しやがった」

五尺六寸（約百七十センチ）の留吉は、小柄な番頭を見下ろしながら不満をぶつけた。

「あんな出来損いの按摩を呼ぶとは、いってえどういう了見をしてやがるんでえ」

御門前で長らく待たされたことで、留吉は怒りを募らせていたのだろう。

番頭にぶつける文句には、際限がなかった。

「あにいだけじゃねえ。おんなじ按摩にかかったおれも、たかだか関所まで行って戻っただけで、足のくたびれがぶり返したぜ」

晋助は板の間を歩いて見せた。左足の付け根をかばうような歩き方だった。

「五十文も払わされたてえのに、ひと晩明けたらこれじゃあ、按摩に文句を言いたくなるのも当然だろうがよ」

留吉以上に、晋助は声高に文句を言い募った。関所から戻ってきた五人の男たちも、留吉と晋助に加勢するような顔つきである。

ふうう……。

番頭は返事の代わりに大きなため息をついた。囲炉裏のわきに寝そべっていた旅籠の飼い猫が、億劫《おっくう》そうに立ち上がった。

四

「四半刻もの間、江戸口御門で待たされては、さぞかし身体が凍えましたじゃろう」

留吉と晋助の剣幕に、恐れをなしたのだろう。番頭はもう一度、湯につかって身体をぬくめたらどうかと持ちかけた。

「なにしろてまえどもの湯は、遠く正徳《しょうとく》の時代から湧き出ておりますでなあ」

百二十年も昔から、きのくにやの湯には薬効があると評判だ。湯につかれば、按摩がほぐし漏らした疲れもとれる。湯銭はいらないからと、番頭は留吉に告げた。

留吉と晋助の顔つきが和らいだ。ただで湯につかれると言われたからだろう。

ふたりの様子が落ち着いたのを見て、番頭も安堵したらしい。問われもしないのに、きのくにやの湯の効き目を話し続けた。

「小田原藩からひとり身で出張《でば》ってくるお役人がたも、よその湯には見向きもせずに、てまえどもの湯につかってから大番所に向かうほどでしてのう」

小田原藩から箱根関所に赴任する役人は、きのくにやの湯につかる。夏は汗を洗い落とし、冬は身体をあたためてから役所に向かうと番頭は続けた。

昭年と染谷は、初めて耳にする関所役人のありさまに聞き入っていた。

小田原から箱根関所に赴任する役人は、身分にかかわらずひとり身だった。長官である伴頭《ばんとう》の任期は一ヵ月である。

伴頭は、たかだか一ヵ月の赴任に際して驚くほど多くの持ち物を運んでいた。

衣服は黒紋付の上着に野袴、裃《かみしも》、さらには夏場であっても小袖・股引《ももひき》・足袋までを備えていた。

「夏といえども、箱根関所の朝夕は冷えるでの。股引と小袖は必携じゃて」

新たに赴任する伴頭への、経験者からの大事な申し送りごとだった。

衣服のほかにも半紙や硯箱《すずりばこ》などの筆記用具や、酒・煙草《たばこ》などの好みの品々、さらには茶碗《ちゃわん》・汁椀《しるわん》・雪駄《せった》から針や糸までも運び上げていた。

箱根の山にはなにもない。このことも、新任伴頭には伝えられていたからだ。

しかも交代伴頭との引き継ぎ宴会のために、小田原の役宅から煮しめなどを詰めた重箱まで運び上げた。この重箱持参を怠ると、部下に対する伴頭の威光は半減した。

一ヵ月の赴任とは思えない大荷物である。長い山道を登ったあと、きのくにやの湯煙を見た伴頭役人は、さぞかし安堵しただろう。

役所までは、あとひと息。きのくにやの湯につかり、身繕いを整え直すのもまた、代々の伴頭への申し送りだった。

「ここの湯が大層に年季がへえっているてえのは、よく分かったがよう」

いっとき和《な》んでいた留吉の顔つきが、いつの間にか元に戻っていた。番頭の自慢話を聞いているうちに、職人ならではの逆らい心が鎌首をもたげたらしい。

「やっぱりゆんべの按摩は勘弁ならねえ」

ここに呼び寄せろと、ごね始めた。連れの晋助も、留吉を諌《いさ》めようとはしない。

ふたたび番頭は、途方に暮れた顔つきになった。

「あんたの足が痛むのは、按摩のせいではないぞ」

番頭の話に聞き入っていた染谷は、湯呑みを膝元に置いて立ち上がった。

留吉の険しい目が染谷に向けられた。染谷はそんな目には構わず、留吉に近寄った。

「あんたも、あんたの連れも、まことに歩き方がよろしくない」

「なんでえ、爺《じい》さん」

見ず知らずの者に、いきなり歩き方がわるいと言われたのだ。留吉は旅支度のまま、染谷に向かって右腕を振り上げた。

その腕を軽い動きで掴《つか》み取った染谷は、留吉の下腹に左手を当てた。留吉の上体が、がくんと崩れた。

「わしはなによりも、爺呼ばわりをされるのが嫌いでの」

留吉の目を見詰めたまま、染谷は小声でささやいた。背丈で大きく勝っている留吉が、染谷に動きを封じられていた。

染谷は掴んでいた右腕を放したあとも、留吉を強い目で見詰めた。留吉は、染谷に立ち向かう気を失っていた。

「道中を行くときは、下腹に力を込めて歩きなさい。そうすればあんたの身体を足ではなく、腰が支えてくれる」

両足で身体を支え続けると、足の付け根や足首が痛み始める。十六貫（約六十キロ）の身体を足だけで支えるのは無理があるからだ。

下腹に力を込めれば、身体の重さを丹田《たんでん》が受け止める。

「鍛錬を積んだ武士は、みな下腹で身体を支えて歩いておる。ゆえに武芸に秀でた武士には、按摩も鍼灸も無用だ」

こう話してから、染谷は鍼灸医だと素性を明かした。

「下腹に力を込めて歩くとともに、わらじや藁沓の底が見えるように足を蹴り出すのが、長い道中を行く極意だ」

染谷はみずから歩き方を示して見せた。

まったくの初対面だったにもかかわらず、留吉も晋助も、板の間に居合わせた他の五人の旅人たちも、すっかり染谷に従う気になっていた。

「先生」

留吉はひときわ大声で染谷に話しかけた。

「なんだ」

「これでいいかどうか、あっしの歩き方を見てくだせえ」

留吉は相変わらず旅支度のまま、板の間を歩き回った。染谷が教えたことを、懸命に守ろうとしていた。

「その息遣いを忘れるでないぞ」

「がってんでさ」

威勢よく答えた留吉は、染谷に軽くあたまを下げてから湯殿に向かった。按摩うんぬんは、すっかり忘れたらしい。

きのくにやの湯船は、おとな十人が同時につかれるほどに大きい。しかもたっぷりと硫黄を含んだ湯は、汲めども尽きぬ量である。

「あたしらも、湯につからせていただいてもよろしいか?」

五人のうちの年長者が、番頭に問うた。

「どうぞ、どうぞ」

番頭の許しを得るなり、四人は湯殿へと向かった。許しを求めた男は、番頭ではなく染谷に会釈をしてから連れを追った。

板の間が静かになったところで、番頭が染谷に近寄った。

「歩き方の極意とは、いいお話を伺いました」

染谷と昭年に向かい、番頭は前のめりになって大喜びした。

「芦の湯の山歩き極意として、大黒屋ときのくにやとで、大事に使わせていただきます」

何度もあたまを下げる番頭を止めた染谷は、御礼代わりにしたまでだと告げた。

「御礼でございますか？」

得心のいかない番頭は、いぶかしげな口調で問い返した。

染谷は小さくうなずいた。

「関所伴頭にまつわる、おもしろい話を聞かせていただいた御礼です」

すっかり冷めた番茶を、染谷はすすった。

ズルッという音は立てずに呑み干した。

芦の湯の二軒、きのくにやと大黒屋は、競い合っていながらも支え合っている。

ひとりならず、ふたりいればこそか。

昭年を追って芦の湯まで出向いてきた自分に二軒を重ねつつ、染谷はカラになった湯呑みの底を見詰めていた。

にんじん船

一

一月十一日は鏡開きである。

正月の鏡餅を下げて、雑煮や汁粉にして食べるのが鏡開きだ。

鏡餅はそのままでなく、割って食べる。

鏡開きの開きは、割りの忌み言葉だ。

「旅籠《はたご》が拵《こしら》えた汁粉にしては、砂糖をしっかりと使っていて、なかなかの味だ」

甘味にはうるさい昭年《しょうねん》が、川崎宿長田屋《おさだや》の汁粉を褒《ほ》めた。

「汁粉だけではない。ゆうべのメシも今日の朝飯も、なかなかに行き届いていた」

「そうですね」

太郎《たろう》にも異存はないようだ。

辰巳《たつみ》芸者で大看板を張ってきた太郎である。カネをとって客をもてなす生業《なりわい》には、遠慮のない目を向けた。

「ご当主はひげを生やしてのんびりしているけど、お内儀の目が隅々にまで行き届いているのよね」

「ほんとうに、そう」

昭年の連れ合い弥助《やすけ》も、太郎の言い分に深くうなずいた。

「お部屋の掃除もしっかりできているし、湯殿のスノコにも湯船にも、まったくぬめりがなかったもの」

小さな旅籠だが、ここに投宿して大当たりだったと太郎と弥助はうなずき合った。

「ウッ、ウンッ」

染谷《せんこく》がカラの咳《せき》払いをすると、太郎はこどもをあやすような目を向けた。

「ここに泊まろうと言ったのは、あなたでしたから」

染谷は自慢げに胸を張り、汁粉の残りに口をつけた。

「まったくおまえは……」

昭年はあきれ顔で染谷を見た。

「この旅籠がいいと選んだのはおれだ。なにか、言いたいことでもあるのか？」

「まったく」

言葉を途中で呑《の》み込み、昭年は口を閉じた。

深川では昭年も染谷も名医で通っている。患者の前ではむずかしいことは言わないが、名医にふさわしい威厳を保ち、名医相応の物言いをしている。

ところが箱根のきのくにや逗留《とうりゅう》中も、帰り道の道中も、そして長田屋投宿のいまも、昭年と染谷は、いつもとはまるで違った。

ふたりとも二十代の昔に返ったような物言いである。治療にたずさわる気の張りから、解き放たれているということだろう。

「さほどにこの宿場は旅人で栄えているようには見えないが、どこの旅籠も威勢がよくて奉公人の動きには張りがある」

なにか格別のわけでもあるのか……。

昭年はひとりごとのような問いを口にした。

「渡し船の上がりが大きいからだ」

言い切った染谷は、汁粉の餅を箸でつまんだ。きつね色に焦げた餅は、汁粉まみれでも見るからに美味《うま》そうだった。

昭年が見立てた通り、川崎宿に投宿する旅人は決して多くはなかった。が、宿場がさびれているわけではない。

それどころか東海道を行き交う旅人は、夜明けから日暮れ前まで、ひっきりなしに宿場の大木戸を通り過ぎた。

日本橋を出て東海道を上る旅人にとっては、川崎はまだ旅の序の口だ。

東海道の始まり日本橋からの道のりでも、たかだか四里半（約十八キロ）。最初の宿場品川宿からはわずか二里半（約十キロ）に過ぎない。

ことさら健脚でなくても、お江戸日本橋から川崎宿までなら二刻《ふたとき》（四時間）もあれば行き着けるだろう。

川崎宿は大きな宿場なのだが、

「たかだか四里（約十六キロ）少々を進んだだけで、まだまだ陽《ひ》は高いぞ」

「せめて神奈川宿か程《ほど》ヶ谷《や》宿までは足を延ばそうじゃないか」

川崎宿の大木戸をくぐった旅人の多くは、建ち並んだ旅籠にわらじを脱ぐことはしなかった。

他方、江戸に向かう旅人は、

「ここまでくれば、江戸までひと息だ」

「残りの四里ぐらい、元気を出して歩けば二刻もかからないから」

江戸はもう目の前だと言い交わして、旅人は元気の残りを振り絞った。

東海道を上る旅人も、江戸に向かう旅人も、川崎宿はほとんどの者が素通りした。

ひと足先に息子を帰した昭年たち一行四人が昨日（一月十日）川崎宿に着いたのは、八ツ半（午後三時）の見当だった。

江戸に帰るつもりなら、充分に歩き通せる刻限だった。あえて投宿する気になったのは、翌日に川崎大師《かわさきだいし》に参詣しようと考えていたからだ。

泊まる旅人は少なくても、川崎宿の威勢がいいわけはふたつある。

ひとつは江戸から日帰りの川崎大師参詣客が季節を問わずに多かったからだ。

江戸の真ん中、日本橋からでも、川崎大師までなら五里（約二十キロ）に満たない。日帰りの行楽にもほどよい道のりだ。

大師の参道には飯屋や土産物屋がずらりと並んでおり、参詣客の落とすカネで大いに潤った。

江戸からの客のなかには、日帰りを取りやめにして川崎一泊を思いつくものもいた。

それらの参詣客が泊まったのが、川崎宿の旅籠である。

「てまえどもには、肉置《ししお》きのいい飯盛り女がおりますので」

飯盛り女は閨《ねや》の相手をする。旅人ではなく、遊び客が投宿するのは、隣の品川宿によく似ていた。

宿場の威勢がいいもうひとつのわけは、染谷が断じた通り「六郷《ろくごう》の渡し船」の上がりが大きかったからだ。

東海道には、わざと架橋をしていない大きな川が何筋もある。江戸を出て最初にぶつかる六郷川にも橋は架かっていなかった。

徳川家康が江戸に幕府を開いた当初は、六郷川には長さ百九間（約百九十八メートル）の橋が架かっていた。が、作事がわるくて何度も流された。

元禄元（一六八八）年に流されたあとは、架橋をやめて渡しとした。

当初の渡し船は江戸側の町で船造りから船頭の手配りまでの一切を請け負っていた。

ところが東海道を行き来する旅人の激増で、町名主たちは音を上げた。

「なにとぞ、渡し船をてまえどもの手におまかせくださりますように」

江戸の町に成り代わって公儀に願い出たのが、川崎宿の肝煎《きもいり》である。

通過する旅人ばかりで、宿場に泊まる客が少ない。なんとか宿場に潤いをもたらそうとして、渡し船の請負いを願い出たのだ。

渡船代は、武家と僧侶はタダにした。

それでも町人の船客と牛馬の乗船代で、川崎宿には一年で五百両もの実入りとなった。

六郷の渡しに乗る町人は、いまでも年を追って増えていた。

大井川とは異なり、六郷川は深くて船以外の川越しはできない。旅人はたとえ宿場を通り過ぎるだけでも、渡し船には乗る。

その実入りが増え続けているがために、川崎宿は威勢がよかった。

「ここのあるじは、おれたちが二泊するのがとにかく嬉《うれ》しいらしい」

汁粉を食べ終えた昭年は、染谷のほうに上体を乗り出して話を続けた。

「今日はこのあと、おれたちに昼飯まで支度をするというんだ」

「ことによると、奈良茶飯か？」

染谷にズバリと言い当てられた昭年は、不満げに頰《ほお》を膨らませた。

今度は太郎と弥助が、あきれ顔を拵えた。

染谷も昭年も、二十代どころか、ガキ大将のように振る舞っていたからだ。

少々の米と、煎った大豆。それに栗《くり》や粟《あわ》などの季節の食材を加えて、塩と醬油《しょうゆ》で下味をつける。

それらを焙《ほう》じ茶で炊きあげたのが、奈良茶飯である。本来は奈良の興福寺や東大寺の僧侶が調理した精進料理だが、川崎宿に伝わったのちはこの宿場の名物となっていた。

「おまえの言う通り、旅籠が昼飯まで用意してくれるのはめずらしい」

染谷も平らげ終わった汁粉の椀《わん》を膝元に戻した。階下から漂ってくるのは、大鍋で炊かれている茶飯の香りだ。

昭年の鼻がひくひくっと動いた。

一月十一日、四ツ半（午前十一時）過ぎ。東海道を上下する旅人は、とうの昔に旅立っている刻限だ。

けだるい気配の漂う宿場の通りを、一台の荷車が通り過ぎていた。

荷車には油が回っておらず、車輪が耳障りな音を立てて軋《きし》んだ。あまりに音がひどくて、染谷たちがいる二階の客間にまで届いた。

染谷は窓の手すりに身体《からだ》を預けて、通りを見下ろした。

長田屋の向かいは、平屋の縄のれんのような店だ。商いが盛るのは、提灯《ちょうちん》に明かりが入ったのちである。

まだ眠っているような店の板葺《いたぶ》き屋根に、柔らかな陽が降り注いでいた。

平屋裏は庭になっており、物干し場が設けられていた。

朝のうちに済ませたらしく、洗濯物が物干し竿《ざお》いっぱいに吊《つる》されている。

ぼんやり通りの先を見ていた染谷の目に、不意に力が込められた。

染谷の気配が変わったのを、敏感に感じ取ったのだろう。縄のれんの店先に寝そべっていた犬が、敏捷《びんしょう》な動きで立ち上がった。

ギイッ、ギイッ。

荷車は長田屋の前を通り過ぎたあとも、ひどい軋み音を撒《ま》き散らしていた。

二

「やはりそうだったか」

往来に出た染谷からつぶやきが漏れた。

「それにしても、おまえの勘働きは尋常ではないなあ」

昭年から正味の感嘆がこぼれ出た。

「まずい、だれかくる」

染谷が小声で昭年に教えた。

まるで人の気配がなかった路地に、不意に男があらわれた。どこかに姿を隠して、不審者が近寄るのを見張っていたに違いない。

姿を隠すには間に合いそうもない。

咄嗟《とっさ》の思いつきで昭年は丹前の紐《ひも》をほどき、長着の前を開いた。

昭年の意図を察した染谷も、すぐさま同じことをした。

ふたりは立ち小便を始めた。

「なにしてるだね、あんたら」

近寄ってきた農夫の身なりの男が、険しい顔をふたりに向けた。

土地の農夫のような物言いだった。

が、昭年も染谷も、方々の土地の言葉を患者から聞かされている。ふたりの肥えた耳には、無理をしてこの土地の訛《なま》りでしゃべっているようにしか聞こえなかった。

「通りを歩いているうちに、いきなり小便がしたくなったもんでね」

「幾らなんでも表の通りでは無理だから、路地に入ったんだ」

昭年と染谷は、芝居の渡り台詞《ぜりふ》のように息を合わせて応じた。しゃべっている間も、途切れることなく小便は続いた。

うまい具合に、ふたりとも身体の内にたっぷり溜《た》まっていた。

「用のねえモンは入るべからずと、路地の入り口に札が立ってただろうが」

農夫風の男は、話しているうちに江戸弁が丸出しになった。どうやら江戸者が、土地の農夫に化けているようだ。

「はええとこ出すだけ出して、ここから出て行ってくれ」

もはや土地の者のフリを続ける気はないらしい。仕舞いには、歯切れのいい江戸弁でふたりを追い立てた。

「言い分は分かったから、そんなに追い立てなさんなって」

「年寄りは小便が長いと、相場が決まっているのを知らないのかね」

険しい物言いで急《せ》かされても、昭年も染谷も動ずることなく続けた。

チョロチョロと残っている小便を絞り出しながら、ふたりは周囲の様子を目に焼き付けた。

目の前に見えているのは、縄のれんの裏庭である。地べたから一尺五寸（約四十五センチ）の間隔で六尺（約百八十二センチ）の高さまで、足場に使う細い丸太が敷地いっぱいに渡されていた。

丸太は他人の立ち入りを食い止める柵なのだ。

柵には目隠し代わりに、使い古したむしろが吊されていた。が、吊し方は雑で方々に隙間ができていた。

昭年と染谷は、その隙間から畑の様子を見ていたのだ。

「たいがいにしねえかよ」

農夫風の男は、本性を剝《む》き出しにしていた。

「馬の小便じゃあるめえに、いつまでダラダラと垂れてやがんでぇ」

男が怒鳴り終えたとき、ふたりの小便も同時に終わった。

「長いのは小便だけじゃない」

昭年は渡世人に笑いかけた。

「おれの道具の長さを見たら、馬も後ずさりして驚くぞ」

呆気《あっけ》にとられた渡世人をその場に残して、昭年と染谷は路地を出た。

「たっぷり出して、すっきりだ」

路地にいる渡世人に聞こえるように、昭年は声を発した。

「糞《くそ》じじい」

渡世人が大声で応じたとき、ふたりはすでに長田屋の土間に入っていた。

「畑の隅に捨ててあったのを見たか？」

「見たとも」

昭年が即座に応じた。

「どうだ、おまえの見立ては」

土間の隅で立ち止まった染谷は、昭年を見上げた。ふたりの背丈には五寸（約十五センチ）の開きがあった。

「あれこそ、江戸に出回っている偽の朝鮮人参《にんじん》だろう」

昭年は声を潜めて答えた。

「まさか江戸に近い川崎宿の町中に、偽人参作りの畑があったとは……」

昭年はあとの言葉を呑み込んだ。

「いや、驚くことこそ、筋が違う」

染谷には合点がいったようだ。

「田畑を見慣れた村にあらず、こんな町中だからこそ、作物がなにかを判ぜられる者など、皆無に近い」

明り屋（灯台）の下は暗いの道理だと、染谷は得心していた。

ほかには投宿客のいない旅籠だが、どこにひとの耳があるかは分からない。

昭年は二階に行こうと目で示した。

染谷も小さなうなずきで応えた。

旅籠のつっかけ草履を脱いで、黒光りしている階段を上がろうとしたとき。

ゴオーーン……。

宿場に九ツ（正午）を告げる刻の鐘が響き始めた。

「ちょうどいいとこに、けえってこられたでねっかね」

飯炊き女は、大鍋を手にしていた。炊きあがったばかりの奈良茶飯の鍋だ。

わずかにずれたフタの隙間から、茶飯の香りが漂い出ていた。

「四ツ半どきには餅入りの汁粉を口にしたばかりだというのに、正午になると律儀に腹が減るもんだ」

「ひとの身体には土圭《とけい》が組み込まれているというが、おまえを見ているとまことだと思えてくる」

昭年は真顔で応じた。

「ひとの身体にへえってる土圭てえのは、うんとでかいんかね？」

飯炊き女も真顔で昭年に問いかけた。

「ひとによって大きさには違いがある」

昭年は女の豊かな胸に目を向けた。

「あんたの土圭は、さぞかし大きくて、持ち重りがするだろう」

昭年が片目をつぶると、女は笑いを破裂させた。

「江戸のじさまは、おもしれって」

「確かに。このじさまはおもしろい」

階段の先を上りながら、染谷が応じた。

噴き出したいのをこらえている口調だ。

じさま呼ばわりをされた昭年は、年甲斐《としがい》もなくむくれていた。


「茶飯も美味かったが、しじみの味噌汁《みそしる》の美味さには驚いた」

「まことに美味《おい》しいしじみでした」

太郎も連れ合いの言い分をなぞり、飯炊き女の料理上手を褒めた。

「剝きだしで不作法ですが、美味しいお味噌汁と茶飯の御礼ですから」

太郎は小粒銀二粒を女に握らせた。

百七十文相当の心付けである。

「こっただ祝儀もらうのは、初めてだがね」

女は顔をくしゃくしゃにして喜んだ。何度もあたまを下げて、太郎に礼の言葉を重ねた。

「あなたのお料理がとっても上手でしたから、その御礼をしたまでです」

女と太郎のやり取りが終わったところで、染谷は飯炊き女に話しかけた。

「こちらのご主人は、腰に痛みを抱えているように見受けたが」

「あらまあ」

女は素《す》っ頓狂《とんきょう》な声を出した。

「そっただことまで分かるとは、おめさは千里眼かい」

「そうではない。鍼灸師《しんきゅうし》だ」

「鍼灸って。鍼《はり》と灸の先生かね？」

染谷がうなずくと、女の目が輝いた。

「うちの旦那さんは、とにかくお人好しでよう。おらもゴン助とっつあんも、とってもよくしてもらってるだよ」

竈焚《かまた》きはゴン助という名だった。

「旦那さんは五十が近いてのに身体はとっても達者だけんど、腰が泣き所でよ」

五日に一度は鍼治療を受けているが、宿場の鍼灸師の腕はいまひとつだと、女は声を小さくした。

「なんとか旦那さんの腰を、診てやってもらえねっかね」

「いいとも」

染谷は明るい口調で即答した。

もとより、あるじと話がしたくて飯炊き女に水を向けたのだ。治療をするのは願ってもないことだった。

「だったら、すぐに旦那さんにそう言ってくるでよう」

よほどに当主を慕っているらしい。

昼飯で使った器を盆に重ねた女は、ドスン、ドスンと音を立てて階段を下りた。

「旦那さんよおお」

当主に呼びかける声が、二階の座敷にまで届いてきた。

うまく運んだな。

ああ、うまく運んだ。

昭年と染谷は、目顔でうなずき合った。

三

「まだまだあんたの内もも《ヽヽヽ》には、込める力が足りておらぬ」

染谷は長田屋当主庄兵衛《しょうべえ》の立ち姿に、きつい口調で文句をつけた。

「あんたの立ち姿を正しく直さぬことには、鍼も灸も無駄だ」

染谷はいつにも増して、厳しい物言いを続けた。

深川の治療院に出向いてくる患者であれば、治療のたびに注意を与えることができる。

しかしここは江戸から五里近くも離れた川崎宿の旅籠だ。庄兵衛が染谷の治療を受けたいと思っても、深川まで出向くのはできる相談ではなかった。

それゆえ染谷はよんどころない急患でない限りは、その場だけの治療依頼は断固として断ってきた。

患者の先々を思えば、安易な治療はかえって仇《あだ》となる場合も少なからずあるからだ。

さりとていまの染谷は、治療しようと決めていた。

「駄目だ、その歩き方では」

板の間から立ち上がった染谷は、庄兵衛のわきに並んだ。

庄兵衛と染谷は同じ背格好だ。

「あんたの髷《まげ》が、天狗《てんぐ》に引っ張られているようなつもりで」

染谷は庄兵衛の髷を摑《つか》んだ。

「髷の先を天井に向けて突き上げなさい」

言うなり染谷は、強い力で髷を上に向けて引っ張った。日頃から太い薪《まき》を両手で握り、素振り百回を稽古している染谷だ。

髷を上部に引っ張る力は、まさに天狗を思わせるほどに強かった。

うぐっ。

庄兵衛は言葉を詰まらせながらも、自らの力で身体を引っ張り上げた。が、爪先立ちをしているわけではない。

背骨を伸ばし、足と上体の筋を伸ばして身体を持ち上げた。

「その調子だが、まだまだ伸びるはずだ」

もっと、もっと……髷を摑む手に、染谷は力を込めた。が、もはや無理に上部に向けて引っ張っているわけではなかった。

摑んでいる手は、いわば背伸びの水先案内人である。ツンツンと上部に向けて引けば、庄兵衛は自分の力で背骨と筋の両方を引っ張り伸ばした。

この動きを十回繰り返した。

ふううっと大きな息を漏らした庄兵衛は、板の間にしゃがみ込んだ。

「わしの手を握りなさい」

庄兵衛の右手を摑んだ染谷は、力を込めて引き上げた。しゃがんでいた庄兵衛が、軽い調子で立ち上がった。

「そのまま止めてはいかん。止めるには止めるなりの、整理の動きがいる」

両腕を突き上げさせたあと、ぐるぐると回して大きな円を三度描かせた。そののち、立ったままで深呼吸を五度繰り返させた。

「どうだ、身体の具合は？」

「どうだと言われても、そんなことはすぐには分かりません」

庄兵衛は口を尖《とが》らせた。

散々に髷を引っ張られたことに、業腹《ごうはら》な思いを抱《いだ》いているような口ぶりである。

「そんな顔をしなくてよろしい」

染谷は自分から先に笑顔を拵えた。

「さっきまでのあんたは、腰の痛みに顔を歪《ゆが》めていたはずだが、いまはどうだ」

「えっ？」

庄兵衛は虚を突かれたような顔になり、両手を腰に回した。

「なんとっ！」

庄兵衛は思いっきり目を見開いた。目の端から目やにが剝がれ落ちた。

「まったく痛みがない」

驚きのあまり、声の加減を忘れたようだ。いつにないあるじの大声を聞いて、飯炊き女が板の間に駆け寄ってきた。

「おい、おかね」

「はい」

飯炊き女も、あるじに負けない弾んだ声で返事をした。

「この先生は天狗様だ」

染谷は天狗にされていた。

「それにつけても先生の治療の腕の凄《すご》さには、心底、たまげました」

庄兵衛は大きな音をさせて茶をすすった。

内儀がいれた茶は、亭主好みの熱い焙じ茶である。音をさせてすすらないことには、口がつけられなかった。

「わしがなにかをしたわけではない。あんたの身体が自分の力で、元の達者さを取り戻そうとしておる」

わしはその手伝いをしているに過ぎないと言い置き、染谷も茶をすすった。

亭主の上機嫌が、内儀にも伝わったのだろう。菓子皿に載ったようかん二切れは、ひと切れが一寸（約三センチ）の厚みだ。

これだけ厚ければ、互いに寄りかかることをせずに菓子皿に立っていた。

甘い物は染谷の好物だ。添えられた黒文字でふたつに切り分け、ひとつを口に運んだ。

熱い焙じ茶を喉に流し込んでから、染谷は庄兵衛に訊《き》きたかった本題を切り出した。

「連れの昭年と宿場を歩いているうちに、不意に尿意を催しての」

染谷はことさらに医者の口調で話を続けた。

「周りを見渡したが、かわやが見当たらぬでの。仕方なしに、この旅籠の真向かいの路地を入り、柵の前で小便を始めたのだが」

染谷が茶をすすっていたら、庄兵衛が身を乗り出した。

「ことによると妙な身なりの渡世人に、いちゃもんをつけられませんでしたかの？」

「やはりあの男は渡世人か」

染谷の言葉に、庄兵衛は曖昧なうなずきを見せた。

「目の前に縄のれんができたときは、わしらは、気を張りました」

ズズッとひときわ大きく音を立てて茶をすすり、庄兵衛は縄のれん開店の顚末《てんまつ》を話し始めた。


縄のれん開店の前は、堀家という屋号の一膳飯屋だった。川崎宿は、ひっきりなしに旅人が行き交う。堀家のほかにも、旅人相手に三軒の一膳飯屋が商いをしていた。

堀家はしかし、客の入りがよくなかった。メシもおかずもまずいし、値段は他の三軒より二割も高い。

土地の者はだれひとり、堀家には寄りつかなかった。餌食《えじき》になったのは、通りすがりの旅人ばかりだ。

「二度とくるか、こんな店に」

「街道中に言いふらしてやる」

旅人の怒りはうわさとなって、品川宿にも神奈川宿にも届いた。やがては旅人すら寄りつかなくなった。

堀家は平屋ながら三十坪の建坪があり、しかも裏庭は畑が拵えられるほどに広かった。この地所に目をつけた宿場外れの貸元は、堀家の亭主をサイコロ博打《ばくち》に嵌《は》めて地所もろとも取り上げた。

そのあとに開店したのが縄のれんだった。

新たに出現した縄のれんを、旅籠のあるじたちは最初は危ぶんだ。が、さほどの日数をおかずに、逆に喜び始めた。

縄のれん目当ての客が、多数川崎宿を訪れ始めたからだ。

渡世人風の若い衆が何人も居着いていた。が、投宿客にも宿場の奉公人にも、わるさを仕掛けることはなかった。

宿場の者たちが心底安堵《あんど》した極めつきは、宿場役人が縄のれんにはお咎《とが》めなしを示したことだった。

縄のれんを買い取ったのは、品川湊《みなと》の船宿あるじである。

南（品川）の遊びに倦《う》んだ客を、自前の屋根船で川崎宿まで運ぶ……そのために買い取ったらしいと、旅籠のあるじたちにも分かってきた。

「ことによると、奥には賭場があるんじゃないのか？」

当て推量を聞いても、気にする者はいなかった。縄のれんが宿場の繁盛に役立っているのを、旅籠は実感していたからだ。


「五日に一度、品川からにんじん船が客を運んで来ますでのう」

「にんじん船だと？」

聞き慣れない言葉である。染谷は思わず語尾を上げて問い返した。

「船は緑色で屋根が赤いもので、ここの者はだれもがにんじん船と呼んでおります」

「にんじん船とは、付けたものだ」

染谷は正味で感心していた。

庄兵衛の話しぶりから、宿場の者は偽人参作りには気づいていないようだった。

それでいながら、にんじん船とは見事に言い当てている。

「次のにんじん船は、いつ着くのだ？」

「今日は十一日ですから……明日の八ツ（午後二時）過ぎには着くはずです」

庄兵衛は指折りして、五日目を勘定した。

「あと二日ばかり、わしらは泊まれるかの？」

「もちろんでございます」

庄兵衛の顔が大きくほころんだ。

鍼治療の達人と、名医を感じさせる医者とが、それぞれ粋筋もかくやの内儀連れだ。

飛び切りの上客が、大師様のほかには名所も名物もない川崎宿に、あと二日も延泊するというのだ。

旅籠を挙げてもてなそうと、あるじは即座に肚《はら》を決めた。

「旅籠賃は同じで、奈良茶飯の昼飯を毎日出しますので、なにとぞ鍼のほうを……」

庄兵衛は畳に両手をついて頼み込んだ。

「わしの治療代は、茶飯四人分ほど高くはない。気遣いは無用だ」

染谷はいかめしい声で告げた。

旅籠の飼い猫が、逃げる鼠《ねずみ》を追って土間を走り抜けた。

四

一月十二日も、前日同様に空高く晴れ上がった。

長田屋のあるじは女中に言いつけて、約束通りに奈良茶飯の昼餉《ひるげ》を用意した。

宿場名物だけあり、茶飯はすこぶる美味だった。それ以上に、長田屋がじかに浜の漁師から仕入れている味醂《みりん》干しが絶品だった。

小イワシを指で開き、味醂につけて干した甘い干物だ。炭火で焼くと、イワシの脂と味醂が絡まり合って特有の美味さを作り出す。

長田屋の仕入れ先の漁師は、イワシを絡ませる味醂の濃さと、炒《い》りゴマのまぶし方が巧みである。

特製の味醂干しを、旅籠の飯炊き女はていねいに焼き上げていた。ほどよい焦げ目は、ひと垂らしした醬油を浴びてジュウウと鳴いた。

「なんと美味しいこと」

美味さに驚いた太郎は、十枚を土産に持ち帰りたいと女に頼み込んだ。

箱根でもほとんど土産物を買わなかった太郎が、である。

「あるじに伝えておきます」

焼き方を褒められた女は、顔をほころばせた。

大満足の昼飯のあと、染谷と昭年は着替えを始めた。八ツ（午後二時）過ぎに着くという、品川からのにんじん船の様子を見極めるためである。

「少し早いが、船着き場の周りをひと歩きしてみよう」

ていた。

「わたしたちも、お大師さま詣でに出向きましょう」

太郎の声に弥助は深くうなずいた。

ふたりとも染谷と昭年がなにを狙って延泊を決めたのかは承知していた。

川崎大師詣でを続けることで、旅籠逗留を不審がられぬように、振られた役を果たしていた。

九ツ半（午後一時）をわずかに過ぎたころだ。宿場の通りには、柔らかな日差しが降り注いでいた。

しかし風はまだ、凍えを隠し持っている。船着き場に向かうふたりは、作務衣の胸元を閉じ合わせた。

宿場の往来は、すこぶる水捌《みずは》けがいいらしい。昨日今日と二日晴天が続いただけで、すっかり地べたは乾いていた。

さほどに強い風ではないが、乾いた土を巻き込んでいた。

凍えに加えて、土埃《つちぼこり》がひどい。

「江戸ではないことだ」

土埃に往生した昭年が足を止めた。染谷もわきに並んで立ち止まった。

「分かった」

うなずき合った染谷と昭年は、ともに治療着の作務衣《さむえ》を羽織って宿を出た。

「旅籠の庄兵衛が言っていた通りだ」

埃を避けるかのように、染谷は口をすぼめて話した。

「なんのことだ？」

昭年も口の開きを小さくして応じた。

「呑み屋も小料理屋も、まだ大きく八ツ前だというのに、早くも夜の支度に精を出しておる」

染谷は目顔で呑み屋を示した。

隣り合って商いをしている呑み屋と小料理屋が、まさに夜の商いの支度に励んでいた。

呑み屋は四斗の空き樽《だる》を卓に使っている。その空き樽が、ずらりと店の軒下に並べられていた。

低い空の中ほどにいる天道《てんとう》から、柔らかな日差しが降り注いでいる。空き樽は陽のぬくもりを心地よげに浴びていた。

昨日も晴天だったが、呑み屋は空き樽に陽を浴びさせてはいなかった。

隣の小料理屋も昨日とは異なり、杉の腰掛けを軒下に出していた。

「にんじん船が江戸から運んでくる客は、滅法に金離れがいい客ばかりです。呑み屋も小料理屋も駕籠《かご》屋も、五日ごとに念入りに支度をして迎えますで」

庄兵衛が言った通りである。

呑み屋の三軒先にある駕籠宿は、五挺《ちょう》の四ツ手駕籠の垂れすべてを取り外し、物干し竿に吊していた。

宿場から川崎大師に向かう遊び客が、おもな乗り手の駕籠宿である。

「湿った垂れの四ツ手駕籠なんぞは、願い下げにしてもらおう」

にんじん船でやってくるのは、酒手はずむが口うるさい客である。

駕籠宿は念を入れて垂れを乾かした。

にんじん船は、あと半刻《はんとき》（一時間）もしないうちにやってくる。呑み屋も小料理屋も駕籠宿も金離れのいい客を迎える支度に励んでいた。

「これだけ本気で支度をさせるとは」

ひとの目利きに長《た》けている面々を、ここまでのせている南の男……。

「にんじん船のあるじというのを、早く見たいものだ」

「ほどなく来る」

染谷に短く応じた昭年は、先に立って歩き始めた。

凍えた風を嫌ったのかもしれない。往来の杭《くい》につながれていた馬が、ブヒヒヒーンといなないた。

「船は緑色で屋根が赤いもので、ここの者はだれもがにんじん船と呼んでおります」

昭年のあとを歩く染谷は、庄兵衛が口にした言葉を思い返していた。

五

「あんなところに蕎麦屋《そば》があるぞ」

船着き場につながる土手を歩いていた昭年が、声を弾ませた。

土手は高さがあるだけに、見晴らしがいい。昭年の目をたどると、一軒の茶店に行き当たった。

『六郷名物　蕎麦切り』

紺色の大きなのぼりが、川風を浴びてはためいていた。

「あの茶店で待とうじゃないか」

すっかり昭年は茶店に行く気らしい。

「おまえ、蕎麦切りを食う気か？」

「そうとも」

昭年は当然だと言わぬばかりの口調で応じた。

「あれだけ茶飯と味醂干しを食ったばかりじゃないか」

「蕎麦切りだけは、胃ノ腑《ふ》の納まり場所が別にある」

「女こどもじゃあるまいに」

太郎の口ぐせを思い出した染谷は、あきれ顔を拵えた。

つい今し方も太郎は、茶碗《ちゃわん》二膳の茶飯と、味醂干し一枚をぺろりと平らげた。

小イワシが十二尾も重なり合った味醂干しである。

「おなかがいっぱいで、立ち上がるのも億劫《おっくう》なぐらい」

散々に満腹を言い募っておきながら、まんじゅう一個でいいから甘いものが食べたいと言い出した。

弥助も一緒になって、まんじゅうが欲しいと言う。

「満腹だ、満腹だと、いま言ったばかりじゃないか」

「甘いものは別腹ですから」

太郎は涼しい顔で言い返した。

「別腹などという腹がどこにある」

染谷が苦々しげに言うと、太郎と弥助は同時に脇腹に手を当てた。

いまの昭年は、言葉こそ違うが太郎や弥助と同じことを言っていた。

「おまえ、正気か？」

「くどい」

言い返した昭年は、茶店に向けて歩みを速めた。

ふうっ。

吐息を漏らして、染谷はあとを追った。

土手が高いだけに、川風を強く感ずる。それでも宿場を歩いていたときよりは、風がはらんだ凍えは和《やわ》らいでいるかに感じられた。

土手に群れ生えている雑草が、天道のぬくもりを蓄えているからだろう。足取りを速めた染谷のほうに、雑草は葉を傾けていた。

六郷川は川幅が広い。

いつもはゆったり流れる穏やかな川だが、大雨が続くと気性が一変した。

隠し持っていた牙を剝き、両岸の村に洪水となって襲いかかるのだ。

野分の時季に何度も鉄砲水に襲撃された両岸の村は、高さが二丈（約六メートル）もある土手を築いた。

昭年と染谷が歩いているのも、その土手である。蕎麦切りののぼりをはためかせている茶店は、土手の東側に建っていた。

高さ二丈の土手よりも、さらに二間（約三・六メートル）ほど高台になっている。茶店まではゆるい上りの坂道が続いていた。

昭年よりも染谷のほうが健脚であるのは、箱根の道中ではっきりしていた。しかし蕎麦につられた昭年の足は、驚くほど速かった。

「おまえの分も一枚頼んでおいたぞ」

茶店の縁台に座した昭年は、息を弾ませてもいなかった。

「いい眺めだ」

隣に座った染谷から言葉が漏れた。

縁台の正面には六郷川と、大きな船着き場が見えている。船着き場は砂地で、船頭小屋が三棟設けられていた。

百坪はありそうな船着き場には、三杯の船が舫《もや》われている。そのほかにも一杯の渡し船が、対岸からこちらに向かって来ていた。

乗船客の身なりは、さまざまに違う。

「大川の渡し船よりも、はるかにここのは大きいな」

「確かにそうだ」

染谷も得心してうなずいた。

永代橋《えいたいばし》の架け替え作事が為《な》されるときは、いまでも大川の東西を渡し船が結んでいた。

船は二十人乗りの大型だが、船頭はひとりである。川幅百二十間（約二百十八メートル）の大川なら、艫《とも》に乗った船頭ひとりで充分なのだろう。

六郷の渡し船は、ふたりの船頭が操っていた。舳先《へさき》の船頭は棹《さお》で船の向きを操り、艫の船頭が櫓《ろ》を漕いで船を進めるのだ。

「ひい、ふう、みい……」

昭年は船客を数え始めた。

「舳先には武家がふたり、その後ろにいるのは山伏か」

「そうだ」

染谷は船を見詰めたまま、不機嫌そうな物言いをした。

「武家も山伏も渡船代を払わぬのに、ずいぶん偉そうに座っている」

身分にかかわりなく、威張る者を嫌う染谷である。渡船代無賃扱いの武家と山伏が、どっかりと舳先に座しているのが気に入らないようだ。

染谷の物言いには構わず、昭年は残りの船客を数えた。

「お宮参りの母親とその女児に、旅姿の商人が三人……あとは馬一頭に馬子だ」

「馬か……」

染谷が小声のつぶやきを漏らした。

大川の渡し船は牛馬は乗せない。六郷の船が二人船頭なのは、東海道を行き来する牛馬も運ぶからだと察したつぶやきだった。

「やはり東海道は天下の往来だの」

渡し船に乗った客の多彩ぶりに、昭年は大いに感心していた。

「あんたがそれほど物事に感心するのは、めずらしいな」

染谷は物言いに皮肉をこめた。

六郷渡しの茶店で、思いもしなかった蕎麦切りが注文できた。その嬉しさゆえに、いつになく口が軽くなっている昭年を皮肉ったのだ。

「いつまでもそんな不機嫌そうな声を出してないで、おれと一緒に蕎麦切りを楽しんだらどうだ」

昭年がたしなめているところに、茶店の婆《ばあ》さんが蕎麦切りを運んできた。

「これはまた、素早い仕上がりだ」

注文した昭年が、出来上がりのあまりの速さに驚いた。

染谷はげんなり顔を見せた。

蕎麦切りは、うどんかと思いたくなるほどに太かった。

素焼きの蕎麦猪口《ちょこ》は、見た目がひどく粗野だ。つゆはさぞかし甘くてまずいだろうと察しをつけたくなる器だ。

それに加えて、薬味のネギもなかった。

「薬味はどうなってるんだ」

いつもの穏やかさが、染谷から失《う》せている。食べたくもない蕎麦切りに付き合わされたという思いが、物言いに出ていた。

「ネギがいるならよう、裏に回って、畑からちぎってこいや」

婆さんも染谷に負けぬ仏頂面で応じた。

「なんぼでも植わってっけどよう。せっかくの蕎麦にひと箸もつけねえで、薬味がどうのと文句を言うことはねえべさ」

「まさにその通りだ」

取りなすように答えた昭年は蕎麦猪口を手に持ち、太い蕎麦をすすった。

蕎麦っ食いの昭年である。蕎麦切りをするときの、音の響きのよさが自慢だった。

ところが太い蕎麦は、ズるズるッと間の抜けた鈍い音を立てた。

「おれも薬味がほしい」

婆さんに断りを言ってから、昭年は立ち上がった。

「畑に行こう」

染谷を誘い、茶店の裏手に回った。婆さんの姿が見えないのを確かめてから、染谷の耳元に口を寄せた。

「あれに手を出さなかったのは、いい勘働きをしている」

「ばかを言うな」

昭年の言い分に、染谷はにべもない口調で応酬した。

「蕎麦切りとつゆをひと目見れば、あれに手を出すほうがどうかしている」

口を尖らせていた染谷が、畑を見て目を見開いた。

小さな畝《うね》が二筋設けられた畑の端に、にんじんが山積みになっていた。

「なんだ、あれは？」

染谷がつぶやくと、昭年はいぶかしげな目を向けた。

「なんだもなにも、掘り出したにんじんだろうが」

「あの蕎麦をすったことで、おまえのあたまは傷《いた》んだのか」

染谷は昭年に詰め寄った。

「掘り出したにんじんなのは、言われなくても分かる」

いったいどこから掘り出したのかと、染谷は問いを重ねた。

昭年の顔つきが変わった。

「言われてみれば……」

畝はきれいに均《なら》されており、どこにも掘った跡はなかった。しかも、にんじん作りの畝には見えなかった。

山積みのにんじんに近寄ったふたりは、手触りを確かめてからにおいを嗅いだ。

「ただのにんじんだぞ」

「まさに、ただのにんじんだ」

ふたりが小声を交わしているところに、茶店の婆さんが不意に顔を出した。

「欲しかったら、なんぼでも持ってけや」

婆さんの口調は乱暴だが、気をわるくした様子はなかった。

「おめさんたちには、ひでえ蕎麦切りを食わしたでよう。それで埋め合わせになるなら、好きなだけ持ってけや」

婆さんが初めて笑顔を見せた。

飼い犬が甘えた声でワンッと吠《ほ》えた。

六

婆さんがいれた焙じ茶は、熱さといい濃さといい、申し分のない出来映えだった。

茶請けの梅干しが、また見事な味である。

裏庭に植えた梅は、特大の実を結んだ。毎年、実の出来に合わせて塩加減を手直しして漬けている梅干しである。

「これを最初から出してくれれば、文句のつけようもなかった」

黒文字でほぐした梅干しを、染谷は口に運んだ。塩味と酸味が、口いっぱいに広がった。

熱々の焙じ茶で、きれいに口を洗って喉に流し込んだ。

「勘弁してくだっせえ」

縁台に並んで座った婆さんは、殊勝な物言いでふたりに詫《わ》びた。

蕎麦切りがひどかったのは、連れ合いが風邪で寝込んだからだ。

亭主が打つのをわきで見ていた婆さんは、今日は自分で蕎麦切りを作ると告げた。

「ひとさまに食わせられる代物じゃねえ」

亭主は強く反対したが、婆さんは聞き入れない。臥《ふ》せった連れ合いに昼餉を食わせたあとで、婆さんは蕎麦を打った。

うどんでももっと細いという蕎麦切りを見て、さすがに婆さんも気落ちした。

しかし昭年の注文を受けた婆さんは、茹《ゆ》でてあった蕎麦切りを井戸水にさらした。太いのは取り除き、細いものだけを盛りつけた。

間のわるいことに、つゆも使い切っていた。

急ぎサバ節でダシをとり、煮切りもしない味醂と醤油とを合わせた。

昭年はその蕎麦切りの餌食となった。

ふたりが薬味のネギをちぎりに畑に向かったあと、婆さんは染谷に供した蕎麦切りを口にした。

ひと口で、いかにひどい代物だったかを思い知った。

「それで、あのにんじんは？」

ほぐした梅干しの残りを呑み込んでから、染谷は婆さんに問いかけた。

「さっきも言いかけた通り、宿場の若い衆が運んできたんだがね」

長田屋という旅籠の正面に、縄のれんがある。そこの若い衆が、暇つぶしに拵えたにんじんだと婆さんは続けた。

「五日ごとに、品川からにんじん船が客を乗せて遊山にくるでよう。その船の出迎えにくるのが、にんじんをくれた若い衆だがね」

渡世人に違いないが、うちにはわるさはしねっから……婆さんの口調からは、若い衆を好ましく思っているのが伝わってきた。

昭年と染谷は無言のまま、顔を見交わした。

長田屋の向かいの縄のれんといえば、あの一軒に間違いない。しかもそこの若い衆は、にんじんを作っていた。

あれこそが、江戸に出回っている偽朝鮮人参作りの畑だと、染谷と昭年は断じた。

しかし成り行きは、違う方向へと走り始めていた。

「どんなわけがあって、縄のれんの若い衆はにんじん作りをやっているんだろう」

染谷に問われた婆さんは、得たりとばかりに笑みを浮かべた。

「若い衆のひとりが、上州が在所らしくてさ。にんじん作りをすることで、国の両親《ふたおや》を思い出すそうだ」

にんじん作りで親の恩を思うとは、いまどき感心な若い衆だがね……しみじみ言った婆さんが、勢いよく立ち上がった。

「うわさをすれば、なんとやらでさ。若い衆てのは、あのにいさんだ」

立ち上がった婆さんが、土手を指さした。

紺色の半纏《はんてん》の裾をひらひらさせながら、上り坂を歩いてくる男ふたり。遠目にも渡世人だと察しのつく歩き方だ。

ズズッ。

音を立てて、染谷は熱い焙じ茶をすすった。

七

「おめさんが在所の両親《ふたおや》さ想《おも》いながらにんじん作ってるって言ったらよう」

若い衆ふたりが縁台に腰をおろすなり、婆さんはにんじん話を切り出した。

「そこのお客さんふたりが、えらく感心して褒めてたがね」

背の高い方の男が眉を動かした。両親を思い出すというのは、この男なのだろう。

婆さんは両方の男の客によかれと思い、染谷たちが褒めていたと世辞を口にした。

もしも染谷と昭年がもう少し年若ければ、婆さんもそれを口にするのをためらっただろう。なにしろ男たちは渡世人だったからだ。

しかし染谷と昭年は、渡世人の若い衆が気にすることにはならないほどに、充分な年配者だった。

無言で染谷と昭年を見たが、気に留めるでもなく、すぐに目を他所《よそ》に移した。

縁台が二台しかない茶店である。二組の客が、互いに無言でいるのを気詰まりに感ずるほどの狭さだ。

しかし渡世人は、もともとひとに愛嬌《あいきょう》を振りまく連中ではない。

それは染谷も昭年も同じだ。

医者は患者に対しては愛想よく振る舞うことはないのが通り相場だった。

とはいえ茶店の婆さんも、いまは余計な口は閉じていたほうがいいと察したらしい。奥に引っ込むと顔を見せなくなった。

聞こえる物音は、川風を浴びてはためく茶店ののぼりの音だけだった。

ゆっくり五百まで数えられたほどの刻が過ぎた。

ゴオーーン……。

永代寺よりも軽い響きの鐘が鳴り始めたのは、若い衆ふたりがすっかり茶を呑み干したころだった。

「船が着くぞおおう」

船着き場の声が、八ツ（午後二時）の響きに重なった。

「婆さん、ありがとよ」

にんじん作りの若い衆は、四文銭二枚を盆に落として立ち上がった。

染谷と昭年は、知らぬ顔で茶請けの梅干しをほぐしていた。大粒の梅干しは塩がよく回っており、黒文字でひとかけら口にすれば、しばらく茶を味わうことができた。

若い衆ふたりが船着き場までおりたのを見定めてから、染谷は腰を上げた。昭年も湯呑みを縁台に置いて立ち上がった。

「いい梅干しだった」

染谷は四文銭六枚を盆に載せた。

「これはまた、たっぷりもらったでよ」

婆さんはしわがれ声を弾ませた。

「にんじんのことを言っちまったのは、迷惑だったかね？」

「気にすることはない」

軽い調子で答えてから、染谷と昭年は茶店から土手につながる道を下り始めた。土手と交わる場所に出たところで、ふたりは足を止めた。

土手の上に立っていれば、船着き場の様子が一望できるからだ。

品川湊からの船は、潮にも風にも恵まれたのだろう。八ツの鐘が鳴り終わる前に、舳先に立った船乗りは舫い綱を放り投げた。

「まるで屋形船だ」

船着き場に迫った船を見て、染谷の口調が変わっていた。

「にんじん船」は染谷が思い描いていた船よりも、はるかに大型だった。

舳先から艫までは、四十尺（約十二メートル）はありそうだ。船にかぶさっている屋根も、屋形船かと見間違えてしまいそうなほどに大きくて、そして見栄えのする造りだった。

屋根がにんじん色に光って見えるのは、杉板を塗っているからではない。

屋根一面に銅板が張られていた。そのあかがねが八ツどきの陽を浴びて、遠目にはにんじん色に見えていた。

「あのにんじん船の持ち主は、ただの見栄っぱりではないぞ」

船着き場に舫われている船を、染谷は両目を凝らして見詰めた。

キラキラと光る銅板の屋根は、掃除を怠らないのだろう。遠目ながら、どこにも緑青《ろくしょう》の汚れを見つけることはできなかった。

屋根船に銅板を張れば、常に雨風にさらされる。気を抜けば、たちまち表面には緑青が吹くに違いない。

きれいなにんじん色を保っているのは、毎日の手入れを欠かさないからだ。

緑青の汚れがなければ、銅板屋根の寿命は延びるし、見た目もいい。

が、日々の手入れは大変である。

相応の費《つい》えを覚悟すれば、銅板屋根の新造船は手に入るだろう。しかし屋根の美しさを保つには、技のある職人に日々の手入れを任せなければならない。

長らく船を使うには、新造船の費えを上回るほどの手入れ代が入り用となるだろう。

商いに活かすための金遣いだと察せられた。

にんじん船のキラキラ輝く銅板屋根を見ただけで、染谷は持ち主の商いぶりにまで察しをつけていた。

屋根船は、まさしく屋形船も同然だった。

船着き場に舫われた船からは、総勢二十人を数える船客が下船した。

先頭を歩くのは、出迎えに出ていた若い衆ふたりである。

船の持ち主と思われる男が、若い衆の後ろを歩いていた。

「ここから見ていても、上物を着ているのが分かるぞ」

昭年のつぶやきに、染谷もうなずいた。

「おまえの言う通りだ」

ただの見栄っぱりではないと、男の身なりを見て昭年も得心していた。

船着き場から登ってくる男と、土手の上からその姿を見ている昭年、染谷との隔たり。

それはもはや、半町（約五十五メートル）ほどにまで詰まっていた。

履き物の分厚い底には、滑り止めの細工がされているに違いない。男は土手につながる急な道を、苦にもせずに登ってきた。

「雑草の生えた土手では、まことに理に適った足の運び方だ」

昭年が漏らした声は、男を評価していた。


昭年も染谷も、着る物や装身具にはまるで頓着しない。カミさんが支度したものに、文句もつけずに袖を通した。

しかし冬場の肌着は、みずから仲町の太物屋に出向いて品選びをした。

「五十路《いそじ》を過ぎた者には、なによりも冷えが身体にこたえる」

見た目うんぬんよりも、肌に暖かいことが一番大事……昭年も染谷も、患者にはこのことをきつく言い渡した。

履き物も同じだった。

「脱いだときの柄が大事だなどは、噴飯ものの言いぐさだ」

染谷は蔵前の札差《ふださし》を例に挙げて患者を諭《さと》した。

「美味いものを満腹になるまで食いたいのは、ひとのさが。そうしたい気持ちは分からぬでもないが、身体には大きな重荷だ」

美味いまずいを言う前に、滋養に富んでいるかを問うこと。

満腹まで食べ続けるのではなく、もうひと口食べたいと思うところで箸を置くこと。

あごの力を鍛えるためにも、よく嚙《か》んでから呑み込むこと。箸を膳に置いて嚙めば、早呑み込みが防げる。

こう諭したあとで、染谷は履き物に言い及んだ。

「金蔵から溢《あふ》れるほどのカネを持っていても、身体が動かなくなっては遣うこともできない。カネは遣ってこそのカネだ」

そのためには、履き物を大事にすることだと、染谷は続けた。

「ほどよい硬さの底で、滑り止めの細工がなされているのが一番の履き物だ。脱いだときの柄に凝るぐらいなら、底の拵えに費えをかけなさい」

滑りやすい履き物は、第一に歩きにくい。

歳を重ねてから滑ると、身体は敏捷に応ずることができない。巧く受け身ができず、足や腰、身体をかばおうとして突き出した腕の骨を折りかねない。

底が厚ければ履き心地がよく、足の疲れも軽くできる。

滑り止め細工がなされていれば、転んで骨を折ることもない。

「履き物は見栄えにではなく、底の細工にカネをかけなさい」

昭年と染谷はこれを言い続けていた。

確かな足取りで道を登ってきた男は、土手に上がるなり昭年と染谷の視線を感じたらしい。

わずか二間（約三・六メートル）しか離れていない場所で、男は足を止めた。

「なにかありやしたんで」

若い衆ふたりは男に駆け寄り、染谷と昭年を睨《にら》みつけた。

男は無言のまま、構ってないで先へ進めとばかりに、右手でふたりを促した。

「へい」

ふたりとも短く答えた。歩き始める前に、にんじん作りの男は染谷の胸元に鋭い眼光を突き立てた。

光のなかに好意は皆無だった。

八

染谷も昭年も眠りに落ちるのは、驚くほどに速い。

ひい、ふう、みい、よう、いつつ……。

太郎が五つを数える前に、染谷は眠りに落ちるのが常だった。

「まったくあなたってひとは、五つ知らずですねえ」

横になっても四半刻（三十分）近くは寝付けない太郎は、染谷を五つ知らずと呼んで羨《うらや》ましがった。

にんじん船が川崎宿に着いた日の夜も、染谷は四ツ（午後十時）過ぎにはすでに深い眠りに落ちていた。

日付が一月十三日へと移ったばかりの、真夜中どき。

「先生……染谷先生……」

ふすまの外から、旅籠のあるじ長田屋庄兵衛が小声で呼びかけてきた。

染谷には、もっとも眠りが深い時分だ。庄兵衛の呼びかけには、まったく応じなかった。

太郎は違った。

ようやく眠りに誘い込まれて、ウトウトし始めたころだった。

辰巳芸者太郎の一枚看板を張っていたころから、目敏《めざと》いことで知られていた太郎だ。

「なにかご用ですか」

庄兵衛の二度目の呼びかけで、太郎は布団の上に身体を起こした。

「向かいの店の若い者が先生にすぐさま出張《でば》ってもらいたいと、血相を変えて飛び込んできてまして」

「こんな真夜中に？」

穏やかな物言いの太郎が、めずらしく声を尖らせた。

どれほど眠りが深かろうが、太郎が声を険しくしている気配は染谷に伝わった。

「なにがあったんだ」

太郎に問いかけた声は、すっかり目覚めていた。

「旅籠のご主人が廊下においでです」

太郎が言い終えたときには、染谷は立ち上がってふすまに手をかけていた。

ふすまを開くと、二十匁《もんめ》ろうそくの燭台《しょくだい》を持った庄兵衛が顔をこわばらせていた。

「急患か？」

「はい」

染谷と話ができて安堵したらしい。返事をする庄兵衛の顔から、こわばりが失せた。

「患者はどこだ？」

「向かいの店におります」

「くだんの縄のれんのことか」

「はい」

庄兵衛は問われたことには即答した。

向かいの縄のれんと言えば、賭場を兼ねているいわくつきの場所だ。

「容態はいかに」

相手の容態次第では、治療方法も変わる。ことによれば鍼灸ではなく、昭年の治療にゆだねることもある。

「胃ノ腑に強い差し込みを覚えて、脂汗を浮かべて苦しんでいるそうです」

「患者の歳格好《としかっこう》と男女の別は」

染谷は次々に問い質《ただ》した。

「品川湊からやってきた、遊郭のご当主だそうです」

庄兵衛の答えは短い。が、さすがは旅籠のあるじだ。その短い答えのなかに、染谷が知りたいことは余さず含まれていた。

「支度をする。下で待ってなさい」

庄兵衛から燭台を受け取った染谷は、ろうそくの炎で部屋の行灯《あんどん》を灯《とも》した。

「手伝いが入り用ですか？」

染谷の着る物を調《ととの》えながら、太郎が問いかけた。

「胃ノ腑の痛みで脂汗を浮かべているのなら、大事はない。鍼を打つまでもなく、指圧でことが足りるじゃろう」

すでに治療の手立てを考えている染谷は、落ち着いた所作で着物に袖を通した。

夜はまだまだ底冷えがきつい。たとえ向かい側とはいえ、寒さへの油断は禁物である。

肌着を身につけた染谷は、長田屋が用意している綿入れを羽織った。

「行ってくる」

「下までご一緒します」

連れ立って階下におりた太郎は、鑽《き》り火の支度を済ませていた。どこに出向こうが、鑽り火の備えに抜かりはなかった。

階下におりた染谷を見て、迎えにきていた若い者ふたりが驚いた。

庄兵衛は鍼灸の名医が逗留していることを周りに自慢していた。そのうわさは、若い者の耳にも届いていた。

品川宿の遊郭当主、野崎屋《のざきや》勝太郎《かったろう》が胃ノ腑の強い痛みを訴えたとき、若い者はすぐさま長田屋に逗留しているという名医を思い浮かべた。

しかしまさか、昼間茶店で一緒だった染谷がその名医だとは思ってもいなかったらしい。

「待たせたかの」

「いいえ……」

戸惑い顔で若い者が答えたときには、染谷と太郎は土間におりていた。

戸口に立った染谷は鍼灸道具を納めた袋を持ったまま、太郎のほうに振り返った。

チャキ、チャキッ。

太郎が切った鑽り火が、底冷えの強い川崎宿の往来に向けて飛び散った。

若い衆ふたりは、太郎に向かって深くあたまを下げた。

稼業柄、鑽り火を切る姐《ねえ》さんにはあたまを下げ慣れている。ふたりのあたまの下げ方からは、太郎への敬いが感じられた。


「お待たせしやした」

若い者が、寝間に声を投げ入れた。

「入りなさい」

答えた男の声は、差し込む痛みをこらえてくぐもっていた。

若い者のあとから染谷は寝間に入った。

「やはり、あんただったか」

染谷を見ても、男は驚かなかった。

「深川で鍼灸院を営んでおる染谷です」

「品川宿の遊郭、野崎屋の当主を務めている勝太郎です」

痛みをこらえつつ、勝太郎はしっかりとした物言いで染谷に応じた。

互いに名乗ったあと、すぐさま染谷は触診を始めた。

「この辺りが痛むのではないかの」

染谷は胃ノ腑の真上を強く押した。

「まさにそこが痛んでおりますが……先生に押されたら痛さが幾分和らぎました」

勝太郎の物言いが変わっていた。

染谷は一発で勝太郎の患部を押し当てた。

その腕に、すっかり感心したのだろう。勝太郎はその後も、染谷の問いにはていねいな物言いで応じた。

「とりあえず、痛みが和らぐ応急の治療を為しておこう」

かかりつけの医者はいるかと、染谷は勝太郎に問うた。

「もちろん、おります」

高輪《たかなわ》大木戸内で、御典医も務めている医者の名を挙げた。

「ならば詳しい診立てと薬の調合は、そちらに頼みなさい」

いまは痛みを取り除くだけにすると告げて、染谷は指圧を始めた。

鍼灸治療を施しては、勝太郎の主治医の邪魔をすることになると判じたからだ。

染谷はあばら骨八番目、鳩尾《みぞおち》の辺りを強く押した。

不容と呼ばれるこの部分は、胃ノ腑の痙攣《けいれん》には特効のあるツボだ。

仰向けに寝かせた勝太郎の上半身を、染谷は裸にした。そして不容ツボを両手の親指で押した。

「ゆっくりとした息遣いを続けなさい」

大きく吸い込み、そののちゆっくりと吐き出す。

勝太郎は言われた通りに、この息遣いを続けた。

染谷は親指の腹で、勝太郎が息を吐き出すときに力を加減して押した。

二十回続けたとき、勝太郎が両目を大きく見開いた。

「先生」

「楽になったのだな」

「すっかり痛みが引きました」

不容を強く押されても、勝太郎は弾んだ口調を保った。

「あと二十回も続ければ、痛みはもはやぶり返すこともあるまい」

染谷は指圧を続けた。

足元に控えている若い衆は、指を折って指圧の数を数えた。

二十回を終えたときには、勝太郎のひたいの脂汗はきれいに失せていた。

「ありがとうございました」

布団に起き上がった勝太郎は、その姿勢であたまを下げた。

ひとにあたまを下げ慣れてはいないらしい。動きはぎこちなかった。

「あんたは胃ノ腑によくないところを抱えておるが、質《たち》のわるいものではない」

しっかりと診察を受けて、胃ノ腑に効き目のある薬を調合してもらうように……染谷の診立てに、勝太郎は強いうなずきで答えた。

「治療代はいかほどを？」

「夜中に叩《たた》き起こされた分も含めて、天保銭二枚としておこう」

「まさか、そんな」

「高いか？」

「安すぎます」

すっかり痛みのひいた勝太郎は、染谷のほうに身を乗り出した。

「いまはあんたも、わしの患者だ。治療代もわしの流儀に従ってもらおう」

天保銭二枚を受け取った染谷は、綿入れの前を合わせて長田屋に戻った。

「湯を沸かして待ってたがね」

旅籠の土間では、ゴン助が湯を立てて待ち構えていた。

宿場に飼われている犬が、遠吠えで染谷をねぎらった。

九

一月十三日は前日以上に気持ちのいい晴天で明けていた……。

「まことにこれは」

「庄兵衛が自慢するだけのことはある」

昭年と染谷から、何度も同じ感嘆のつぶやきが漏れた。ふたりがしゃべるたびに、口の周りの息が白く濁った。

座っている腰掛けの足元には、土瓶《どびん》が置かれている。中身の番茶は、すでに呑み干してカラになっていた。

杉の腰掛けが置かれているのは、長田屋の屋根に設けられた物干し場である。正面の彼方《かなた》には、五合目のあたりまで雪をかぶった富士山が見えていた。

朝飯前もまだの六ツ半（午前七時）前だ。空高く晴れてはいても、物干し場目がけて流れてくる風は冷たい。

そんな凍えのなかに座りながら、昭年も染谷も屋根の上から降りようとはしなかった。

物干し場の杉板には、朝の陽があたっている。しかし太い柱の陰には、まだ霜が消えずに残っていた。

そんな凍てついた板の上に、ふたりは根を生やしたかのように居座っていた。

物干し場に上がって、かれこれ四半刻（三十分）が過ぎたころ。

「ふたりともいい加減に降りてこないと、せっかくぬくもった身体が湯冷めしますよ」

太郎の三度目の呼びかけで、ようやく染谷は腰を上げた。

「毎日、朝に夕にこれほど大きな富士山を見ているがゆえだろうな」

昭年が口にした言葉には、だれがという主語がない。しかしそこは長年の付き合いで、息の合っている染谷だ。

深くうなずいて昭年を見た。

「まこと、あの容貌からは想像もつかぬ豪気さは、雄大な富士山を眺めていればこそだろうよ」

物干し場の階段を降りつつ昭年と染谷が話しているのは、長田屋のあるじ庄兵衛のことだった。

旅籠のあるじとも思えぬひげ面で、長いあごひげの先は白髪になっている。物言いは間延びしており、しゃべるとひげが揺れた。

のんびりした物言いに区切りがつくたびに、庄兵衛は腰をトントンとこぶしで叩いた。

「歳のせいですか、どうにも物覚えがわるいものでして」

あるじは腰に手を当てた。

「せっかく治していただいた腰ですが、言われた通りの歩き方を忘れてしもうて……」

立っているだけで、また腰に痛みを覚えておりますとぼやいた。

たったこれだけを言い終わるまでに、庄兵衛は三度も腰を叩いた。

しかし歳だというなら、染谷も昭年も同じである。間延びした庄兵衛の物言いには苛《いら》立《だ》ちなどは覚えず、好意すら抱いていた。

今朝は明け六ツ（午前六時）前からゴン助に言いつけて、庄兵衛は朝湯を立てさせていた。

旅人に朝湯を立てるのは、旅籠のつとめだ。しかし庄兵衛の言いつけは、大いに様子が違っていた。

夜半すぎ、勝太郎の治療から戻ってきた染谷に、庄兵衛は湯を用意していた。

「新しい湯は、いまの時季は一番のごちそうでしょうから」

夜中からまだ幾らも刻を経ていないのに、庄兵衛は豪気に新しい湯を仕立てていた。

小なりと言えども長田屋は旅籠で、杉の湯船にも相応の大きさがある。その湯をすっかり入れ替えるには、手間も費えもかかった。

にもかかわらず、庄兵衛は昭年と染谷のためだけに湯を入れ替えた。

勝太郎の治療に出向いてくれたことへ、旅籠の当主として報いるためだった。

ふたりが朝湯で存分に身体をぬくもらせているさなかに、庄兵衛が湯殿に入ってきた。

「今朝の富士山は、飛び切りの眺めです」

声を弾ませる庄兵衛の背後には、綿入れを抱え持ったゴン助が立っていた。

「ひたいから汗が噴き出すまでぬくもったあとは、物干し場に付き合ってください」

言い終えた庄兵衛は、ゴン助に目配せした。

「これを羽織るだがね」

脱衣籠に綿入れを残して、ゴン助と庄兵衛は連れ立って湯殿から出て行った。

今朝は富士山が飛び切りの眺め……。

言われたことに、ふたりは大いに気持ちを惹《ひ》かれた。しかし新しい湯もまた、飛び切りの味わいである。

まさしくひたいに玉粒の汗が浮かぶまで、湯のぬくもりを満喫した。

火照《ほて》った身体には、綿入れはうっとうしいだけだ。ゴン助の用意した綿入れを手に提げたまま湯殿を出たら……。

「ちょっくら、屋根の上まで付き合ってもらうだよ」

ゴン助の先導で二階に上がったあと、雨戸を開いて屋根の上に出た。物干し場へは、十二段の階段が設けられていた。

宿場の地べたからは二丈半（約七・五メートル）も高い眺めである。

「綿入れば着てねと、あっという間に芯まで冷えるでよ」

綿入れを羽織れと言い残して、ゴン助は物干し場から降りた。入れ替わりに、飯炊きのおかねが番茶のはいった土瓶と湯呑み、それに茶請けの梅干しを運んできた。

「そこの隅に腰掛けがあるでよ。腰おろして、好きなだけ見てくだっせ」

降りてきたあとはもう一度湯につかり、炊きたて飯の朝餉《あさげ》にするべと言い、おかねも物干し場を降りた。

ふたりは綿入れを羽織り、腰掛けに腰をおろして正面彼方の富士山に見入っていた……。

夜明け前の冬空は暗い。さえぎるものがない彼方の空に、ふたりは目を凝らした。

わずかに空が明るんでくると手前に聳《そび》え立つ富士山を、夜明けの空が影絵に映し出した。

ひとたび夜明けを迎えた空は、駆け足で明るさを増してゆく。影絵だった富士山の全景が青みを帯びて、ずんずんと明らかに見え始めた。

頂きの白雪がはっきりと見え始めたときには、染谷も昭年も、寒さも忘れて見とれていた。

「お客さんにすぐに会いてえってよう。また使いの若い衆が出張ってきてるだ」

二階の踊り場に戻った染谷に、ゴン助が告げた。

ぶるるっ。

朝湯につかるつもりだった染谷は、段取りが違って身震いした。

十

一月十三日の朝餉は、二階の客間に用意された。あるじの指図《さしず》である。

おかねは何度も調理場と二階座敷を行き来して、炊きたて飯・四人分の箱膳・味噌汁の鍋・焙じ茶の土瓶を運び上げた。

箱膳にはアジの干物と焼き海苔《のり》、生みたての生卵、煮物の小鉢、香の物が載っていた。

毎日、何升もの米を納戸から井戸端まで運び、研いで炊きあげることを繰り返しているおかねだ。

飯炊きで鍛えられた身体は、おかずの載った箱膳四膳を一度に運び上げられる力を蓄えていた。

飯炊きのみならず、今朝は干物もおかねが焼いた。

「この干物は、あんたが拵えたのか？」

アジの干物は昭年の一番の好物である。感心した口調の問いに、おかねは太い首を動かしてうなずいた。

「焦がし加減がいい。これなら皮も食える」

ぜいごをきれいに取り除いた皮は、パリパリに焦げている。身よりも皮が好きな昭年は、目を細めて喜んだ。

「干し方が見事だから、干物の美味さが際立っている」

染谷にも手放しで褒められたおかねは、日焼けした丸顔の頬を赤らめた。

美味い、美味いを連発した朝餉が終わるのを待ちかねていたかのように、庄兵衛が二階に上がってきた。

春慶塗の丸盆を両手で抱え持っていた。

「まことにこのたびは、いいお方に泊まっていただけました」

庄兵衛が膝元に置いた盆には、小粒のカリカリ梅干しが山盛りの鉢が載っていた。

焙じ茶はすでにおかねが土瓶で運び上げている。朝餉とともに呑んだあとも、おかねは新たな茶を土瓶につぎ足していた。

「どうぞこれを」

庄兵衛は丸盆に載せた鉢を、太郎の膳の前に置いた。

小粒の梅干しは小田原宿の特産みやげだ。太郎がことのほか好みだと知った庄兵衛は、川崎大師前のみやげ物屋から一升入りの小樽を取り寄せていた。

川崎大師の門前町でも、カリカリ梅は名物のひとつだった。

「それでは遠慮なしに」

太郎は五粒を小皿に取り分けてから、弥助に鉢を回した。弥助も太郎同様に、この梅干しが大好物だった。

女ふたりがカリカリと音をさせているなかで、庄兵衛の話が始まった。

「先生方にはお分かりいただきにくいでしょうが、向かいの野崎屋さんはこの宿場の恩人も同然です」

庄兵衛は話しにくそうな口調で、野崎屋が旅籠にはいかに恩人なのかを話し始めた。

品川宿で野崎屋といえば大見世である。羽振りのいい野崎屋は、宿場役人にも大いに顔が利いた。

川崎宿で隠れ賭場を開くに際しても、品川から川崎への役人申し送りがあった。

賭場はもちろん御法度《ごはっと》である。

しかし女と博打があってこそ宿場が栄えるのは、形と法度にこだわる役人といえども承知していた。

賭場が栄えれば、冥加金《みょうがきん》も増える。

冥加金が増えれば、役人の実入りも増す。

賭場が栄えることには、宿場の商人も役人も、大いにこころを砕いていた。

野崎屋は、金持ちの遊び客を品川から川崎に連れてきた。にんじん船に乗ってくる客は、一度の川崎遊びで千両に届くカネを遣った。

半分以上は野崎屋の賭場に落とした。

それでも品川からの客は、一度の来訪で三百両、四百両のカネを川崎宿で散財した。

品川から、まだ一宿目。

品川までは、残すところわずか数里。

この道のりの半端さゆえに、川崎宿は年を追うごとに商いは細った。

野崎屋が連れてくる客の散財は、宿場には大きな恩恵となっていた。

「先生方をお泊めしたことで、てまえどもは野崎屋さんに大いに気に入られましてなあ」

賭場の寝部屋にあふれた客は、これからは長田屋に一手に送り込むと勝太郎は請け合ったそうだ。

「客はぜいたくなことを言うだろうが、嫌がらずに聞いてやってくれ。その代わり、旅籠賃は青天井で取ればいい」

長田屋には、降って湧いたようなおいしい話である。

「どうぞこれからも旅に出られましたら、てまえどもに投宿願います」

庄兵衛は膝に載せた両手に力を込めた。

先刻、物干し場から降りたとき、勝太郎は若い者を使いに差し向けてきていた。

遊び客は宿場に残して、ひと足早く勝太郎は品川宿に帰ることを決めた。

「先生方がもしも今日のうちに江戸にお帰りでしたら、てまえどものあるじと一緒の船でいかがでございましょうか」

使いの者は、茶店で同席した例の年若い男だった。

が、野崎屋の牛太郎《ぎゅうたろう》（客の目利きをする遊郭の若い者）を務めているだけに、ていねいな口がきけた。

太郎も弥助も、にんじん船に乗りたいと、勝太郎の申し出を喜んだ。

極上の客に限っているにんじん船に、染谷たち一行を乗せるという……若い者が伝えてきた勝太郎の申し出には、太郎や弥助以上に庄兵衛が喜んだ。

勝太郎がいかに染谷たちを大事に想っているかが察せられたからだ。

にんじん船は四ツ半（午前十一時）に出る。染谷たちに供する飯は、今朝の朝餉で仕舞いだ。染谷一行から受けた恩を形で返したいと考えた庄兵衛は、へっついの前にしゃがんでいたおかねを呼び寄せた。

「アジの干物は、おまえがしっかりと目配りをして焼き上げなさい」

あるじみずから差配をして、飛び切り上等の朝餉が調ったというわけであった。

「川崎大師へのお参りがてら、今年の夏にまた、なにとぞお立ち寄りください」

庄兵衛の口調には、いささかの追従《ついしょう》も含まれてはいない。正味で染谷たちの投宿を願っていた。

旅籠の裏庭から、ニワトリの鳴き声が聞こえてきた。

それを潮時に、太郎と弥助は身繕《みづくろ》いに立ち上がった。

にんじんがすっかり抜かれた畑には、冬の柔らかな陽が降り注いでいた。

十一

品川に向けての船出は四ツ半の段取りである。

四ツ（午前十時）を告げる本鐘が撞《つ》かれ終わると同時に、勝太郎配下の多市《たいち》と秀次《ひでじ》が長田屋に顔を出した。

「二階の客人たちのお迎えに出張ってめえりやした」

染谷たち四人を船着き場まで案内する若い者である。土間で顔を合わせた庄兵衛にも物言いがていねいなのは、勝太郎からそう言いつけられているからだろう。

多市と秀次は、染谷たちの荷物を船着き場まで運ぶ気らしい。

「先生たちはまだ二階にいらっしゃるが、ここで待つかね？」

ふたりは庄兵衛の問いに返事もせず、軽くあたまを下げて雪駄《せった》を脱いだ。

階段を駆け上がるふたりは、ドンドンと不作法な音を立てなかった。

「あらまあ……」

不意にあらわれた若い者と目を合わせた太郎は、軽い驚きを漏らした。

四ツ半の船出だと聞かされていた染谷たちである。まだ出立の仕度は調っていなかった。

「親分が……いや、そうじゃねえや」

背の高いほうの秀次は、きまりわるそうな顔つきで言い直しを始めた。

「うちの旦那様から、先生たちのお出迎えには粗相をするなと、何度もきつく言われておりやすもんで」

まだ早いのは承知だが、遅れることのないように早めに迎えにきましたと、威勢のいい声で答えた。

染谷の返事を聞く前に、ふたりとも敷居をまたいで客間に足を踏み入れていた。

「荷物はそっくり、あっしらに持たせてくだせえ」

多市は太郎の手荷物を受け取ろうとして手を伸ばした。

「まだ支度はできておらぬ」

わずかに語気を強めた染谷は、多市と秀次を階段わきまで連れて出た。

「ひとにはそれぞれ段取りがある」

染谷は上背のある秀次を見上げた。

「早く出迎えに来るにも、ほどというものがある。あまりに早すぎては、それはもはや無礼につながるぞ」

きついことを言いながらも、染谷の物言いには優しさが含まれている。

しくじりに気づいたふたりは、素直に詫びた。

目元をゆるめた染谷は、たもとからポチ袋ふたつを取り出した。旅籠の女中たちに手渡すつもりで用意していた心付けだ。

諭したあとは、気持ちを込めて祝儀を渡す。

染谷流儀のポチ袋を受け取ったふたりは、深々と辞儀をした。

身体をふたつに折った、その深さに、多市と秀次の気持ちがあらわれていた。

宿場の木戸は神奈川口と品川口のふたつがある。品川口の脇には、高さ六丈（約十八メートル）の火の見やぐらが構えられていた。

壁は黒塗りで、上部の物見台には本瓦葺きの屋根が普請されている。

江戸でも滅多に見ることのない、堂々とした構えの火の見やぐらだ。

「六郷川は江戸へ敵が忍び込むのを防ぐ、大事な川でやすんでね」

火の見やぐらの真下に差し掛かったとき、秀次が歯切れのいい物言いで話し始めた。

「ここの火の見やぐらの見張り番は、役場のお奉行様から遠眼鏡をいただいてやす」

秀次は胸を張って火の見やぐらを見上げた。

川崎宿を統《す》べる役場は、見張り番に遠眼鏡を貸与している。そして火事の見張りと同時に、六郷川を不審な船や人物が行き交ったりしないかの監視も言いつけていた。

「もしも見張りが妙なモノを見付けたときは、半鐘じゃあなしに板木をぶっ叩くんでさ」

物見台を見上げたままの秀次が、話の先を続けようとしたとき。

ジャンジャン……ジャンジャン……。

火の見やぐらの半鐘が、強い調子で二連打を叩き始めた。

宿場のあちこちから、ひとが往来に出てき始めた。

火の見やぐらが叩く半鐘は、町の住人に不安な思いを抱かせるものだ。

「火元はどこなんでえ」

「風向きはでえじょうぶか？」

半鐘の音とともに飛び出してきた連中は、顔を引きつらせて声を交わし合うのが常だ。

しかし二連打を聞いて往来に出てきた面々は、奇妙にも落ち着いていた。遠眼鏡自慢をしていた秀次も、平気な顔つきである。

「なにがあったんだ？」

いつもは落ち着いている染谷のほうが、いまは秀次にいぶかしげな声で問いかけた。

染谷が暮らす深川には、江戸一番の高さを誇る仲町の火の見やぐらがある。川崎宿と同じ六丈の火の見やぐらからは、御府内の隅まで見渡すことができた。

仲町のやぐらが打つ半鐘の響きは、染谷も聞き慣れている。しかし二連打という半鐘の打ち方は、深川にはなかった。

「うちの火の見やぐらからなら、江戸の町までも見渡すことができやすんでね」

江戸のどこかから火の手が上がっていると報《しら》せるのが、二連打の半鐘だった。

幅のある川向こうの火事には、宿場の者は落ち着いていた。

「おい、大三郎《だいざぶろう》」

太郎の手荷物ふたつを大事そうに抱え持ったまま、秀次は六丈上の火の見やぐらに大声を放り上げた。

「火元はどっちの見当でえ」

「江戸だあ」

間を置かずに答えが返ってきた。

「あの抜け作が」

秀次に代わって舌打ちをした多市も、両手に弥助の手荷物を持っている。眉間に深いしわを寄せた多市は、手荷物を提げたままの両手を口にあてた。

「おめえに言われなくても、江戸てえのは分かってらあ」

江戸のどのあたりかを教えろと、多市は声を張り上げた。

「ちょいと待ちねえ。いま遠眼鏡をきれいに拭いてるとこだからよう」

大三郎は遠眼鏡の筒を目一杯に伸ばして、火元に向けた。

「どうやらあれは……本所……いや、もっと手前の深川のあたりだぜ」

間延びしたような声が、物見台から降ってきた。

深川と聞くなり、染谷は火の見やぐら下の戸に手をかけていた。

十二

にんじん船は当初の段取り通り、四ツ半に川崎湊を船出した。

「世の中は狭いものだとは、これまで何度も耳にしてきたが」

勝太郎の太くて響きのいい声が、にんじん船の座敷に響き渡った。

「まさかこれほどの縁に、立て続けに恵まれようとは」

ぐい呑みを一気に呑み干した勝太郎は、大きな瞳を太郎そして弥助に合わせた。

「さすがに考えたこともなかった」

「おれもです」

太郎は遠い昔の、辰巳芸者時代の物言いで応じた。

「ふたりの仲がよかったのは、あの当時から充分に分かっていたつもりだが」

勝太郎は大きな瞳を弥助に移した。

「嫁いだあとも、ふたりが隣り合わせに暮らしていたとは驚いた」

「隣り合わせじゃあござんせん」

弥助の物言いも、あの当時に戻っていた。

「太郎姉貴とは、通りを挟んで向かい合わせに暮らしております」

「そうだった、そうだった」

言い直しをされても、勝太郎はすこぶる上機嫌の物言いで応じた。

「ゆうべは真夜中を過ぎてから、あんたのご主人に命を助けてもらった」

かつて出会ったこともないほどの鍼灸の名医だと、勝太郎は言葉を惜しまずに染谷の技量の素晴らしさを称《たた》えた。

技を褒める物言いには、染谷の人柄に感服している心持ちが濃くあらわれていた。

「その染谷先生があんたのご主人で、弥助さんのご主人がこれまた名医の昭年先生だったとは」

ここまでに世間が狭かったとは……。

勝太郎はぐい呑みを手にしたまま、深いため息をついた。

ため息と言っても、屈託あってのことではない。それとはまるで逆で、感嘆のあまりに漏らした吐息と言えた。

太郎と弥助も深い想いを抱きつつ、勝太郎に調子を合わせるかのような吐息を漏らした。

勝太郎は太郎と同い年で、染谷や昭年よりは一歳年上。太郎も勝太郎もつい先日の元日で、六十三になっていた。

染谷は太郎と、昭年は弥助と、それぞれが初めて出会ったのは寛政九（一七九七）年である。

勝太郎はその前々年、寛政七年の一年間、ほぼ毎日のように辰巳で芸者遊びを続けた。

「おれは南の船宿の跡取り息子だ」

当時まだ二十四歳だった勝太郎は、初めての座敷に太郎と弥助を呼んだ。そして正直に素性を明かした。

「いずれは店を継ぐことになる」

勝太郎は屋号も隠さずに野崎屋だと告げた。

「南の野崎屋さんですか……」

告げられた太郎にも弥助にも、野崎屋の名は聞き覚えがなかった。

「姐さんたちが知らなくても当然だ」

そう言いながらも、勝太郎は気後《きおく》れしてはいなかった。

いまから四十年も昔の南（品川）は、まだ遊び場所としての格はきわめて低かった。東海道第一宿として、品川の名は諸国に知られていた。四十年前でも、南で遊ぶ旅人は決して少なくはなかった。

「なんたって面倒な仕来りがねえからよう。飯盛り女を相手にするような具合に、女が遊ばせてくれるんだ」

手軽さは、これから江戸に入ろうとする旅人にも、吉原の大見世では相手にしてもらえない職人たちにも大受けした。

しかし野崎屋の女将《おかみ》は、賑《にぎ》わうだけでは満足できなかった。

「おまえが代を継いだあとは、南を吉原と肩を並べる格にしておくれ」

南の格を上げるには、上品な遊びを供することが大事だと女将は思いを定めていた。

「北国《ほっこく》（吉原）は、うちらが正直に話をしても、とっても相手にはしてくれやしない」

辰巳は違うと女将は強い口調で言い切った。

「辰巳の姐さんたちは羽織を着て、男名前で座敷に出るのさ。下衆《げす》な客は相手にしないけど、わきまえのある遊び客なら大尽《だいじん》だろうが職人だろうが、分け隔てなく大事にするのさ。それが辰巳芸者の真骨頂だもの」

一年の間、おまえは通い続けて辰巳芸者の心意気をしっかりと身体の芯に取り込んできなさい……女将（母親）の言いつけを諒《りょう》とした勝太郎は、初の座敷で正直に打ち明けた。

「そこまで聞かせてもらって、いやだと首を振ったりしたら、辰巳の名がすたるわね」

「おれの知ってることなら、なんだって聞かせやしょう」

太郎と弥助は、初の座敷で勝太郎の人柄を好ましく思った。

「南は辰巳と違って、諸国から江戸に出入りする旅人が遊ぶところだ」

女だけでは、南の遊郭はもたない。

呑む・打つ・買うの三拍子が揃《そろ》って、初めて南の遊郭は賑わうことになると、勝太郎は自分の考えを太郎と弥助に明かした。

「勝太郎さんは、賭場の貸元に知り合いはいるの？」

「いや、ひとりもいない」

賭場で遊んだこともないと、このことでも勝太郎は正直だった。

「だったら、閻魔《えんま》堂の弐蔵《にぞう》親分に顔つなぎしてあげる」

太郎が請け合うと、勝太郎はあぐらを組んだ膝に両手を載せたまま辞儀をした。

半端な見栄を張らずに、知らないことは知らないという。

ものを頼むときも、真正面から頼みの中身を口にする。

それでいながら卑屈な振舞いは、かけらも見せない。野崎屋の身代を継ぐ男として、堂々と振る舞う。

勝太郎の人柄のよさを買った太郎は、貸元との顔つなぎ役を買って出た。

閻魔堂は富岡八幡宮《とみおかはちまんぐう》の北に位置しており、深川七福神と共に人気があった。

弐蔵の賭場は閻魔堂の真裏で、仙台堀に面している。遊び客は弐蔵の賭場の船着き場まで、屋根船を使って遊びにきた。

極上客には、賭場の屋根船を送り迎えの便に供していた。

「話は分かったが、おめえさんの器量のほどを見極めるのが先だ」

自分の賭場で遊ばせることから始めると、弐蔵は勝太郎に告げた。

遊びの夜、勝太郎は百両をふところに仕舞って閻魔堂に出かけた。

「五両の駒を二十枚買わせてもらいます」

サイコロの丁半博打に、勝太郎は毎度駒札二枚を賭けた。

負ければ新たな二枚を賭けた。

勝ったときは駒を引っ込めずにそのまま勝負を続けた。

勝ちが五回続いたときは、三百二十両の駒札が白布に載っていた。

六度目で勝負に負けた。

「うおおっ」

賭場にどよめきが起きた。

この勝負を見て、弐蔵は勝太郎に力を貸すことを引き受けた。
「南が江戸の入り口で踏ん張ってくれりゃあ、江戸の町も大きに繁盛するだろう」
弐蔵は若い者までひっくるめて貸し出してもいいと告げた。
「ありがたいお言葉ですが、ひとの段取りはてまえでやります」
弐蔵の申し出を、勝太郎はきっぱりとした口調で断った。
その断り方を、弐蔵は大いに気に入った。
「おめえの断り文句は、おれが若い時分に親分に言ったのと寸分違《たが》わねえ」
すっかり勝太郎を気に入った弐蔵は、みずから品川の野崎屋にまで出向いてきた。
勝太郎は一年間、ほぼ毎晩のように太郎と弥助にお座敷をかけた。
約束の一年を翌日に控えた夜。
勝太郎は町飛脚に託した文を太郎に届けた。
封書を開くとただひとこと、ありがとうとだけ書かれていた。
太郎に宛てた封書には、仲町の呉服屋藤屋の二十両分の切手が添えられていた。
弥助への封書にはありがとうの手紙と、五両の切手が同封されていた。
一切、未練がましいやり取りはせぬまま、勝太郎は辰巳から姿を消した。
四十年の歳月を経て、太郎・弥助・勝太郎は再会を果たした。

「染谷先生が火の見やぐらに駆け上るさまは、まるでマシラ（猿）のようだったらしい」

勝太郎は手酌で満たしたぐい呑みを一気に干した。

太郎も弥助も、いまはひとの女房である。勝太郎は手酌を通していた。

「梯子《はしご》を駆け上る力も、遠眼鏡で深川が無事だと見極めた目の力も、とても還暦のひとのものじゃなかったと、若い者が感心しておりやしたぜ」

染谷に対する勝太郎の物言いは、すこぶるていねいである。

染谷は照れもせず、勝太郎の褒め言葉を受け止めていた。

ぐい呑みをもう一度呑み干してから、勝太郎は背筋を伸ばして染谷を見た。

「染谷先生と昭年先生の深川寺子屋には、折々に手伝いをさせてもらいやしょう」

払い済み治療代に欠けがあったなら、それで埋めやしょうと、勝太郎は口にした。

「なによりだ」

染谷は破顔して勝太郎を見た。

「あの子たちには、遅ればせながらのお年玉となる」

言ってから、染谷はもう一度真顔に戻った。

「旅籠裏の人参畑と、品川からのにんじん船とを見たことで、わしも昭年も、うかつにも思い違いをしてしまったが……」

昭年と目を見交わした染谷は、また笑みを浮かべた。

「佳《よ》きおひとと知り合いになれて、結果としては重畳至極《ちょうじょうしごく》の旅となり申した」

今後ともよしなにと、染谷が交誼を願った。思い違いとはなにかを、染谷は言わなかった。勝太郎も質さず、染谷を見た。

「てまえこそ、よろしくのほどを」

勝太郎の声に応ずるかのように、にんじん船が大きく向きを変えた。

冬の陽を浴びてキラキラと光る川面《かわも》で、舳先は品川湊に向き直っていた。

静かに立ち上がった染谷は、ひとり左舷の先に連なる岸辺を見始めた。土手に茂った雑草が陽を浴びて、てんでに緑色を競っていた。

若くて威勢のいい草は、葉の緑が濃い。その大きな葉に陽を遮られた年配の葉は、黄色味を浮かべて葉を地べたに這わせていた。

岸辺の雑草を見ながら、染谷は川崎宿での日々を思い返していた。

太郎との暮らしは、息子も娘も一人前に育ってくれたほどに長くなっていた。

大きな思い違いをしたことで、にんじん船の勝太郎とかかわりを持つことになった。

しかも勝太郎は染谷がまだ知らぬ時代の、太郎や弥助と座敷を共にしていた。

話を聞くにつけ太郎の気性には、染谷と出逢う前から太い筋が通っていたと分かった。

若き日の勝太郎のために太郎は、算盤《そろばん》勘定抜きで接していた。いまだ変わらず、である。

若い時分の話を、穏やかな心持ちで受け止めて聞き入る……歳を重ねたいまだからこそできる芸当だと、染谷は実感していた。

黄色味を帯びつつ、若い葉が作る日陰で穏やかに横たわっている、おおばこの葉。先にはまだ、佳き日々が残されている。

それを教えられた染谷は、岸辺の雑草に胸の内でこうべを垂れていた。

つぶ餡《あん》こし餡

一

天保《てんぽう》五（一八三四）年は二月十四日が春分だった。

立春・雨水・啓蟄《けいちつ》と続いたのちの、二十四節気の四番目である。

染谷《せんこく》・太郎《たろう》夫婦にも、昭年《しょうねん》・弥助《やすけ》夫婦にも、春分は格別に想《おも》いの深い日だった。

大事な春分を十三日後に控えた、二月一日の朝六ツ半（午前七時）過ぎ。

桜のつぼみも大きく膨らんでおり、江戸の大半の家ではとうの昔にこたつを取り払っている時季だ。

しかし染谷と太郎は、まだこたつに足をいれていた。

「今年で……」

太郎は手元の年号一覧に目を走らせた。

寛政十三年二月五日、享和に改元。

享和四年二月十一日、文化へと改元。

文化十五年四月二十二日、文政に改元。

文政十三年十二月十日、天保へ改元。

そして天保は今年で五年目。

太郎は得手とする暗算で、歳月を勘定した。

「三十八年目です」

おごそかな口調で、過ぎた歳月を告げた。

染谷は当たり前だという顔を拵《こしら》えた。

「去年が三十七年目だったんだ。なにごともなければ今年が三十八年目になるのは、もの道理というものだ」

患者に患部の診立てを告げるような物言いで、染谷は応じた。

「今年もあなたの屁理屈が聞けて、安心しました」

こたつから足を抜いて立ち上がった太郎は、染谷のわきでしゃがんだ。

「ご褒美《ほうび》ですよ」

太郎は染谷に唇を重ねた。

「なにも口臭がしないのは、今年も五臓六腑《ごぞうろっぷ》が達者なあかしだ」

照れ隠しなのか、ことさらぶっきらぼうな口調である。

一連のやり取りは、すでに十年も続いている二月一日の染谷家の行事だった。

「今年はことのほか陽気が暖かですから、こたつも今日で仕舞ってもらえて、さぞかし嬉《うれ》しいでしょうね」

染谷がなにか憎まれ口を言う前に、太郎は朝餉《あさげ》の箱膳を片付け始めた。

今日の上天気を請け合うかのように、柔らかな陽射《ひざ》しが小さな庭に降り注いでいた。


寛政九（一七九七）年二月一日の八ツ（午後二時）どき。

半纏《はんてん》を羽織った年配の男がまだ開業前の染谷の治療院をおとずれた。

「うちの女将《おかみ》が、胃ノ腑《ふ》のあたりがひどく痛むと苦しんでおりやすもんで」

ぜひにも往診してもらいたいという。顔を出した年配の男は、洲崎《すさき》の料亭「三本松」の下足番だった。

洲崎には勝負ごとの勝ち運を授けてくれるという洲崎弁天社があった。

「ここ一番の勝負に臨むなら、洲崎の弁天様に願掛けするに限る」

「お参りのあと、近場の料亭にどれだけカネを遣ったかで、効き目が大きく変わるそうだ」

洲崎弁天の縁日には小僧を供に連れた大店《おおだな》のあるじや、若い衆が周りを固めた賭場の貸元、さらには勝負に臨もうとする顔つきを引き締めた渡世人たちが、わんさか参詣に押し寄せた。

お参りのあとは競い合うようにして、洲崎の料亭の玄関敷石を践《ふ》んだ。

洲崎の遠浅の砂浜には、深川名物のアサリが山ほど埋まっていた。

「洲崎のアサリは気立てがいいからね。ひと晩塩水につけておけば、すっかり砂を吐いてくれるわよ」

晴れた日の洲崎の浜には手拭《てぬぐ》いで頬被《ほおかむ》りをした漁師の女房連中が、アサリ売りの屋台を連ねていた。

晴れても降っても大勢のひとで賑《にぎ》わう洲崎には、十軒の料亭があった。

なかでも遠浅の海が一望でき、品川沖から昇る朝陽の眺めを独り占めにしている三本松は、大川を越えた先の日本橋の大店も得意客に名を連ねていた。

その三本松の下足番が、足を急がせて染谷の治療院をたずねてきたのだ。

「わざわざうちまで来なくても、大門《おおもん》通りには名の通った医者が何人もいるでしょう」

当時まだ二十五歳だった染谷は、本気で口を尖《とが》らせた。染谷と昭年は土地の職人や、長屋暮らしの患者を相手にするつもりで隣同士で開業を目指していた。

洲崎の料亭は見当違いも同然だった。

「女将がどうしても深川の先生を呼んでくれと申しますもんで……」

下足番は染谷の目を見詰めて応えた。

十日ほど前、昭年と染谷は辰巳検番《たつみけんばん》に籍をおく地方《じかた》（三味線）の梅《うめ》わか姐《ねえ》さんに治療を施していた。

梅わかは近所を通りかかったとき、胃ノ腑に差し込むような痛みを覚えた。たまたま目にした開業準備中の治療院に梅わかは飛び込んだのだ。

染谷とそのあと診た昭年はともに触診をしたのち、胃ノ腑が強いひきつけを起こしていると診立てた。

「灸《きゅう》をすえたのち、飲み薬を調合します」

ふたりは医者特有のもったいぶった物言いをせず、てきぱきと治療を施した。

染谷がすえた灸の効き目は見事で、たちまち痛みはひいた。

昭年の調合した飲み薬は、わずかに三服。他の医者なら、少なくとも二十包は調合した。

「これを明日の朝・昼・晩の三度、白湯《さゆ》で服用すれば痛みの元が治ります」

染谷の灸と、昭年の飲み薬を合わせて、治療代は小粒銀四粒（約二百七十文）だと知った梅わかは、自分の耳を疑った。

二度聞き直したが、小粒銀四粒に間違いはなかった。

「大門通りでは、話を聞いてもらっただけで銀五匁《もんめ》（約三百四十文）は取られます。苦い薬も滅法に高いんだけど、さっぱり効かないのよねえ」

染谷よりもはるかに年長の梅わか姐さんは、小粒銀を手渡しながら強く手を握った。

その梅わかが、昭年と染谷の話を周りに言いふらしていた。

三本松の女将も、梅わかと同じ痛みを何度も味わっていた。

「そういう次第ならば、往診させていただきましょう」

当時はまだ、二人のもとをおとずれる患者も少なかった。昭年と染谷はともに薬簞笥《くすりだんす》と風呂敷包みを携えて、下足番とともに徒歩で三本松まで出向いた。

女将の症状は、梅わか姐さんとまったく同じだった。

「灸をすえれば痛みは消えますが、それだけでは足りません」

ツボに灸をすえたのち、染谷は念入りに鍼《はり》治療も施した。

女将は梅わかより九歳も年長だったがため、胃痙攣《けいれん》の根が深かった。灸だけでは病巣の芯には届きにくいと判じたため、染谷は鍼を打ったのだ。

昭年は前回同様の飲み薬を調合した。が、砂糖を加えた薬包とした。

「お恥ずかしいんですが、この歳《とし》になっても苦いお薬は大の苦手なもんですから」

大門通りの医者は、舌がしびれそうなほどに苦い薬を調合していた。

女将の強い希望を聞き入れて、昭年は砂糖を加えた。薬代がかさんでも、三本松の女将なら平気だろうと考えた。

砂糖は高価である。しかも薬効ありとされており、乾物屋ではなく薬種問屋が取り扱っていた。

女将はその場で一服を服用した。

「こんなにおいしいお薬なら、日に四度でも五度でも飲みますから」

「一日三服、それを三日続けてください」

昭年は九包の薬を女将に調合した。

鍼灸《しんきゅう》と薬の効能が重なり合い、女将は四日目にはうなぎを平らげるまでに快復した。

「ぜひにも、御礼の一席を設けさせていただきたく存じます」

女将の強い招きに染谷が応じたのは、寛政九年二月二十四日。この年の春分の日だった。

女将は辰巳芸者のなかでも飛び切りの売れっ子だった太郎を座敷に呼んでいた。

染谷と太郎の出会った夜である。

今年（天保五年）は、あの出会いの夜から数えて三十八年目であった。

寛政九年から数えて、今年で何年目？

その勘定を太郎が始めたのは、十年前の文政七（一八二四）年二月一日のことである。

春のおとずれがひどく遅かったこの年は、啓蟄を間近に控えた二月一日になっても、こたつがまだ出しっぱなしになっていた。

染谷がひと一倍の寒がりだからだ。

「早いもので、あなたと出会ってから今年で二十八年目ですよ」

当時はまだ検番にあがっていなかったいまりが同居していた。

たまたま近くにいなかったがため、こたつを出た太郎は染谷と唇を重ねた。

「口臭がせんのは、おまえが息災なあかしだ」

染谷はむずかしい顔を拵えて応えた。

以来、過ぎた歳月の勘定と、軽い口吸いと、そしてこたつ仕舞いが二月一日の染谷家の習わしとなった。

こたつの片付けは太郎の仕事と決まっていた。その間に鉄瓶で湯を沸かすのが染谷の役目である。

「あなたの手はお灸と鍼治療に使う、患者さんにはかけがえのない手です」

重たいものを持つのはあたしの役目だと言い、太郎は家のなかの力仕事を一手に引き受けていた。

とはいえ太郎は染谷より一歳年上の六十三歳。年々、重たいものを運ぶのが難儀になっていた。

大きな買い物は、近頃では店の小僧に駄賃を払って運んでもらっていた。

しかし二月一日のこたつの片付けは、太郎の大事な仕事である。二尺半（約七十五センチ）もある特製のこたつ板も、顔をしかめることなく納戸まで運んでいた。

「これでうちにも、本物の春がきますねえ」

片付けを終えた太郎が、焙《ほう》じ茶に口をつけたとき。

ゴオォーーン……。

永代寺が五ツ（午前八時）を告げる捨て鐘を撞《つ》き始めた。

「おはようございます」

鐘の音に、いまりの声が重なった。

二

八幡湯の一件（居眠り初め）を経たことで、いまりは父・染谷への敬いを深くした。

以来、四年近くろくに顔も出さずに過ごした隙間を埋めるかのように、なにかにつけ実家を訪れていた。

そして母・太郎との雑談を楽しんだ。

「大門通りにある中村屋さん、お母さんは知ってるでしょう？」

「おまんじゅう屋の中村屋さんのこと？」

太郎の問いかけに、いまりは、こくんとうなずいた。

「だったらもちろん知ってるわよ」

太郎がいぶかしげな声音になったのも無理はない。

洲崎検番の芸子衆は、酒豪も含めて甘い物が大好きである。なかでも大門通りにある中村屋の「梅まんじゅう」「ふわふわまんじゅう」の二種類は、芸者衆に大人気だった。

辰巳芸者がひいきにするきっかけを作ったのは太郎だった。

「中村屋さんがどうかしたの？」

太郎の問いに応える代わりに、いまりは持参したみやげのまんじゅうを差し出した。

白雪のように真っ白で、手触りが柔らかなふわふわまんじゅうである。

「これをいただくのは、随分久しぶりだこと」

太郎はまんじゅうを口にする前に、新しい焙じ茶をいれに立った。芸者時代から甘い物を口にするときの太郎は、熱々の焙じ茶が決まりだった。

染谷が熾《おこ》した炭火は、まだ七輪に残っていた。太郎は柔らかな楢《なら》炭をふたつ足した。

楢炭はすこぶる火付きがいいが、火の粉が飛び跳ねるのが難点だ。その火の粉が飛ばぬように、太郎はきれいに洗い、大きさを揃《そろ》えて炭箱に収めていた。

これもまた、芸者時代の茶の湯稽古で得た知恵である。

熱さの残っていた鉄瓶は、炭火が熾きるなり強い湯気を立ち上らせた。

急須に湯を注ぎ、熱々の焙じ茶を太郎は三杯調《ととの》えた。

染谷と、娘のいまりと、自分用の三杯だ。

「お待たせしました」

太郎が供した湯呑《ゆの》みを、いまりは両手で抱え持った。

「この熱さは、お母さんじゃなければ出せないわ」

いまりはしみじみとした口調で、湯呑みの熱さを味わった。

「それでは、いただきましょう」

染谷に勧めてから、太郎は自分のまんじゅうをふたつに割った。

黒光りしているつぶ餡《あん》が、純白の皮と色味を競い合っている。

「このつぶ餡の艶が値打ちよね」

変わらぬ色味を褒《ほ》めてから、太郎はまんじゅうを口に運んだ。

ほころんでいた太郎の顔つきに、薄い曇りが浮かんだ。

「やっぱり、変でしょう？」

娘に問われても返事をせず、太郎は餡の吟味を続けた。

初めて口にした遠い昔へと、太郎の想いはさかのぼっていた。

太郎が初めて中村屋のふわふわまんじゅうを口にしたのは、寛政十年九月下旬。

二十七歳の秋だった。

当時のひいき客、木場《きば》の旦那に頼まれて、太郎は洲崎弁天に代参した。その帰り道、中村屋に立ち寄った。

「いらっしゃいませ」

店番の娘が、声を弾ませた。

「ここにおまんじゅう屋さんがあったなんて、ちっとも知らなかったけど……」

「先月、店開きをしたばかりですから」

娘はさらに声を弾ませた。

開業からおよそ半月が過ぎているという。娘の明るい声につられた太郎は、白まんじゅうと焙じ茶を注文した。

「ありがとうございまあああす」

娘は店先の縁台を太郎に勧めた。緋毛氈《ひもうせん》ではなかったが、縁台には藤色の布が敷かれていた。

心地よい秋晴れである。日除《ひよ》けに立てかけた大きな傘が、降り注ぐ天道《てんとう》の光を和《やわ》らげていた。

頼んでから幾らも間をおかず、まんじゅうと茶が運ばれてきた。

空の高いところに天道はいた。季節はすでに秋深いころだ。加えて日除け傘の効き目もあった。

日溜《ひだ》まりの縁台に座っていても、湯呑みの茶は強い湯気を立ち上らせているのが見てとれた。

湯気の立っている焙じ茶は、太郎のお好みである。気を良くした太郎は、白まんじゅうをふたつに割った。

小豆と砂糖を惜しまずに使ったつぶ餡が、黒光りしながら美味《うま》さを訴えていた。

「いただきます」

ひと口含んだ餡は、呑み込むのが惜しくなるほどに甘味が上品だった。

たっぷり砂糖を使っているのは、甘さからたやすく察しがついた。しかしその甘さは、尖ってはいなかった。

「とっても上品な甘味だこと」

太郎は不作法を承知で、一気にまんじゅうを平らげた。

店の奥から出てきたあるじは、眉が濃くて瞳が大きな男だった。

「美味そうに食ってもらえて、そのまんじゅうは果報者です」

太郎の食べっぷりを喜んだあるじは、自分から善助《ぜんすけ》だと名乗った。

「親方からのれん分けを許してもらったんですが、なに分にもまだ二十の若造なもんですから」

客はまだ少ないが、親方に仕込まれた通りのまんじゅうを作り続けると、善助はきっぱりと初対面の太郎に告げた。

「その若さで店を出すなんて……」

太郎はめずらしく声を弾ませた。

初顔合わせの者とは軽々しく口をきかないのが、太郎を名乗る者の格式だった。

「わたしは辰巳検番の太郎と言います」

名乗った太郎のところに、店番の娘が駆け寄ってきた。

「辰巳検番で太郎を名乗るひとに、うちのひとのおまんじゅうを食べてもらえたなんて」

娘は善助より一歳年下の女房で、おふくという名だった。

「こんなにおいしいのに、まだまだお客さんに知ってもらえなくて……」

善助のまんじゅうの美味さを、おふくは信じ切っていた。

「お茶はあなたがいれたの？」

「そうですけど、熱すぎましたか？」

「とってもおいしかったわよ」

太郎は焙じ茶の美味さも正味で褒めた。

「おまんじゅうは、なんという名前なの？」

「白まんじゅうです」

善助とおふくの声が重なった。

「分かりやすいけど、このふわふわした素敵な手触りが伝わってこないわねえ」

太郎は感じたままを口に出した。

「ものごとはなにに限らず、名前は大事です。辰巳芸者もそうですから」

脇に座したおふく以上に、当時まだ二十歳だった菓子職人の善助のほうが、聞かされた言葉の重みを感じ取っていた。

辰巳芸者の看板源氏名を背負う太郎が、年下の善助のために知恵を貸してくれたのだ。

「太郎さんが言ってくれた、ふわふわまんじゅうに名を変えます」

善助の返事に迷いはなかった。

太郎は善助の心意気を受け止めた。

「あたしもみんなに勧めます」

請け合った太郎は芸者仲間に止《とど》まらず、検番出入りの商人にもまんじゅうを勧めた。

その年の暮れ、得意先への使い物にも太郎はふわふわまんじゅうを誂《あつら》えた。

年が明けたころには、一日に三百ものふわふわまんじゅうが売れていた。

「どうかしたのかしら、善助さん」

太郎はあるじを案じた。

善助は、今年で五十六である。いまもまんじゅうを作り続けているとすれば、身体《からだ》に相当な無理がかかっているに違いない……それを太郎は案じていた。

母が抱いた心配を、娘も感じていた。

「身体の節々が痛むからって」

いまりも善助の様子に触れた。

「ご主人の善助さんは、朝鮮人参《にんじん》を使った膏薬《こうやく》を貼っているそうなの」

いまりは話しながら湯呑みを回し、手のひらのぬくもりを味わった。話に戻ろうとしたときは、わずかに表情が曇っていた。

太郎はそれを見逃さなかった。

「膏薬がどうかしたの？」

問われたいまりは、小さくうなずいた。

「膏薬売りの様子に剣呑《けんのん》なところがあるからと、おかみさんの声がくぐもっていたの」

検番での修業のなかで、いまりもさまざま練られている。おふくの物言いのなかに、危ういものを感じ取っていた。

口を閉じたいまりは、焙じ茶をすすった。

染谷の目が強い光を帯びていた。

三

二月一日、八ツ（午後二時）下がり。

太郎は大門通りの中村屋を目指して歩いていた。汐見橋を渡ったあと、洲崎弁天につながる大路を七町（約七百六十メートル）ほど東に進めば大門通りに交わる。

太郎は紅色と藍色の格子柄のあわせに、藤色無地の道行《みちゆき》という出立《いでた》ちである。向かう先は純白のふわふわまんじゅうが売り物の中村屋だ。菓子の白さが引き立つように、太郎は派手な色味の格子柄に袖を通していた。

ひっきりなしに荷車が行き交う大路である。大きな車輪が、地べたに何本もの深い轍《わだち》を残していた。

車が掘り返した地べたには、細かな土の埃《ほこり》がかぶさっている。わずかな風を浴びても、たちまち埃は舞い上がった。

太郎は轍をよけながら、大門通りを目指して歩いた。

大路の北側は、木場につながる運河だ。川面から一間半（約二・七メートル）の高さに築かれた石垣のわきには、この場所も木場の一角だと示すかのように柳が並木を拵えていた。

「木場に春が来たのを告げるのは、よその町みてえに梅の花じゃねえ。ここじゃあ川岸に垂れている柳の枝さ」

木場の住人には運河沿いの柳並木が自慢だった。

毎年、柳は葉を出す前触れとして尾のような花穂をつける。この花穂が春を運んでくるというのが、木場の言い分だった。

一月下旬から、毎日晴れが続いている。二月一日も夜明けから晴天に恵まれていた。

運河沿いの大路はたとえそよ風だろうが、風が吹けば土埃が気になった。が、幸いなことにいまは風は吹いていない。

轍をよけて歩いてきた太郎は、垂れ下がった柳の枝の前で足を止めた。

細い枝には、花穂のあとの葉が芽を出そうとしているようだ。

柳の枝に宿る、春告げの花穂。

座敷に出ていたころ、まだ嫡男（跡継ぎ）身分だった旗本・脇坂安勝《わきさかやすかつ》から花穂のいわれを聞かされていた。

「唐土《もろこし》の蘇州という地では、柳絮《りゅうじょ》なる名の柳の花穂が春を告げるために飛ぶという」

蘇州の町が柳絮のかすみに包まれたのちに、まことの春が訪れる……。

あのときの安勝は、太郎の髷《まげ》を見詰めてこの逸話を披露した。嫡男身分とはいえ、三千石の大身旗本の跡継ぎである。唐土に関する書物は、屋敷の書棚に充ちていた。

「深川で太郎を名乗るそなたなら、柳絮を髪に浴びた姿も、一幅の軸になろうぞ」

遠い日に受けた安勝の賛辞を思い浮かべつつ、太郎は垂れた小枝に手を添えた。

確かな足取りで春が近づいていた。

辰巳芸者は、ひとりの漏れもなしに縁起担ぎである。

太郎も然《しか》りで、人一倍の縁起担ぎだ。

久しぶりに、太郎は中村屋に顔を出そうとしていた。

善助・おふくの息災と商いの繁盛を願いつつ、大門通りを目指しているのだ。

柳の葉が着実に芽吹いていたのが、太郎にはことさら嬉しかった。

枝を垂らした柳のわきで、太郎は目一杯に深く息を吸い込んだ。そして歩き始めてから、その息を少しずつ吐き出した。

縁起のよさを感じたら、その場で存分に息を吸い込む。そして吐き出すのを惜しむかのように、少しずつ漏らす。

これもまた、太郎流儀の縁起担ぎのひとつである。

柳の並木を三本行きすぎたところで、太郎は残っていた息をすべて吐き出した。

石垣のぬくもりを腹に抱えるようにうずくまっていた三毛猫が、息を吐き出した太郎をいぶかしげに見詰めていた。

大門通りにも、八ツ下がりの陽射しが降り注いでいた。道幅はここまで歩いてきた大路と、それほど違わない。

洲崎の遊郭につながる大門通りも、相当に幅広い道だった。が、この道を行き交うのは、荷車よりもひとのほうが多い。

地べたに轍は少なく、土埃も舞ってはいなかった。

今朝方、太郎はいまりから中村屋の話を聞かされた。聞きながら、ふわふわまんじゅうを味わってみた。

思わず顔を曇らせてしまったほどに、餡の味が変わっていた。

母親の表情が変わったのを見たいまりは、中村屋で聞き込んだ話を細かに聞かせた。

職人を使わない善助は、五十半ばを過ぎたいまも、ひとりで菓子作りをこなしていた。

大量の水を使う仕事で、大鍋に水を汲《く》み入れるだけでも大仕事だ。しかもまんじゅうなどの皮作りは、粉挽き・こね・生地伸ばしまで、腕力のいる重労働が続く。

餡作りは小豆を煮たり潰したり、豆皮を捨てたりと、これまた力仕事ばかりだ。

五十六の身体には、若い時分のような無理は利かない。そのことを、太郎はよく呑み込んでいた。

「餡がこんな具合なのは、善助さんの身体がどこか傷《いた》んでいるんじゃないかしら……」

感じたままを太郎が口にしたら、いまりは大きくうなずいた。

「善助さんは、身体の節々が痛んで起きるのがとってもつらいそうなの」

痛み止めに効き目があるということで、善助は朝鮮人参入りの膏薬紙を貼っていた。

「でもおかみさんの口ぶりは、なんだか膏薬売りを疎《うと》んじているみたいに聞こえたの」

そこは太郎の娘である。いまりも相手の何気ない口ぶりから、内に隠した思いを察することができた。

が、太郎は鵜呑《うの》みにはしなかった。

「どうしておまえは、おふくさんが膏薬売りを疎んじていると思ったの？」

質《ただ》されたいまりは即座に応じた。

「膏薬はいいけど、売りにくるひとの目つきが尖っているのよねえって、ぽろっとこぼされたの」

いまりの言い分を聞いて、太郎は得心した。

「中村屋さん前の大通りは、渡世人も多く行き来する大門通りだから」

膏薬売りの素性を案じたのかもしれないと、娘の言い分を太郎は読み解いた。

「今日のうちに、中村屋さんに顔を出してあげたらどうだ？」

染谷に言われるまでもなく、太郎は中村屋を訪ねる気になっていた。

気は急《せ》いたが、太郎は八ツの鐘が鳴るまで出かけるのを待った。

八ツは職人の休みどきである。

二十二軒も中見世が軒を連ねている洲崎遊郭では、ほぼ毎日、どこかの見世が普請仕事を進めていた。

職人に気持ちよく働いてもらいたい見世は、八ツの休みには茶と菓子を奢《おご》った。

中村屋のふわふわまんじゅうは、職人にも大人気である。

八ツどきを過ぎれば、その日の菓子作りもひと息がつける……そう気遣ったがゆえの、八ツ下がりの訪問だった。

大門通りに入ったあとも、西に移った天道からは柔らかな陽が降り注いでいた。

道幅のある通りを北に向かう太郎の影が、地べたに伸びている。

中村屋まで十間（約十八メートル）に近寄ったとき、太郎は足を止めた。

地べたの影も動かなくなった。

まさにおふくが言った通りである。目つきの尖った渡世人のような男が、風呂敷包みを手に提げて中村屋に入ろうとしていた。

戸口で足を止めた男は、隙のない目で周囲を見回した。

太郎は通りの真ん中で足を止めていた。男が尖った目を投げてきたが、太郎は知らぬ顔を続けた。

堂々と立っているほうが目立たないのを、太郎はわきまえていた。

男は太郎にそれ以上の気を払うこともなく、中村屋に入った。

歩みを戻した太郎は、中村屋を見ようともせずに店の前を行き過ぎた。

柔らかな陽射しが描く人影は、律儀に太郎に付き従っていた。

四

中村屋の店先を通り過ぎた太郎は、茶屋の縁台に腰をおろした。

茶屋から中村屋までは、せいぜい八間（約十四・五メートル）の隔たりしかない。

空の底まで晴れ渡った八ツ下がりである。往来に面した縁台に腰をおろしていても、不審に思う者など皆無だろう。

焙じ茶を注文した太郎は、中村屋の店先を見ながら数を数えていた。

「ゆっくり同じ調子で数を数えておけば、あとで物事を見極めるときに大いに役立つ」

染谷が常から口にしていることだ。太郎はことあるごとに、この教えを守ってきた。

茶屋の手伝い娘が焙じ茶を運んできたとき、太郎は百三まで数えていた。

焙じ茶に口をつけたあとも、太郎は数を数え続けた。

男が中村屋から出てきたのは、まだ二百七十五を数えたときだった。

もしもあの男が膏薬売りだとすれば、尋常ではない早さである。

膏薬紙の受け渡しや代金の支払いなど、善助と男の間で交わされるやり取りは、幾つもあるだろう。

たとえ手際よくことを運んだとしても、たかだか二百七十五を数える間に終わらせるのは、たやすいことではない。

あれこれ思案をめぐらせようとした太郎だが、それはやめにした。あとで中村屋に行けば分かることだ。

その代わりに店から出てきた男の様子を、つぶさに見ることにした。

男は入ったときと同じ風呂敷包みを、店から出てきたときも提げていた。

中村屋を出たあと、男は大門通りを南に向かって、太郎が座っている茶屋とは反対方向に歩き始めた。

通りと交わる路地を二つ行き過ぎたとき、三番目の路地から別の男が出てきた。

茶屋からその路地までは、およそ五十間（約九十メートル）ほど離れていた。

太郎は湯呑みを盆に戻したあと、右手をひたいにかざして男ふたりの動きを見ていた。

六十を迎えた三年前から、めっきり近くのモノが見えにくくなっていた。

瓦版を読むのが若い時分から大好きだった太郎だが、いまは小さな文字を読むのがひどく億劫《おっくう》だった。

染谷の治療道具のひとつに、大きな天眼鏡がある。それをあてれば、瓦版の文字も読み取ることができた。

が、天眼鏡は重たいのだ。持ったまま瓦版を半分も読み進まぬうちに、柄を握った右手がつらくなった。

そんな次第で、近頃の太郎は手元を見るのがしんどくなっていた。

しかしそれとは逆に、遠くを見るのは大好きになっていた。

目に疲れを覚えることもない。しかも若い時分よりもいまのほうが、遠目が利くような気がしていた。

いまも五十間先を見詰めていた太郎には、男たちの所作もぼんやりながら見えた。

中村屋から出てきた男は、手に提げていた風呂敷包みを、路地で待っていた仲間とおぼしき男に手渡した。

受け取った男は周りを確かめたあと、大門通りを南に向かって駆けだした。

富岡八幡宮《とみおかはちまんぐう》につながっている大路に出たあと、男は西（富岡八幡宮～永代橋《えいたいばし》方面）に折れた。

風呂敷包みを手渡した男は仲間の動きとは逆に、大門通りを北に戻ってきた。

中村屋の前に差しかかっても、店を見ようともせず、ずんずんと太郎の座っている茶屋の方に進んできた。

太郎はいささかも慌てず、湯気の立つ焙じ茶の湯呑みを手に持っていた。

縁台の前を通り過ぎるとき、男は太郎に目を走らせた。

藤色の道行は、降り注ぐ陽を浴びて鮮やかな色味を見せている。

男はこの道行を覚えていたのだろう。足を止めて太郎を見詰めた。

太郎は男に目を合わせようとはせず、落ち着いた動きで湯呑みに口をつけた。

わずかの間、男はその場に立っていた。が、太郎に格別ないぶかしさを覚えなかったのだろう。

目を逸《そ》らしたあとは、ずんずん歩いて大門通りを北に進んで行った。

渡世人は背中にも目がついているのを、太郎はわきまえている。

男を目で追うことはせず、遠ざかるまで太郎は焙じ茶を味わっていた。

五

太郎が中村屋を訪れたのは、八ツ（午後二時）を四半刻《しはんとき》（三十分）近く過ぎたころだった。

渡世人風体の男が大門通りからいなくなったあとも、太郎はしばらく茶屋でときを過ごした。

男が放っていた禍々《まがまが》しさを、太郎は重く受け止めた。

どこにも男の目は光っていないと見極めがつくまで、太郎は中村屋の向かいの茶店を動かなかった。

店番は女房のおふくである。

「まあっ！」

太郎を見るなり、おふくの瞳は倍の大きさに見開かれた。

口から出た短い言葉には、不意の来店を喜ぶ思いが溢《あふ》れていた。

しかし見開いた瞳にたちまち陰がさした。

「せっかくお越しいただきましたのに、見ての通りでなんにもないんです」

おふくの語尾が下がった。

太郎は目元をゆるめておふくを見た。

「八ツをかれこれ四半刻も過ぎているんですよ。中村屋さんほどのお店にまだなにか残っていることのほうが、よほどにどうかしているでしょうに」

相変わらずの繁盛ぶりを、太郎は正味の物言いで称《たた》えた。

おふくの頬に朱がさした。太郎の言い分は世辞ではないと分かったのだろう。

太郎はおふくとの間合いを一歩詰めた。

「じつは今朝方、娘の手土産でこちらのおまんじゅうをいただいたんです」

ひと口食べたら懐かしさが込みあげてきてしまって……と言い終えたあと、太郎はおふくの目を見詰めた。

「太郎さんに、うちのふわふわまんじゅうを召し上がっていただいたのですか」

「わたしも染谷もいただきました」

太郎が応えると、おふくの顔つきが動いた。とはいえその動きは、気を入れて見詰めていなければ気づかない程度の、わずかな変わり方だった。

もちろん太郎は気づいた。が、知らぬ顔を続けた。

「もう売り物は残ってないのですが、蒸《ふ》かす途中で傷つけたものが五つあります」

太郎さえよければお茶をご一緒させてもらいたいのだがと、おふくは都合を問うた。

「わたしは構いませんが、おふくさんこそよろしいのですか？」

「座敷に引っ込むわけにはまいりませんが、そこにいる分にはお客様は見えますから」

おふくは土間の先の六畳間を指し示した。

障子戸の間仕切りもない、店から丸見えの六畳間だ。店番をしながら身体を休めたり、馴染《なじ》み客に茶を供したりするための小上がりのような拵えである。

もともと中村屋の様子が知りたくて、太郎は訪れたのだ。おふくに招き入れられたあと、土間で手早く道行を脱いだ。

八ツを過ぎても大門通りには、二月の柔らかな陽が降り注いでいる。大路の堅い地べたで弾《はじ》き返された陽光が、中村屋の土間にも差し込んでいた。

「素敵な柄ですこと……」

紅色と藍色の格子柄が、おふくの目には眩《まばゆ》く見えたらしい。

太郎よりは年下だが、おふくもすでに五十路《いそじ》をとうに過ぎたはずだ。しかし色味の艶《あで》やかさに見とれるこころを、いまも持ち合わせているようだ。

おふくの応じ方を目の当たりにした太郎は、胸の内で安堵《あんど》していた。

おふくは菓子屋を切り盛りする女だ。日々の暮らしがたとえ難儀続きでも、見栄えのするものに見とれていられるゆとりを失ってはならない。

気持ちが切羽詰まっていては、彩りと味の豊かさを商う菓子屋はとても切り盛りできないと思えたからだ。

おふくがどんな応じ方をするのか。

それを確かめたくて、太郎は長着の上に道行を羽織ってきた。そして脱いだときには着物の艶やかさが伝わるように、色味の取り合わせにも気遣ってきた。

おふくの反応にひとまず安堵した太郎は、履き物を揃えて小上がりに上がった。

火鉢の茶釜は、ゆるい湯気を立ち上らせていた。湯が強く煮え立つことのないように、炭火を加減している湯気の立ち方である。

その気遣いにも太郎は嬉しくなった。

いまりが買い求めてきたまんじゅうは、皮も餡も味が落ちていた。

しかし店を守りながら客あしらいを受け持つおふくは、まだこころのゆとりを失ってはいないように思えた。

おふくさんさえしっかりしていられれば、お店は大丈夫……茶が出されるのを待ちながら、太郎は自分に言い聞かせた。

「ようこそお越しくださいました」

茶を供したあと、おふくは畳に両手をついて来訪の礼を言った。

「おふくさんの様子にお変わりがなくて、大いに安堵しました」

膝に両手を重ねて太郎は応じた。

顔を上げたおふくは太郎の目を見詰めた。その目を受け止めた太郎は、なにかを伝えたがっていると察した。しかし自分から水を向けることはせず、供された茶に口をつけた。

ひと口つけて驚いた。

ひどくまずかったからだ。

湯が煮えたぎらないように、おふくは炭火の強さを気遣っていた。にもかかわらず、焙じ茶の味はまずかった。

茶葉が古くて味も香りも失《う》せているのだと太郎は判じた。

客への気配りに抜かりがなければ、真っ先に茶葉の古さには気づくはずだ。

気づかないまま焙じ茶を供してしまったほどに、落ち着いたうわべとは裏腹におふくの気持ちは行き詰まっているのか？

こう考えたあと、太郎は急ぎ打ち消した。

おふくが行き詰まっているわけではない。

茶葉が古くなったのも気づいていないのは、茶を出す客が少ないからだ。

たとえ気持ちが行き詰まっていたとしても、毎日のように客に茶を出していれば、古い茶葉はたちまちなくなる。

いつまでもそんな茶葉が残っているのは、茶を出すこと自体が少ないからに違いない。

思い巡らせることを閉じて湯呑みを膝元に戻したあと、太郎はおふくを見た。

おいしいお茶ですと、決まり文句を太郎は口にしなかった。なにも言わないことで、いま感じていることを伝えようとしたのだ。

おふくがどんな応じ方をするかを、太郎は見極めようとした。

しかしそれは、かなわなかった。店先に客が来たからだ。

急ぎ土間に下りたおふくは客に近寄った。

「あいにく売り切れてしまいまして」

明日は四ツ（午前十時）から店売りを始めますのでと、おふくは客に告げた。おふくの声は、小上がりの太郎にも聞こえた。

店売りは五ツ（午前八時）からのはずだと、太郎はおふくの返答をいぶかしんだ。

中村屋に限らず、大半の店は遅くても五ツには店を開けるものだ。早商いの店なら、明け六ツ（午前六時）から店を開いていた。

四ツにならなければ開かない町場の小商人《こあきんど》など、尋常なこととは思えなかった。

客も同じことを思ったらしい。

「五ツの店開きではないんですか？」

問いかける声が尖っていた。

「相済みません。仕込みに手間がかかりますもので、四ツにはかならず開けさせていただきますので」

おふくは身体を二つに折って詫《わ》びた。

得心がいかないのか、遠くからわざわざ中村屋まで買い物にきたのか、不満な気持ちを隠そうともせず、客は返事もしないまま店先を離れた。

ふうっ。

土間で漏らしたおふくのため息は深かった。太郎の耳にも聞こえた。

膝に手を置いた太郎が目を向けると、おふくも太郎を見ていた。

外から差し込む光を背に浴びたおふくは、表情が定かには分からない。それでもおふくが胸の内に抱え持った屈託の深さは、太郎に察せられた。

ここが潮時と判じた太郎は、自分からおふくに問いかけようとした。

しかし、またしても来客に阻まれた。

「ごめんください」

今度の客は甲高い声のこどもだった。あるじのお供なのか、小僧はお仕着せ姿だ。

振り返ったおふくは、小僧の背後に立つ男に目を走らせた。

自分と同年配だろうかと太郎は感じた。

しかし歳の割に、肉置《ししお》きは引き締まっている。太郎の目が束の間、男の手に走った。

出来のいい白粉《おしろい》で叩《はた》いたかのように、すべすべして見える。男は菓子職人だと、太郎は察しをつけた。

毎日、各種の粉に触れればこその手だと確信できた、それも平の職人ではない。

多数の配下を束ねる棟領《とうりょう》を思わせる風格が、漂い出ていた。

おふくは一目で男が分かった。

「あっ……」

息を呑んだおふくは、小僧を前にして棒立ちになっていた。

中村屋の居間は十畳間である。居間といえば聞こえはいいが寝部屋も客間も兼用である。中村屋にあるのは小上がりのほかは、この十畳間ひと間だけだった。

それでも安普請の裏店とは異なり、押し入れは造作されている。おふくは手早く無用のものを押し入れに仕舞い込み、ひと通りは片付いた居間に、男と太郎を招き入れた。

この日が初対面のふたりが同席せざるを得なくなったのは、おふくがそれを強く望んだがためだった。

六

顔を見るなりおふくが棒立ちになった相手は、善助の兄弟子礼次郎《れいじろう》である。兄弟子は小僧を供に連れて、湯島天神下から前触れもなしに顔を出した。

驚きのあまり、おふくは言葉を失って棒立ちになった。

「近頃のまんじゅうはどうなってるんだ。善助はどこにいる？」

兄弟子とはこの日まで十年以上も会っていなかったが、あいさつも抜きだった。

おふくから目を外さず、礼次郎は詰問口調で問い質した。

職人は口数が少ないのが通り相場である。しかし十年の隔たりがありながら時候のあ

asahi bunko

朝日文庫

asahi

bunko

ポケット文化の最前線

朝日文庫

いさつもないのは、いかに職人とはいえ尋常ではなかった。

「まだ仕事場におりますので、とりあえずなかにお入りください」

おふくはていねいな物言いで、礼次郎を土間に招き入れようとした。

「亀吉《かめきち》」

供の小僧を呼び寄せた礼次郎は、四文銭三枚を握らせた。

「あそこで」

通りを隔てた向かい側の茶店を、礼次郎は指さした。太郎が休んでいた店である。

縁台には、いまも陽が差していた。

「しばらく休んでいなさい」

礼次郎も菓子職人である。しかし物言いと所作は、お店の番頭のようだった。

茶店で休むということは、こどもの好きな団子などの甘味を口にできるということだ。

しかも礼次郎は四文銭を三枚も握らせた。

無給の小僧にはありがたい小遣いである。

「分っかりましたあ」

弾んだ声で答えた小僧は、礼次郎にぺこりとあたまを下げてから茶店へと駆けた。

礼次郎は素性を口にしたわけではない。応じているおふくも、客がだれなのかはひとことも口にはしなかった。

おふくとはまだ、肝心な話はなにもできていなかった。しかしおふくのうろたえ方を見ていると、とてもこのまま話が続けられるとは思えなかった。

小僧を茶店に追いやったことからも、来客は善助・おふくと込み入った話をするつもりらしい。

さまざま考えた太郎は、まずい焙じ茶を呑み干してから立ち上がった。

土間におりようとして履き物に片足を差し入れたとき、おふくが近寄ってきた。

「ごめんなさい、太郎さん」

帰ろうとする太郎に、おふくは途方に暮れた顔を向けた。

「まだ、おまんじゅうも出していないのに」

「いいんですよ、わたしのことは」

太郎は土間に立っている礼次郎に軽い会釈をした。

「それよりお客様を」

履き物を履き終えた太郎は、道行を手に持ったまま店から出ようとした。

「なにとぞ染谷先生にも、よろしくお伝えください」

「もちろん、そうさせていただきます」

おふくにも会釈をして土間から出ようとしたら、客が太郎を呼び止めた。

「ぶしつけなことをうかがいやすが、おたくさんは辰巳検番の太郎さんで？」

礼次郎の物言いが、職人口調に戻っていた。

「深川の太郎と申します」

名乗った太郎は、礼次郎にもう一度会釈をくれた。

「ご主人が染谷先生の、太郎さんでやすね？」

「染谷をご存じですの？」

問いに問いで答えた太郎に、礼次郎は深くうなずいた。

「あっしは湯島天神下のうさぎやでまんじゅうと、もなかを拵えておりやす礼次郎と申しやす」

おふくの顔つなぎも待たず、みずから名乗った礼次郎は、太郎に深い辞儀をした。

「かれこれ三十年も昔のことでやすが、染谷先生にはえらく世話になったことがありやしてねえ」

その折りに太郎の話を聞かされたことがあったと、礼次郎は昔話を始めた。

「土間で立ち話もなにですから、あにさんも太郎さんも、上に上がってくださいな」

おふくに強く勧められて、太郎も座敷に上がることになった。

「善助はただいま、餡作りの仕上げをやっておりますので、いま少しお待ちください」

断りを告げたおふくは、礼次郎と太郎に茶を供した。先刻、小上がりで太郎に出した茶とは別物で、薄い緑色をした煎茶《せんちゃ》だった。

先に湯呑みに口をつけたのは礼次郎だ。

「うめえ茶だ。おめえさんがいれる茶は、十年経《た》っても変わらねえ」

礼次郎の言い分は世辞ではなかった。太郎もひと口を味わって、美味さに驚いた。

先刻の焙じ茶と同じ手でいれたとは、とても思えない美味さだった。

「茶のうめえのは分かった」

湯呑みを膝元に戻した礼次郎は、茶請けのまんじゅうを求めた。

「店先には残ってなかったが、壊れの三つや四つはあるだろうよ」

礼次郎に言い当てられたおふくは、こわばった顔で立ち上がった。間をおかずに戻ってきたときには、五個のまんじゅうが重ねられた木鉢を手にしていた。

居間の水屋には菓子皿が収まっている。一個ずつ取り分けた菓子皿を、礼次郎と太郎に差し出した。

木目が美しい菓子皿には、大きめの黒文字が添えられていた。

礼次郎は黒文字は使わず、まんじゅうを手に持った。そして真ん中から二つに割った。

小さな庭に降り注いでいる八ツ半（午後三時）過ぎの陽光が、居間に明るさをくれている。まんじゅうの餡は艶々と黒光りしていた。

色味を吟味した礼次郎は、口に入れる前に香りを確かめた。

中村屋の餡に使うのは、小豆と砂糖だけだ。豆も砂糖も、存分に吟味をした極上品に限って使っている。

皮の材料には小麦粉に、値の張る葛粉・わらび粉も加えていた。

香りを確かめた礼次郎は、眉間に深いしわを刻んだ。が、なにも文句はつけずに皮と餡とを一緒に口に入れた。

すぐには呑み込まず、口のなかを転がした。

呑み込んだあとの礼次郎は、目の光り方が強くなっていた。

「いますぐ、善助を呼んでこい」

太郎がいるのも構わず、礼次郎はきつい口調でおふくに指図《さしず》をした。

部屋に差し込む柔らかな陽の光が揺れたほどに、礼次郎の物言いは厳しかった。

七

廊下を仕事場へと急ぐ足音が途絶えたあとには、つっかけが土間の三和土《たたき》を踏む音が立った。

仕事場の土間は極上の固い土で踏み固めろと、善助は兄弟子からしつけられていた。

カタカタカタッ。

仕事場から聞こえてくるつっかけの音からは、土間の硬さが伝わってきた。

善助は兄弟子の言いつけをしっかりと守っていた。

「数いる弟弟子のなかでも、とりわけ善助のことが気がかりでやしてね」

礼次郎は膝元の茶の残りをすすった。

「年に何度かは、うちの小僧に言いつけたり、用のついでに大門通りに立ち寄ることのできる手代さんに頼んだりして、中村屋《ここ》のまんじゅうの味見を続けてきたんだが……」

善助が座敷にやってくるまでに話を終えたいと、礼次郎は考えたのだろう。あぐらを組んだまま、早口で次第を話し始めた。

菓子造りの職人は、その者の人柄がそっくり味に出るというのが礼次郎の考えだった。

「見栄っぱりな職人は拵える菓子の美味いまずいの前に、見た目の善し悪しを大事に考えるもんだ」

美味さが大事なことは言うまでもない。

「だがよう、菓子がひとの目を喜ばせるてえことは、味の美味いまずいと同じぐれえに大事なことだ」

見た目の派手さ、見栄えもおろそかにはできないと、礼次郎は常に弟弟子に言い聞かせていた。

「見た目がよけりゃあ、味を三割方は割増ししてくれる。無骨な職人が真っ正直に拵えた普通のまんじゅうよりも、様子のいい職人が作った様子のいい菓子のほうに、ひとは気を惹《ひ》かれちまうもんだ」

その道理を分かっていながら、礼次郎はまるで派手さのない善助を可愛《かわい》がった。

「おめえは気立ての正直さがまんじゅうの美味さを割増ししてくれるという、希有《けう》な職人だ」

浮ついたこととは隔たりを保ちながら、菓子作りに精進すればいい。大儲《おおもう》けとは縁がないかもしれないが、この味を気に入ってくれた客は、他の店には浮気をしない。

「おめえたちが真っ正直に生きている限り、中村屋の屋台骨が傾くことはねえだろうよ」

中村屋の客は、善助の人柄に惚《ほ》れて買い続けてくれるだろう……ひとり立ちする善助に、こんなはなむけの言葉を贈った。

しかし人柄の良さだけでは、商いを続けるのは容易ではない。

十日に一軒の割合で新規開業の店が生まれる江戸では、なおさらのことだった。

中村屋の商いが上手《うま》く運んでくれますように……それを強く願いながら、礼次郎は毎月、善助の拵えるまんじゅうを吟味してきた。

先月、味に大きな変化があらわれた。

まんじゅうの皮も餡もまずくなっていたのだ。

職人は身体の具合次第で、餡の味が変わるものだ。表通りの老舗《しにせ》でも、裏通りの小さな菓子屋でも、毎日味が変わるのは仕方のないことだった。

しかし中村屋の味の変わり方は、職人の体調うんぬんではなかった。

善助は、材料の品質を客には気づかれずに落とせていると思い込んでいた。しかし餡の味が違っているのは、太郎にも見抜かれた。

客の舌は甘くはなかった。

ただごとではないと判じた礼次郎は、五日をおいてもう一度小僧を使いに出した。

「お店には、いままでのような賑わいが感じられませんでした」

使いから帰ってきた小僧は、感じたままを礼次郎に告げた。まだ十三歳の丁稚《でっち》小僧とはいえ、商いが繁盛しているか否かを感じ取ることはできた。

吟味したまんじゅうの餡は、五日が過ぎても質の落ちたままだった。

尋常ならざることが起きている……。

菓子棟領の礼次郎が店を離れるのは、容易なことではない。当主の承諾を得たあと、職人頭には他行中の指図を与えた。

そうしてまでも礼次郎は、愛弟子《まなでし》の様子を確かめに出張《でば》って来ていた。

「あっしが深川の大門通りまで出向いてきたのは、いま話した通りの次第だが」

礼次郎は膝元の湯呑みに手を伸ばした。が、すでに茶を呑み干していた。

「太郎さんは、どうしたわけでここに来られやしたんで？」

礼次郎の両目が太郎を強く見詰めていた。

「わたしも親方と同じで、おまんじゅうの餡の美味さが違っていると感じたからです」

太郎が話を始めたとき、仕事場からつっかけの音が流れてきた。続いて雪駄《せった》が三和土を踏む音がした。

おふくと善助が連れ立って、座敷に向かってくるようだ。太郎は礼次郎の目を受け止めたまま、口を閉じた。

座敷に向かってくる足音が、次第に大きくなっていた。

八

礼次郎・太郎と向き合った善助は、余計な前置きは言わず、すぐさま話を始めた。

「あにさんがいつ出張ってこられるか、毎日そのことに怯《おび》えを覚えていました」

ことの真相を話し始めたときの善助は、すでに肚《はら》を括《くく》っていたのだろう。物言いにはいささかのためらいも感じられなかった。

「初めてあの男が店に顔を出したのは、去年十月の玄猪《げんちょ》の前日でした」

善助は茶で口を湿らせた。これから礼次郎と太郎に聞かせる話が長いものになると考えてのことだった。

あぐらの足を組み替えて、礼次郎も湯呑みを手に持った。

新しい茶が注がれていた。

玄猪の日とは、十月最初のイノシシの日のことだ。去年は十月二日が玄猪だった。

江戸の町人の暮らしには、ふたつの大きな習わしが玄猪の日に用意されていた。

ひとつはこたつを出す「こたつ開き」である。十月の声を聞くなり、江戸では日に日に寒さが募り始めるのが常だった。

こたつはもっとも安上がりな寒さ除けの道具だ。が、狭い部屋の真ん中に据えると場所を取ることおびただしい。

ゆえに朝夕の冷え込みがきつくなっても、玄猪の日までこたつを出すのを我慢した。

「今日からは、大いばりでこたつが出せる」

玄猪の朝、町の年寄り連中はしわの寄った目元をゆるめた。

この日は江戸中の町で、朝の五ツ（午前八時）過ぎから炭団《たどん》売りが売り声を響かせた。

こたつで使うのは炭よりも安価な炭団である。炭団売りには玄猪の日が、一年で一番のかきいれどきだった。

もうひとつの習わしは、ぼた餅を食べることだった。

武家は将軍家から御家人にいたるまで、この日に紅白の餅を搗《つ》き、家臣に配るのを慣わしとした。

町人は餅搗きの代わりに、菓子屋でぼた餅を買い求めた。

「ぼた餅ひとつを口にしておきゃあ、この冬を息災に乗り切ることができるてえもんだ」

職人も商人も、江戸の町人たちはこぞってぼた餅を食した。

菓子屋には、このうえなくありがたい行事である。中村屋でも玄猪の日の前日はまんじゅう作りを取りやめて、ぼた餅作りの支度に汗を流した。

「今年もまた、十個をお願いします」

玄猪の日のはるか手前から、中村屋にはぼた餅の注文が舞い込んでいた。まんじゅうの餡の美味さを知っている馴染み客は、ぼた餅も中村屋から買い求めた。

年を重ねるごとに、注文の数は増え続けた。去年はじつに四百五十個ものぼた餅を一日で拵えることになっていた。

「お客様あっての商いだ、ありがたい」

正味でありがたいと喜ぶ善助だったが、肩と腰には強い痛みを覚えていた。

若い時分なら一刻《ひととき》（二時間）は中腰を続けても平気だった。いまは四半刻（三十分）も腰をかがめていたら、背筋を伸ばすのも一苦労だった。

「とっても続けてはいられない」

玄猪の前日の八ツ下がり。善助は仕事場から店先に出て身体を休めていた。

「ちょいとここで、一服させてくだせえ」

大きな風呂敷包みを手にした男が、善助に断りを言った。

この日はぼた餅作りに追われて、菓子売りは昼までとしていた。店先に出した縁台には八ツ下がりの陽が差していたが、腰をおろす客はいなかった。

「どうぞお使いいなさいな」

愛想よく応えたおふくは、自分たちにいれていた茶を、その男にも振る舞った。おふくの愛想のよさは、中村屋繁盛の大きな支えのひとつだった。

「初めて通りかかったあっしに……」

茶を振る舞われて大喜びした男は、風呂敷包みから膏薬紙を二枚取り出した。

「炭火で炙《あぶ》ってから、肩でも腰でも、つらいところに貼りつければいい。それまでの痛みが、嘘《うそ》のように失せてしまいやすぜ」

男は炭団売りが稼業で、仕入れに行った帰り道だと素性を話した。

「明日は、おれっちには一年で一度のかきいれ日だ。その日に備えて、特効薬の膏薬紙仕入れてきたんでさ」

茶を呑み、一服を吸い終えた男は、おふくと善助にあたまを下げて店先を離れた。

「さっそく試してみようじゃないか」

腰の痛みに往生していた善助は、すぐさま膏薬紙を炙って腰と肩に貼りつけた。

男の言い分はまことだった。

貼って四半刻も経たぬ間に、痛みはすっかり失せていた。

「あのひとは福の神だ」

腰と肩が軽くなった善助は、男が去って行った方角に向かって手を合わせた。

「なんとかもう一度、あのひとに会いたいもんだが……」

膏薬紙が欲しい善助は、男がまた通りかかるのを待ち侘《わ》びた。

玄猪から十日が過ぎた十月十二日の夕暮れどきに、男は中村屋に顔を出した。

「どうぞなかに入ってくださいな」

おふくは男の袖を引くようにして招き入れ、店仕舞いの札をぶら下げた。

「あっしは扇橋のてきや、呉《く》れ尾《お》組の若い者で佐津吉《さつきち》でやす」

前回聞かされていた炭団売りとは違う素性を明かされたとき、善助は胸の内にざらりとしたものを感じた。

しかし膏薬紙の効き目には強く惹かれていた。善助は男の話に聞き入った。

「あの膏薬紙には朝鮮人参の汁がすり込まれておりやしてね。安くはねえが、効き目は飛び切りでやすぜ」

　佐津吉は光る目で善助を見た。

「朝鮮人参が含まれているなら、さぞかし高いでしょうが、いかほどなので？」

　肚を括った顔で善助は問いかけた。

「膏薬紙一枚で五十文でさ」

「えっ……五十文ですか？」

　善助は裏返った声で問い直した。余りの安値に驚いたからだ。

　門前仲町の薬種屋では、効き目がさほどでもない膏薬紙が一枚四十文である。五十文であれが買えるなら、五十枚でも百枚でも欲しいところだった。

「十日ごとに二枚しか売ってもらえねえんですが、それでよけりゃあ口を利きやすぜ」

「ぜひにもお願いします」

　善助とおふくは畳に手をついて頼み込んだ。佐津吉が店を出る前に、おふくは小粒銀二粒（約百六十七文）の心付けを手渡した。

　職人の身には多額の心付けだ。が、佐津吉はこの程度かという顔で受け取った。

　翌日、佐津吉は約束通りに膏薬紙二枚を持参し、代金百文を受け取った。おふくは商売もののまんじゅう五個を竹皮に包んで持たせた。

効き目は前回と同じで、貼りつけるなり痛みは失せた。が、翌日にはぶり返した。効き目が強いだけに、戻ってきた痛みは耐え難いほどに強かった。

十日ごとに二枚の約束である。善助は祈るような思いで佐津吉の訪れを待った。

十日後に姿を見せた佐津吉は、一枚しか手に持っていなかった。

「朝鮮人参が、途方もない値上がりをしてやしてね。次からは一枚二百文じゃなけりゃあ売らねえと卸元がほざいてやがるんでさ」

佐津吉の目が妖しく光った。

「それに、もうひとつありやしたね。一枚二枚の小売りではなしに、欲しいなら一度に十枚ずつだと強気なことを言ってやすが、どうしやしょう？」

一枚二百文で十枚なら二貫文である。まんじゅう屋には大きな出費だが、効き目の確かさを善助の身体が覚えていた。

善助はおふくと顔を見合わせた。

亭主の身体の具合をなににも増して案ずるおふくだが、さすがに顔つきはこわばっていた。

「それでおまえは、その膏薬を買い続けているというのか？」

きつい声で礼次郎に問い質された善助は、喉を鳴らして固唾《かたず》を呑んだ。

「それだけじゃないです」

善助は肩を落とした。

豆腐屋の売り声が大門通りに響いていた。

九

流し場に差し込む陽の光が、頼りないものに変わっていた。気づかぬうちに、陽は西空に移っていたようだ。

おふくはうちわを使い、七輪に火熾しをしている。火の回り始めた炭の赤色が、土間で鮮やかに見えていた。

「おふたりとも、さぞかし大変だったでしょうね」

太郎が小声でつぶやいた。おふくはうちわを使う手を止めた。

「太郎さんとあにさんに、ここまでの話を聞いていただけて……」

土間の上がり框《がまち》に腰をおろした太郎に、おふくは目を移していた。

居間に礼次郎と善助を残して、ふたりは茶の支度で流し場にいた。

「何ヵ月かぶりで、胸のつかえがとれた思いです」

言われた太郎は深くうなずいた。

つい今し方聞かされた話を、太郎はあたまのなかでなぞり返していた。

膏薬紙を法外な高値に吊《つ》り上げたのみならず、佐津吉は他の客を紹介しろと迫った。

「おめえさんの他にも膏薬の売り先を口利きしてくれりゃあ、礼ははずみやすぜ」

佐津吉は唇を舐《な》めた。手代のふりを続けていた物言いは、跡形もなく失せていた。

「ゼニの割り戻しはしやせんが、口利きをしてもらえりゃあ、その人数分だけ、おたくさんには膏薬紙を安値で納めやすぜ」

それだけじゃあねえ……佐津吉はまた唇を舐めた。チョロチョロ動く舌の先が、長虫のように割れて見えた。

「おれの膏薬は、すこぶるつきで評判がいいんだ。納め先には茶の湯の師匠もいるし、寺もあれば名の通った料亭もあるんだ」

新たな客を紹介してくれれば、まんじゅうの納め先に顔つなぎもする。茶の湯の師匠をひとり持てただけで、その菓子屋は左うちわで暮らせるぜと、佐津吉は畳みかけた。

茶の湯の師匠と聞かされて、善助はうかつにも気持ちを動かした。

膏薬代を値引きしてもらえるということにも、大いに気をそそられた。

言われたその夜、善助は声をはずませておふくに話した。

おふくは眉間にしわを寄せた。

「いきなり値上げする膏薬売りですよ。そんなひとを口利きしたりしたら、先様から恨まれるに決まっています」

おふくは強く諫《いさ》めた。

「おまえの言う通りだ、おれが考え違いをしていた」

善助も正気に返り、翌日顔を出した佐津吉に口利きはできないと断った。

「ひとの親切を、そんな調子で足蹴にするのはよくねえなあ」

奇妙に穏やかな物言いをした佐津吉は、それ以上は迫らなかった。

しかしぴたりと顔を出さなくなった。

佐津吉は店先ではわざわざ足取りをゆるめたが、姿を見せるだけで通り過ぎた。

「佐津吉さんが通りかかったら、袖を引っ張ってでも連れてきてくれ」

腰の痛みに我慢ができなくなっていた善助は、佐津吉にさんをつけて待ち侘びた。

袖を引かれて仕事場に入ってきた佐津吉は、はなから居丈高だった。

「新たな客の口利きなしじゃあ、手を合わされても売れねえよ」

土間に突っ立ったまま、佐津吉はあごを突き出した。

「一軒なら、口利きできますから」

善助は三町離れた先の川べりで洗い張り屋を営んでいる、野染屋《のぞめや》喜九助《きくすけ》の名を挙げた。

「野染屋なんて屋号だけ聞かされても、いますぐ膏薬は売れねえぜ」

佐津吉は目の端を吊り上げた。

「あちらの喜九助さんには、とってもいい膏薬があると、あたしの口で勧めましたから」

膏薬紙が欲しい善助は、頼み込むような口調で佐津吉に告げた。

「そうまで言うなら、まずは野染屋の喜九助さんに会ってこようじゃねえか」

話が首尾よくまとまったら、戻ってきて膏薬紙を納めると言い残し、佐津吉は仕事場から出て行った。

野染屋は職人を四人抱えた洗い張り屋で、中村屋の得意先だった。職人の茶請けに、中村屋のまんじゅうが喜ばれていたのだ。

喜九助は善助同様に、ひどい腰痛持ちだった。佐津吉に売り込まれるまでもなく、小粒銀を用意して待ち構えていた。

野染屋との商いが調ったことで、佐津吉は値引きして善助に膏薬紙を納めると請け合った。

「十枚二貫文のところを、十二枚二貫文に値引きしやすぜ」

二枚分、四百文の値引きをすると言ってから、佐津吉は一枚の半紙を取り出した。

「値引きを約束した請書でさ。爪印を押してくだせえ」

佐津吉は半紙を差し出すと同時に、まんじゅうの納め先にも言い及んだ。

「深川の閻魔《えんま》堂では、毎月一度、十日に茶の湯の会を催しているんでさ」

いまは別の菓子屋が納めているが、再来月の十日には中村屋のまんじゅう四十個を仕入れる段取りになっている……佐津吉は恩着せがましい口調で善助に告げた。

「ありがとうございます」

善助とおふくは共にあたまを下げた。そして半紙に名を書き、爪印も押した。

善助もおふくも四百文の値引きよりも、閻魔堂の茶会にまんじゅうを納められる話が嬉しかった。

深川では幾つも茶の湯の会が催されていた。なかでも図抜けて評判が高いのが、閻魔堂の茶会だった。

都から出向いてきた宗匠の点前《てまえ》が受けられるというのが、評判の源だった。

「閻魔堂の茶会でうちのまんじゅうを使ってもらえれば……」

腰の痛みを忘れてしまいそうになったほどに、善助は大喜びした。

しかし膏薬紙も閻魔堂の話も、どちらも偽りだった。

十二枚二貫文の膏薬紙は、効き目があるのはわずか二枚だけ。残りの十枚は町のよろずやで売っている一枚十二文の按摩《あんま》膏薬と同じ代物だった。

効き目のなさを我が身で思い知った善助は、意を決して閻魔堂に出向いた。

「てまえは大門通りで菓子屋を営んでおります中村屋善助と申します」

持参したまんじゅうを差し出すと、寺の賄《まかな》い主事は受け取りを拒んだ。

「茶会で使う菓子は、十年先まですでに決まっておりますでの」

売り込みは断ると、強い口調で告げられた。

やはり嘘だったか……。

胸の内に抱いてきた危惧は当たっていた。

それを思い知った善助は、店を出たときの決意がもろくも崩れて道端にしゃがみこんだ。

もしも閻魔堂の話が嘘だったら、帰りの足で野染屋さんに回ろう。そして佐津吉は信用できないので、膏薬紙を買うのは控えたほうがいい……これを告げて、口利きしたことを詫びてこようと決めていた。

しかし、いざ佐津吉の嘘が明るみに出たあとは、気力がすべて失せていた。

とても野染屋喜九助と向き合うことはできない。気落ちした善助は、腰の痛みを感じながら店に戻った。

膏薬紙が切れるころを見計らって、佐津吉は平気な顔つきで姿を見せた。

「あんたは、犬畜生にも劣るやつだ」

両腕を垂らした善助は、目の前に立つ佐津吉を睨《にら》み付けた。両目には怒りの炎が燃え立っていた。

そんな善助の睨みを、佐津吉は薄笑いで弾き飛ばした。

「犬畜生にも劣るとは、大した御託だぜ」

間合いを詰めた佐津吉は、なにが気に入らないか聞かせろと問い返した。

「あんたが売りつけた膏薬紙は、効き目があるのは十二枚のなかの二枚だけだ」

残りの十枚は、町のよろずやで売っている按摩膏薬と同じじゃないかと善助は迫った。

「言い分はそれだけかい？」

首をかしげ気味にして、佐津吉は問うた。小馬鹿にされたような気になった善助は、みずから間合いを詰めた。

佐津吉の鼻と自分の鼻がくっつきそうなほどに間合いが狭くなった。

「閻魔堂さんがうちのまんじゅうを買ってくださるというのも偽りだ。あたしは閻魔堂さんの賄い主事さんから、じかに話をうかがってきた」

十年先まで茶会の菓子は決まっていると告げられたと、善助は一気に吐き出した。

「わざわざ深川まで出向いたとは、ご苦労なことだったが、あんたの話はそれで仕舞いかい？」

佐津吉はまた、首をかしげ気味にした。

「それで仕舞いかはないだろう」

善助が声を張り上げた。

大声を出すことのめずらしい善助である。声と一緒に唾も飛び出した。

佐津吉はふところから手拭いを取り出し、自分の顔を拭った。

「おれに唾を飛ばすとは、いい度胸だぜ」

顔を拭った手拭いをしごいた佐津吉は、素早い動きで善助の首に巻き付けた。思いっきり力を込めて、善助の首を絞めにかかった。

「うぐっ」

善助がくぐもった悲鳴を漏らした。

「なにをするの！」

おふくは身体ごと佐津吉にぶつかった。

もとより本気で絞める気はなかったのだろう。佐津吉はあっさり手をゆるめた。

「なんともないの、平気なの？」

善助に駆け寄ったおふくは、亭主の背中をさすった。

女房の手を払いのけた善助は、荒い息遣いのまま佐津吉に詰め寄った。おふくは善助にしがみつき、動きを引き留めた。

「カミさんの考え通りにしたほうが、おめえの身のためだぜ」

薄笑いを浮かべた佐津吉は、勧められもしないのに上がり框に腰をおろした。手に提げてきた袋を開き、一枚の半紙を取り出した。

「おめえさんも見覚えがあるだろう？」

佐津吉がひらひらさせて示したのは、善助が差し入れた売買約定書《やくじょうしょ》である。

十二枚で二貫文に値引きすると言って、佐津吉はこの約定書を善助に示した。

「野染屋さんが途中で気が変わって膏薬はいらねえと言い出しても、あんたに売る膏薬紙は向こう一年に限り十二枚二貫文に値引きをしやしょう」

互いに勘違いをしないように、請書を差し入れてもらいたいと言い置き、佐津吉はこの約定書を差し出した。

一年は値引きを続ける約定書だと、善助は相手の言い分を鵜呑みにした。

閻魔堂にまんじゅうが納められると聞かされて、気が大いに昂《たかぶ》ってもいた。

「ここに名前を書いて、あとはあんたの爪印を押してくだせえ」

佐津吉は手回しよく、墨壺《すみつぼ》も持参していた。

細かな文字で但し書きが幾つも書かれていたが、善助は読みもせずに署名した。そして言われるままに爪印も押した。

「あんたが爪印を押して差し入れた請書には、向こう一年間は十二枚二貫文で買い続けると書いてある」

半紙を上がり框に広げた佐津吉は、善助とおふくを呼び寄せた。そしてふたりの目の前で、差し入れた請書を広げた。

「ここんところに書いてあることを、もういっぺん、その目で確かめてみねえ」

佐津吉は手提げ袋から八卦見《はっけみ》が使う天眼鏡を取り出した。無理矢理に持たされた善助は、天眼鏡で請書の小文字を見た。

十二枚中、二枚は特別に効き目があるとの但し書きが極小文字で記されていた。

「おめえはもうさっき、二枚のほかはよろずやで買える按摩膏薬だとほざいたが、それがどうかしたのかよ」

十枚が按摩膏薬なのを承知のうえで、爪印まで押したのはおめえだろうが……佐津吉は尖った目で善助を見据えた。

「閻魔堂がどうこうとかも言ってたが、それもおめえの了見違いだぜ」

再来月からまんじゅうを買ってくれるとは言ったが、いつの再来月とは言わなかったと佐津吉は凄《すご》んだ。

「今年は天保五年だが、おれはあのとき、天保十五年の再来月だと言い添えたぜ。それを聞いてなかったのは、おめえの耳が傷んでるからだろう」

閻魔堂ほどの寺になれば、菓子ひとつを納めるにも何重にも手続きが入り用だ。

「せっかく賄い所の坊主に鼻薬を嗅《か》がせて、あれこれ下話を進めてきたのに、おめえがいきなり賄い主事にねじ込んだことで話がおじゃんになった」

賄い所の坊主にもきつく叱られて、五両の詫び賃をむしり取られたと言ったあと、佐津吉はまた唇を舐めた。

「うちが払った詫び賃は、おめえから取り立てるぜ」

一度に払えないなら、残金は月に一割の利息で払ってもらう……佐津吉は言いたい放題を言い残して出て行った。

難儀は野染屋からも持ち込まれた。

「なにが特効薬だ、ばかばかしい」

店に入るなり、喜九助は声を荒らげた。

「効くのは一枚だけで、残りはただの按摩膏薬じゃないか」

この先はあの膏薬売りとは、一切かかわりを持つ気はない。後始末はあんたがきちんとしてくれと怒鳴り、喜九助は振り返りもせずに店を出た。

以来、ただの一度も野染屋はまんじゅうを買い求めにはこなかった。

自分の膏薬代に、閻魔堂に支払ったという詫び賃。さらには野染屋が買うと約束していた百枚分の膏薬代。

これらの支払いに追われた善助は、掟《おきて》破りを承知で菓子作りの材料に手を加えた。

「わたしも、うちのひとに話してみます」

湯が沸き立ったとき、太郎はおふくにこう話しかけた。

「三人寄れば文殊の知恵と言うじゃありませんか。礼次郎さんとうちのひとと、もうひとり知恵のあるお医者がいますから」

心配せずに、毎日のまんじゅう作りに精を出してと太郎は力づけた。

おふくは無言であたまを下げた。

安堵の涙が土間に落ちた。

十

二月二日の夜五ツ（午後八時）。

呉れ尾組の元締め小平《こへい》は、いつにも増して機嫌がわるかった。

「佐津吉のほかに、似たような揉《も》め事のタネを隠し持ってるやつはいねえのか？」

小柄な小平は目を剝《む》き出しにして、背筋を思いっきり伸ばした。相手を脅したい猫が、背中の毛を逆立てるのに似ていた。

五尺（約百五十二センチ）しか上背のない小平は、小柄だの小男だのと言われることが大嫌いだ。

外に出るときは、晴れていれば底の厚みが五寸（約十五センチ）もある、別誂えの雪駄を履いた。

雨降りなら、やはり歯の高さが五寸の足駄を履くのが決まりである。

雪駄も足駄も、女児が履く木履《ぼくり》のような履き物である。陰では「木履の小平」と、ありがたくない二つ名で呼ばれていた。

「佐津吉あにいほどではねえんでやすが、あっしの客にもおりやす」

「あっしもおんなじでさ」

小平にきつい声で問われた若い者のうち、四人が手を挙げた。

呉れ尾組には佐津吉を頭に、六人の若い者がいた。いまは本所・深川の各町を区割りにして、全員が膏薬紙を売り歩いていた。

六人中、佐津吉を含めた五人が揉め事のタネを抱えていた。

「順に詳しく聞かせろ」

口元を歪《ゆが》めた小平は、手に持った銀ギセルを灰吹きに叩《たた》きつけた。

あごをしゃくった佐津吉に促された面々は、それぞれが抱える客とのいざこざを話した。佐津吉を含めた五人全員が、菓子屋との揉め事を背負っていた。

「揃いも揃って、どいつもこいつも」

小平は太い羅宇《らお》のキセルを、配下の者に向けて突き出した。

「おめえたちは菓子屋に売りつけるしか能がねえのか！」

長火鉢の灰を吹き飛ばさんばかりに、小平は甲高い声を荒らげた。

佐津吉は思うところを抱えたような目で、小平の叱りを受け止めた。

かれこれ四半刻（三十分）近くも、小平は粘りのある口調で配下の者を責め続けていた。理由は膏薬紙の売れ行きが思わしくないからだ。

呉れ尾組は渋谷村の大橋組から膏薬紙を仕入れていた。

膏薬紙の卸値は、毎月の仕入れ量に基づき変更された。

呉れ尾組は去年十月から四ヵ月続けて仕入れ量が減っており、従来よりも五割も高い卸値を突きつけられていた。

小平の不機嫌も去年から続いていた。

とりわけ頭の佐津吉には、不機嫌の風当たりが強かった。

「なんだ、佐津吉」

ひときわ大きく目を剝いた小平は、佐津吉をその目で睨《ね》め付けた。

「なにか言いてえことがあるのか？」

「いささか、思うとこがありやす」

胸元に突き刺さってきた小平の目を払いのけて、佐津吉は低い声で応じた。

「言ってみろ」

小平のこめかみに青い血筋が浮かんだ。かんしゃく玉が破裂寸前のあかしである。

佐津吉は構わずに話を続けた。

「どいつもこいつも菓子屋ばかりだと親分は言われやすが、菓子屋がいいとおせえてくれたのは親分でやすぜ」

佐津吉が口答えをすると、小平の目がさらに尖った。こめかみの血筋も太くなった。

それでも佐津吉は話を続けた。

「親分の指図通りに、本所と深川の菓子屋に片っ端から売り込みをかけやした」

さすが親分は目が高い。売り込みは大きく実りやしたと佐津吉は褒め称えた。

尖っていた小平の目がわずかに和らいだ。

佐津吉は唾を呑み込み、さらに話を続けた。


小平が菓子屋を相手に膏薬紙を売り込めといったのには、大きなわけが二つあった。

ひとつは菓子屋のほとんどが、亭主と女房の商いだったことだ。

菓子職人は長年の奉公を終えたのちに、本家からのれん分けをされて開業するのが大半である。

町場のどこの菓子屋も職人などは雇わず、店主がひたすら菓子作りに励んだ。

一日のほとんどが立ち仕事で、小豆を茹《ゆ》でるのも菓子の生地を練って拵えるのも、力のいる重たい仕事だ。

「のれん分けをしていただいたあとは、ひとり仕事が続いている。弱音を吐くわけじゃないが、身体に無理が重なっていて冬場になると節々が痛む」

店主の多くが、歳のわりには身体の動きがいまひとつ鈍いとこぼした。

「無理を重ねた身体に効き目のある、朝鮮人参入りの膏薬があります」

膏薬を売り込む相手として、菓子屋店主は最適だった。

菓子作りの職人を狙い撃ちにしたもうひとつのわけは、小金を蓄えている店主が多いことだった。

町場の菓子屋の多くは、その町の住人が商いの相手である。大店や武家相手の商いとは異なり、客は現金持参で買いにきた。

米屋も青物屋も鮮魚屋も、やはり町の住人を相手にした。しかし客の大半は毎日買いにくるがゆえ、帳面持参でツケで買った。

菓子屋に来る客のほとんどは現金で買い求めた。菓子をツケで毎日買う客など、皆無に近かった。

菓子屋は日銭の入る商いである。手元に常にカネがあるがため、身体に効く膏薬紙を買うことにためらいは見せなかった。

しかも佐津吉たちは、カモを仕留めるまでは、買いやすい格別の安値を示した。

「それぐらいの値段で、身体に効き目のある膏薬が買えるなら……」

財布の紐《ひも》を握っているはずの女房連中のほうから、佐津吉たち売り子に近寄ってきた。

菓子屋を狙い撃ちにする……小平が編み出した方便は、見事に的を射ていた。

しかし所詮は町場の小さな菓子屋である。途方もない高値で買わせ続けるのは、無理があった。

「約定通りに買わねえなら、店が面倒なことになっても知らねえぜ」

若い者は菓子屋に凄んでみせた。が、凄む案配がむずかしかった。

脅しが利きすぎると、町役五人組に訴え出る恐れがあった。

ギリギリまで攻めて脅しつつも、たまには飴玉《あめだま》も舐めさせる。

佐津吉たちはこの手法を繰り返し使い、小商人を従わせていた。

しかし近頃は飴玉の効き目が薄れたのか、どの客も素直に払おうとはしなくなっていた。

「このあたりで、でけえ飴玉をしゃぶらせねえことには、菓子屋の親爺《おやじ》どもはへたばっちまいやす」

つなぎ留めておくためにも、飛び切り甘いのを舐めさせたい……小平の目を見詰めて、佐津吉は言い分を閉じた。

「おめえになにか思案でもあるのか?」

「ありやす」

即座に答えた佐津吉は、ふところから取り出した二月の暦を開き、小平に見せた。

「今年は日の巡り合わせがわるくて、十一日がようやく初午《はつうま》なんでさ」

すでに昨日となった二月一日を開き、続いて十一日目を小平に見せた。

天保五（一八三四）年二月一日、丙申《ひのえさる》。

二月十一日、丙午。

二月十四日、己酉《つちのととり》。春分。

今年は二月十一日の初午が、春分の日の三日前だった。

「親分もご承知でやしょうが、とっくに啓蟄も過ぎたてえのに、このところ火の用心がうっとうしく回ってきやす」

佐津吉が話している途中で、まるで調子を合わせるかのように拍子木が鳴った。

「火の用心、さっしゃりやしょう〜〜」

喉が自慢の火消し人足が、長い韻を引っ張って火の用心を告げた。

「今年の初午が丙午だてえんで、町内鳶《とび》の連中は火の用心回りに躍起になってるんでさ」

佐津吉はわけしり顔で話を区切った。

「それがどうした」

小平は面倒くさそうな声である。佐津吉のわけしり顔を業腹《ごうはら》に感じたらしい。

「春分を控えた初午が丙午だからこそ、ちょっと細工をすりゃあ菓子屋にはでけえ飴玉になりやす」

佐津吉は小平を焦《じ》らすような顔になり、あとの口をつぐんだ。

チョーンと、遠くでまた柝《き》が鳴った。

十一

二月はこどもが楽しみにしている初午のある月だ。

正月三が日のあと、月半ばの藪入《やぶい》りを過ぎると、こどもは初午の訪れを待ち侘びた。

「今年は幾日が初午なの？」

おとなにうるさがられながらも、こどもは何度も同じことを訊《き》いた。

「日の巡りがわるくてよう。今年は十一日が初午だ」

父親の言葉に、こどもは顔をしかめた。十一日まで初午が先延ばしになるのは、滅多にないことだった。が、しかめた顔も、仲間と会うなり大きくゆるんだ。

「今年の初午も佃《つくだ》町の原っぱで、凧揚《たこあ》げと竹馬乗りをやろうぜ」

「屋台もいっぱい出るからさあ。おいら、お年玉を使わずに残してあるんだ」

二月の声を聞くなり、深川のこどもたちは火除け地で楽しむ竹馬作りに精を出した。

そして初午の日を、まるで正月を迎えるかのように指折り数えて待った。

丙申から始まった天保五年の二月である。この年は、かなり遅い初午を迎えることになった。しかも丙午の初午である。

「丙は火の兄のことだからよう。この十干とぶつかった初午は、火事に気をつけなくちゃあならねえ」

「まったくだ。火除け地から火事を出したんじゃあ、火消しの名折れだ」

丙午と初午が重なることになった今年である。火除け地周辺の火の用心を受け持つ佃町の火消しは、啓蟄も過ぎているというのに二月も念入りに夜回りを続けた。

啓蟄の次に迎える二十四節気は春分である。

こどもたちは初午が遅いと文句を言ったが、菓子屋の中村屋には絶妙の日の巡り合わせとなった。

一年に三度、春と秋の彼岸と十月の玄猪の日には、ぼた餅が飛ぶように売れた。

両彼岸のぼた餅は、先祖へのお供えとして。

玄猪の日は息災を願い、おとなもこどももぼた餅を口に運んだ。

今年は、啓蟄過ぎの二月三日からいきなりぼた餅が売れ出した。

「今年の初午は丙午だ。火事が怖いが、手前でぼた餅を食って初午を迎えれば、火事をぼた餅の餡が包み込んでくれるそうだ」

「ぼた餅なら、つぶ餡でも、こし餡でもいいらしい」

「初午前に食べたあとで、彼岸の中日にもう一度ぼた餅を食べれば、向こう一年、火事に怯えることはないそうだ」

だれが言い出したことかは知れないが、本所・深川ではこんなうわさが広まった。

「唐土の本には、丙午の火事避《よ》けにぼた餅がいいと書かれている」

次から次へと、新たなうわさが広がった。

いずれも「滅多に巡ってこない丙午の初午には、ぼた餅がいい」と告げていた。

うわさが大門通りに届いたのは、昨日二月三日の八ツ（午後二時）下がりである。

「ぼた餅を四つくださいな」

最初の応対のとき、おふくはおやつを買い忘れた客だと思った。

ところがその客がまだ大門通りを歩いているうちに、新たな客があらわれた。

「つぶ餡でもこし餡でもいいんだけど、ぼた餅を六つくださいな」

「ありがとう存じます」

先の客といまの客で、都合十個である。これでぼた餅は売り切れた。

彼岸でも玄猪の日でもないのだ。中村屋は一日十五のぼた餅しか拵えていなかった。

ところが八ツ半（午後三時）を過ぎたころから、次々と客が押し寄せてきた。

どの客も、申し合わせたようにぼた餅を欲しいという。

「あいにくですが、ぼた餅は売り切れてしまいました」

おふくは代わりに中村屋名物のふわふわまんじゅうを勧めた。しかし客はぼた餅以外はいらないと答えた。

「だったらさあ、今日のうちに頼んでおいたら、明日には作ってくれるの？」

「明日でよければ、何個でもご用意させていただきます」

おふくは弾んだ声で返答した。

七ツ半（午後五時）の店仕舞いまでに、翌日渡しで七十八個のぼた餅の注文を、十四人の客からもらった。

七十八個の注文は、両彼岸のときでもほとんどなかった大商いである。

今日はさらに売れ行きがよかった。

「いったい、なにが起きたんだ……」

戸締まりをした店の土間で、善助はいぶかしげな声でおふくに問いかけた。

「ほんと、なにがあったんでしょう」

おふくもいぶかしんではいたが、顔は大商いを喜んでいた。

「茶でも呑んで、明日の仕込みに取りかかるからよ」

腰に手をあてた善助が、身体を大きく後ろに反り返らせた。

昨日、不意に訪ねてきた染谷が、鍼治療を施した箇所だ。施術後に染谷が言った通り、一日が過ぎたら鍼の効き目は薄れていた。昨日は夫婦そろって面食らっていた矢先である。

だしぬけにぼた餅が売れ始めたことで、善助には迷惑でしかなかった。

いきなりの来訪で鍼を打つと言われても、善助には迷惑でしかなかった。

「いまはとっても無理です」

善助が拒んでも染谷は聞き入れなかった。

「膏薬では身体の芯までは届かぬ」

横になりなさいと強く言われた善助は、渋々ながら従った。

身体の表（背中）を触診後、染谷は四半刻（三十分）近くも鍼治療を施した。

重たかった腰が軽くなり、痛みも失せた。すっかり喜んだ善助だったが、染谷は厳しい声で所見を明かした。

「あんたの腰痛の源は、身体の深いところに潜んでおる」

膏薬では治らない。鍼とて、いまはせいぜい効き目は一日だけだと告げた。

「しばらくの間、一日おきの鍼治療を受けなさい。わしが往診してもよい」

善助の目を見てこれを命じた。

「それは無理です」

善助はにべもない物言いで、往診するとまで言った染谷の申し出を拒んだ。

「ぼた餅が売れ始めて、上り調子のときで」

いまも大量の注文をもらっていると、軽くなった腰をさすった。

「いくら先生に言われても、一日おきの鍼は無理です」

膏薬だって、ほどほど効きますからと、つい強い物言いで応じた。

「決めるのはあんただ」

染谷はそれ以上は言わず、来たとき同様に不意に帰って行った。

「せっかく来てくださったのに……」

おふくが窘《たしな》めようとしたが、腰が軽くなった善助は早く仕事に戻りたがっていた。

あれから一日が過ぎた今日も、昼過ぎまでは腰の調子もよかった。上機嫌で商いを終えて、気持ちよく雨戸も閉じられた。

腰は重たくなっていたが、我慢はできた。

「この調子でぼた餅を売れるだけ売れば、中村屋の味を多くのお客に知ってもらえる」

二度と材料の質を落とすような心得違いはやらないと、強く言い切った。

善助の言い分には、おふくも心底の思いでうなずいた。

「先生にも言ったが、うちには絶好の神風が吹き始めたんだ」

もっと明るい顔を見せろと、おふくに笑いながら言い渡したとき。

ドン、ドンッ。

店の杉戸がこぶしで叩かれた。

「あいにく今日は店仕舞いをしましたもんで、ご用は明日に願います」

戸の内側から、善助はていねいな物言いで応えた。

「客じゃあねえ、おれだ、佐津吉だ」

聞きたくもない佐津吉の低い声が、戸の外から入り込んできた。

ほころんでいたおふくの顔が、たちまちこわばった。

十二

勝手に仕事場に入り込んできた佐津吉に、おふくは杉の腰掛けを勧めるしかなかった。

立ち仕事がきつくなったとき、善助が腰をおろして休む腰掛けである。

ドスンッと大きな音をさせる不作法な振舞いで、佐津吉は腰掛けに座った。

仕事場にはぼた餅作りに使ったこし餡の甘い香りが満ちていた。

おふくと善助は、突っ立ったまま佐津吉を見詰めた。不意の訪れを疎んじている色が、ふたりの目に強く浮かんでいた。

ひとから嫌われることに慣れているのだろう。佐津吉は平然とふたりの目を受け止めていた。

「なにか、ご用があるんですか?」

おふくは気分のわるさを、たっぷり声に滲《にじ》ませた。

「たとえ客が親の仇だったとしても、たずねてきた者には番茶の一杯も振る舞うものだと、昔から言うぜ」

佐津吉は薄ら笑いを浮かべた顔をおふくに向けた。

善助は目で茶の支度を言いつけた。

「それはどうも、気がつきませんことで」

腰掛けと同じ指物師《さしものし》が拵えた杉の卓を、おふくは佐津吉のわきに出した。

そのあとで七輪に載っていた土瓶《どびん》の湯を、磁器の急須に注いだ。

急須の茶は焙じ茶である。

ていねいにいれた焙じ茶は、湯呑みのなかで強い湯気を立ち上らせていた。

不承不承ながら支度した茶だが、おふくはいやな相手に出すと分かっていても手抜きができない。

いれたての焙じ茶は、見るからに美味そうな茶色を見せていた。

仕事仕舞いのあとで、自分たちで食べるつもりだったこわれのぼた餅も、茶請けで供した。

おふくを見る佐津吉の目が、そうしろと強く迫っていたからだ。

「こいつあ、見た目だけでも美味さが分かるてえ上物だ」

ひとかじりしたぼた餅を、佐津吉は口のなかで転がした。存分に甘さを味わってから、ゴクンッと喉を鳴らして呑み込んだ。

「うめえ!」

正味の声を漏らしたあと、佐津吉は茶で口のなかの甘味を洗った。が、それで食べるのを止《や》めたわけではなかった。

手に持ったかじりかけのぼた餅を、しげしげと見詰めた。

おれが拵えたぼた餅だぜ。

佐津吉は、まるでそう自慢しているかのように振る舞った。存分に眺め回してから、残りを一気に頬張った。

再びあんこの甘味を堪能したあとは、呑み込むのを嫌がっているような表情を見せつつ、喉から滑り落とした。

佐津吉がぼた餅を食うさまを、善助は目を逸らさずに見詰めていた。

最初はきつく尖っていた目つきが、次第にやわらかくなった。

佐津吉が美味そうに食べるのを目の当たりにして、気分をよくしたのだろう。

「おれの見込んだ通りだ」

佐津吉は湯吞みを手にしたまま、自分を見詰めている善助に目を向けた。

「やっぱりおめえの拵えるぼた餅は、美味さが半端じゃねえ」

得体の知れない嫌な男だが、佐津吉の褒め言葉に軽さはなかった。

「今日のことで、いままでおめえの拵えるまんじゅうやらぼた餅やらの美味さを知らなかった連中が、味にたまげたはずだ」

明日はもっと忙しくなるぜと言い置き、佐津吉はおふくに湯呑みを突き出した。

黙って受け取ったおふくは、手早く土瓶の湯を急須に注いだ。

そして二杯目の茶をいれた。

土瓶を七輪に戻したおふくの顔つきも、随分と柔和なものに変わっている。

おふくも佐津吉の褒め言葉を、心地よく受け止めていたのだろう。

「どうぞ」

佐津吉に差し出した茶は、最初の一杯よりもさらに色味がよくなっていた。

「ありがとよ」

湯呑みを受け取りはしたが、佐津吉はもう口をつけはしなかった。

湯気の立ち上る湯呑みが、杉の卓に載せられていた。

おふくの表情が和らいでいるのを見極めてから、佐津吉は卓の湯呑みを手に持った。

「ひとに喜んでもらったり、うっかりなつかれたりしたんじゃあ、おれの稼業は成り立たねえ」

佐津吉は声に凄みを加えた。湯気が大きく揺れた。

「ぼた餅の美味さを褒めたのも、おめえに喜んでもらいてえからじゃねえ」

数多くの菓子が売れれば、膏薬をさらに多く買わせることができる。

「魚でもニワトリでも、痩せてたんじゃあ美味くはねえ。ほどほど太らせてから食うのが、一番の味わいてえもんだ」

佐津吉は音を立てて焙じ茶をすすった。

和《なご》んでいた善助とおふくの目に、佐津吉を嫌う色が戻っていた。

「それでいい」

佐津吉は熱そうな顔も見せず、湯呑みの茶を一気に呑み干した。今度は代わりをおふくに求めなかった。

「おれを思いっきり嫌ったほうがいい」

佐津吉の両目が禍々しい色を帯びた。

その目で佐津吉はおふくと善助を交互に睨め付けた。

「ひとを嫌ったり憎んだりすりゃあ、身体の芯から力が湧き上がってくる」

仇討《あだう》ちを果たそうとする者が何年もきつい暮らしに耐えられるのは、仇を憎むことで力が湧き上がってくるからだ……。

佐津吉はふたりを前にして言い放った。

「ぼた餅を褒めたばっかりに、おめえたちの顔つきが妙になれなれしくなったもんだからよう。ちょいと心配したてえわけだ」

佐津吉が笑うと目の凄みが増した。

「ところで善助さんよ」

腰掛けから立ち上がった佐津吉は、善助のほうに詰め寄った。

「おめえのぼた餅がうめえのは、おれの見込んだ通りだが」

佐津吉は舌で唇を舐めた。

「うめえからと言って、今日みてえにいきなりひとが群れをなして買いに来るわけじゃあねえ」

どうして不意に、ぼた餅がもの凄い勢いで売れ出したのか。そのわけが分かっているかと、善助に問いを発した。

なぜなのかと、善助はおふくといぶかしんでいたところだ。

佐津吉から冷や水をぶっかけられたいまとなっては、返事をするのも業腹に思えた。

しかし答えなければ、さらに嫌なモノを佐津吉から引っ張り出しそうな気がした。

「なぜかは分からない」

善助は思っていたことを正直に答えた。

「不意に売れ出したのは、おれが売れるような仕掛けをしたからよ」

周りに他人の耳があるわけでもないのに、佐津吉は声の調子を落とした。

「仕掛けただとう？」

声を荒らげることの少ない善助が、語尾を跳ね上げた。長い歳月をかけて身につけたぼた餅作りの技を、佐津吉にコケにされたと思ったからだ。

「気に入らねえのか？」

佐津吉は相手の怒りを煽《あお》り立てるように、あごを突き出した。

「気に入らないとも」

善助のほうから佐津吉に詰め寄ろうとした。仕事着の帯を摑《つか》んで、おふくが止めた。

「どんな仕掛けをしたかは、おれがここからひねり出した知恵だ」

佐津吉は右手で自分のあたまを指し示した。

「種明かしをする気はねえが、こいつだけはしっかりとわきまえときねえ」

ぼた餅が美味いだけでは、多数のひとを動かすことはできない。

逆に、大して美味くないものでも、仕掛け次第では客を群がらせることもできる。

中村屋のぼた餅は、もともとが美味い品だった。ゆえに仕掛けの効き目も大きくなった。

しかし仕掛けひとつで、中村屋にひとりも客がこなくなるようにも仕向けられる。

佐津吉は気負いなく、当たり前のような口調でこれを善助に告げた。

「おれの言う通りにしてりゃあ、明日は今日の倍のぼた餅が売れる。言うことを聞かねえなら、それでも構わねえが、おめえのまんじゅうやらぼた餅やらを買いにくる客は、ひとりもいなくなるぜ」

両手をだらりと垂らした格好で、佐津吉は長い台詞《せりふ》を言い終えた。

どんな手立てを使ったのか、菓子作りひと筋で生きてきた善助には見当もつかなかった。

しかし佐津吉の言い分にホラはないことは感じ取っていた。

佐津吉の指図に従わなければ、中村屋の菓子を買いに来る客はいなくなる……。

佐津吉ならそれをやるに違いないと、善助は今日の出来事で思い知った。

善助の表情の変わり方から、佐津吉は相手が従うと見抜いたようだ。

「てめえの拵えたぼた餅を、客が奪い合うように買うさまは、見ていて嬉しいだろうがよ」

善助もおふくも、力なくうなずいた。

「いっぺん味わった蜜の味は、易々《やすやす》とは忘れられねえさ」

言う通りにすれば、明日は桁違いの数のぼた餅が売れる。今夜は夜なべをしてでも、しっかり数を拵えたほうがいい。

それでも売り切れたら、まんじゅうを売ればいい。美味さを客に知ってもらえる、なによりの折だ。

佐津吉の言い分が、善助とおふくの胸に深く突き刺さっていた。

十三

二月三日から不意に売れ始めた中村屋のぼた餅は、五日はさらに数を伸ばした。

佐津吉が言い置いて帰った通りの運びとなったのだ。

「いま買ったのと同じ数だけ、十四日の春分の日にもいただきますから」

「うちは本所の甥っ子が初午で遊びにくるからさあ。その子にも食べさせたいんで、いまから十個、注文しときたいんだけど」

客の大半はその場で買って帰るにとどまらず、十四日の春分の日のぼた餅まで注文して帰った。

まだ九日も先の日の話である。そんな先の注文を受けることなど、中村屋では暮れの伸《の》し餅ぐらいだ。

「ありがとうございます」

帳面に名前と数とを書きながら、おふくはていねいにあたまを下げた。

なかには注文するだけでは安心できないという客もいた。

「あたしは本当に買いにくるんだから」

こどもを背中におんぶした三十路見《みそじ》当の女は、上体をおふくのほうに乗り出した。

「上の子はふたりとも、ぼた餅が大好きなのよ。きちんと拵えてもらえるように、いまから前金で払っておくから」

カネを置いて帰ろうとする客の手を、おふくは懸命に押しとどめた。

「間違いのないように、こうして帳面に書き留めてありますから」

見ている前で名前とぼた餅の数を記して、客を安心させた。

小筆で帳面に書き込みを続けるおふく。

その姿を見た客たちは、帰った町内で言いふらした。

「大門通りの中村屋さんなら、安心して春分の日のぼた餅を注文できるからね」

この話を聞いた長屋の女房連中は、手を叩いて小躍りした。

春分の日の菓子屋は、ぼた餅しか作らないという店が大半だった。しかも作る数は限られている。

馴染み客を大事にする菓子屋は、一見《いちげん》客の注文にはつれない返事しかしなかった。

春分の日のぼた餅は縁起モノである。

しかも今年は丙午の初午と、春分の日が近かった。

「丙午の初午と春分の日がこれほど近い年なら、ぼた餅を食べれば火事に遭わずに済む」


二月三日から、降って湧いたようなうわさが深川で飛び交っていた。

丙午の初午に春分がこれほど近づくのは、滅多にないことだ。

それだけに、不意に流れ始めたうわさだったが、だれもが真に受けた。

火事に遭わずに済むというのが効いた。

ただでさえ買いにくい春分の日のぼた餅なのに、今年は輪をかけて買えなくなりそうだと、うわさを聞いた女房連中は案じていた。

裏店暮らしの住人には馴染みの駄菓子屋はあっても、行きつけのまんじゅう屋はなかった。

春分の日のぼた餅をどう買えばいいのかと案じていたとき、中村屋の話が長屋の路地に持ち込まれた。

「だったらうちも、ぜひとも中村屋さんにお願いしたいわ」

「十四日にぼた餅を売ってもらえるなら、大門通りだってどこだって行くからさ」

女房たちは深くうなずきあった。

二月六日は早朝から大門通りを目指してひとが動いた。

五ツ（午前八時）の鐘がまだ鳴り終わらないうちから、中村屋の前には客の長い列ができていた。

「ぼた餅を六個、石置き場の船頭で慎太郎さんですね」

「蛤《はまぐり》町の大工の平吉さんには四つ」

客は正午の鐘が鳴り出す直前まで、途切れることなく注文をして帰った。

正午の鐘が鳴り終わるなり、売る品のなくなったおふくは店の雨戸を閉じ始めた。

「どうした、おふく。身体の具合でもよくないのか？」

まだ店仕舞いをする刻限ではない。案じ顔で問いかけた善助は、右手で自分の腰をトントンと叩いた。

朝からいままで、屈《かが》み仕事が続いていた。

「店を開けたままだと、どこまで注文が増えるか分からないもの」

途切れることなく押しかけてきた客の姿に、おふくは正味で空恐ろしさを覚えたようだ。

「ご注文が途切れないのは、なんともありがたい話じゃないか」

女房の振舞いに、善助は口を尖らせた。

「おまいさんは奥にいて、あの様子を見てなかったじゃないの」

帳面を手に持ったおふくは、強い口調で言い返した。

「幾つの注文をいただいたんだ？」

仕事場に詰めっきりでいた善助である。おふくが言った通り、店先の様子は分かっていなかった。

「二百を大きく超えていると思うけど」

正しい数は、怖くて算盤《そろばん》がいれられないから分からない……おふくの声は震えていた。

「二百を超える注文が戴けたなんて、凄いことだろうに」

善助は声を弾ませて、帳面を受け取った。おふくは善助に算盤を手渡したあと、雨戸をさらに閉じた。のみならず『店じまい』の札まで軒下に吊り下げた。

「もう少し戸の閉め方を加減してくれ」

薄暗くて算盤が弾けないと、善助は女房の振舞いを咎《とが》めた。

不承不承の顔で、おふくは雨戸を半分まで開いた。正午過ぎの光が差し込み、帳面の上に載せた算盤の珠《たま》がはっきりと見えた。

善助は算盤をずらしながら、帳面に書かれた数を足し算した。

五ツから正午までの二刻《ふたとき》（四時間）の間に、なんと三百四十六個ものぼた餅の注文を受けていた。

二度の足し算を終えた善助の顔が、ひどくこわばっていた。

「たしかにこれは大ごとだ」

自分の手で雨戸を閉じた善助は、上がり框に大儀そうに腰を下ろした。

「どうするの？」

「どうするったって、いまはまだ、いい知恵なんか浮かばないさ」

ふうっと、善助は吐息を漏らした。大きな注文を受けて明るかった顔つきに、曇りの色が張り付いていた。

座ったまま背筋を伸ばした善助が、腰を強くトントンと叩いていたとき。

ガタガタッ。

大きな音がして雨戸が外から開かれた。

「なんでえ、昼間っから雨戸を閉めたりしてよう」

顔を出したのは佐津吉だった。

おふくのこめかみに蒼《あお》い血筋が浮かんだ。

十四

佐津吉に言われるまま、おふくは焙じ茶をいれた。

朝から身体を屈めて働き詰めだった善助も、佐津吉と一緒に熱い茶を味わうことにした。

茶請けは、たったいま善助が仕上げたばかりのふわふわまんじゅうである。淡雪のような肌には、蒸かしたての熱さが残っていた。

昼飯前だったこともあり、佐津吉は腹をすかしていた。

「まったくおめえさんは、いい腕をしてるぜ」

おふくに二度も代わりを言いつけた佐津吉は、三個のまんじゅうをぺろりと平らげた。

口に残ったつぶ餡の甘味を茶で流してから、佐津吉は話を始めた。

「昼の鐘が鳴る前から通りの端で見ていたがよう。てえした数の女房連中が並んでたじゃねえか」

「はい」

おふくは即座に応えた。

佐津吉は嫌いだ。が、この男の仕掛けで、あれだけの客が押し寄せてきたのだ。

相手の目は見ないようにしていたが、返事は素直だった。

佐津吉は湯呑みを盆に戻し、善助に目を向けた。

「大層な数の客だったが、あの連中はまんじゅうを買って帰ったわけじゃねえよな？」

「まんじゅうは、いま仕上がったばかりです。あのひとたちは十四日のぼた餅の注文です」

善助は普通の口調で応じた。

「昨日もぼた餅はバカ売れしたようだが、今日はもう拵えねえのか」

「拵えないとは、なにを？」

善助が問うと、佐津吉の眉が動いた。

「ぼた餅に決まってるだろうがよ」

面倒くさそうな口調で、佐津吉は言葉を吐き出した。

「今日はもう、いつも通りの中村屋の商いに戻しました」

ぼた餅は普段通りの数しか作らない。うちの売り物はまんじゅうですと、善助はきっぱりと答えた。

佐津吉は得心顔を拵えた。

「おめえさんのその気性が、おれは気に入ってるんでえ」

佐津吉の表情が大きく和らいだ。

「あれだけの客がぼた餅を買いにきても、おめえには浮ついたところがねえ」

客が押しかけてきても浮かれず、しっかりとふわふわまんじゅうを作り続けている。

それでこそ本物の職人だと、佐津吉は褒めた。

善助も女房も、佐津吉を嫌い抜いていた。そんな仇のような相手から、本物の職人だと褒められたのだ。

善助は返事に詰まり、黙《もだ》したまま茶に口をつけた。

「うめえまんじゅうを拵えていながら、なんだって雨戸を閉めて店仕舞いの札までぶら下げてやがるんでえ」

仕上げたふわふわまんじゅうをどうする気なのだと、佐津吉は問うた。おふくを見る目は尖っており、詰問口調になっていた。

おふくは口を開こうとせず、重ねた手の甲に目を落としていた。

「じつは……」

善助が女房に代わって口を開いた。

「注文の数が多すぎて、途方に暮れてしまったんです」

このまま店を開いていては、あとどれだけの注文がくるか分からない。

「手に負えない数のご注文をいただいたらと思うと、怖くて店を開けていられなくなったんです」

善助は胸の内で案じていることを、佐津吉に打ち明けた。

「バカ言ってんじゃねえ！」

佐津吉の声が店の内に響き渡った。

俯《うつむ》いていたおふくも顔を上げた。

「了見違いを言うんじゃねえぜ」

佐津吉の顔が、閻魔大王の絵のように変わっていた。

「世の中の商人は、だれもが注文がこねえ、品物を作っても客が買いにこねえことで泣いてるんだ」

おめえんところも、もう先《せん》まではそうだっただろうと、善助を睨め付けた。

「そんなおめえたちが、注文がきすぎて空恐ろしくなっただとう？」

佐津吉は語尾を跳ね上げて伸ばした。

「こねえ注文にはどんな相談もぶてねえが、たんまり集まってきた注文をこなすのなら、知恵は幾らでもある」

新しい茶と、まんじゅうを持ってこい！

佐津吉の声が、またもや響いた。

おふくは弾かれたように立ち上がり、流し場へと急いだ。

善助を見詰めていた佐津吉の目が、わずかにゆるんでいた。

十五

高町《たかまち》（神社仏閣の縁日）では、季節を問わずに売れ続けている品が幾つもあった。

「そいつあ、日なたの柿だぜ」

日なたの柿はよく熟れる。

てきやは一年を通してどこの高町でも売れる品を、日なたの柿と呼んだ。

餡の甘味と餅米の粘り気が、美味さを引き立てあうぼた餅は、まさに日なたの柿の一品だった。

「拵える数をどうこなすかなら、おれに任せておきねえ」

胸を叩いて請け合った佐津吉は、今戸のてきや小島屋を訪れた。ここの若い者頭常次《つねじ》とは、古い馴染みである。

ぼた餅作りの手を借りたいと、佐津吉は常次に相談を持ちかけた。

「明日（二月七日）から十三日まで、手の空いている菓子作りを数人、あっしに貸してくだせえ」

佐津吉が持ち込んできた頼みの中身を、常次は詳しく聞き取った。

「やっこ、煙草《たばこ》盆を持ってこい」

若い者に持ってこさせた煙草盆を、常次は太い指で摑んで引き寄せた。

若い者頭とはいえ、常次は不惑をとうの昔に過ぎていた。根っからの焼酎好きで、吐く息は常に酒臭い。

声はだみ声で、分厚い下唇は外に向けてめくれていた。

背丈は五尺一寸（約百五十五センチ）だが目方は二十二貫（約八十三キロ）と太めだった。

空豆ほどもある親指で、常次はキセルに刻み煙草を詰め始めた。

佐津吉は胸の内で手を叩いた。

常次当人は気づいていない。が、常次がキセルに煙草を詰め始めたら、条件次第で頼みを引き受けると佐津吉には分かっていた。

頼みを断るときなら、常次は相手の顔も見ないで座を離れた。

火のついた煙草を深く吸い込んだ常次は、惜しむようにして煙を吐き出した。

薩摩《さつま》特産の刻み煙草にまで、霧吹きで焼酎を吹きかけているほどの酒好きである。吐き出した煙まで酒臭かった。

「おめえが言う、大門通りの中村屋てえ菓子屋だが」

常次は細い目で、話を持ち込んできた佐津吉を値踏みするかのように見据えた。

「おめえがそこまで言うからには、ぼた餅はうめえだろうが」

常次は灰吹きに火皿をぶつけた。

ボコンと音が響いているうちに、佐津吉はさも忘れていたという顔で、半纏のたもとをまさぐった。

竹の皮に包まれている、中村屋のぼた餅を取り出した。話が上首尾に運んだとき、だめ押しに差し出そうと考えていたぼた餅だ。

「あっしが百の仲人口をきくよりも、こいつをひと口、あにいに食ってもらうほうがよほどに早《はえ》えはずでさ」

佐津吉から受け取った常次は、太い指とも思えないていねいさで竹皮を剝がした。

善助が仕上げてから一刻（二時間）以上が過ぎていた。しかし餡はまだ、砂糖の艶を残していた。

商い品を吟味したあとで、眼鏡にかなった品だけを元締めに差し出す。これが常次の役目だ。吟味の目は確かである。

口に運ぶ前に、常次はぼた餅の出来映えのよさを察したらしい。

「いい方の茶をいれてこい」

言いつけられた若い者は、すぐさま湯気の立っている焙じ茶を運んできた。

てきやが商う食べ物は、高くてもかけそばと同額のひとつ十六文どまりである。この値段を超えたら、いかにいい品でも高町の屋台では売れなかった。

味を吟味する前の常次は、庶民が好む番茶で口を湿した。

十六文でも売れそうだと判じたときは、焙じ茶を言いつけた。

焙じ茶も元は番茶である。が、焙じる手間をかけた分、香りも味もよくなっていた。

熱々の焙じ茶で口を湿したあと、常次は中村屋のぼた餅を、一気に半分も口にした。

いつもの常次なら、鼠《ねずみ》がかじるようにわずかひと口分しか口に入れない。

多いときには一日に三十以上の品を吟味するのだ。多くを食べる気はなかった。

そんな常次が中村屋の品は、いきなり半分も口に入れた。見ただけで、よほどに美味さを感じていたに違いない。

餡の美味さを存分に吟味してから、常次は焙じ茶と一緒に呑み込んだ。

驚いたことに常次は、残していた半分までも平らげた。

もはや吟味ではなかった。

佐津吉が持参した手土産を楽しんでいるかのようである。

してやったりと、常次を見ている佐津吉の目がゆるんでいた。

十六

常次が手配りした助っ人五人は、七日の四ツ（午前十時）過ぎに中村屋に顔を揃えた。

元来が善助ひとりで、菓子作りのすべてを段取りしてきた仕事場である。土間の広さも、ぼた餅作りの道具の数にも、手伝い人数分のゆとりはなかった。

佐津吉から話を聞いたとき、常次はそれを察していた。手伝いに出張ってきた者は、銘々が自分が得手とする道具を持参していた。

常次は手配りに抜かりのない男である。他のことにも目配りをしていた。

てきやの小島屋は年の瀬になると、御府内の町々を訪れて餅の賃搗きを請け負った。

大八車に鉄のかまど、蒸籠《せいろう》、臼に杵《きね》などの餅搗き道具一式を載せて運んだ。町の火除け地や原っぱに着くと、道具をおろして餅搗きを町内に売り歩いた。

「待っていたのよ、来てくれるのを」

長屋の女房連中は洗った餅米をザルにいれて、餅搗きを頼んだ。

「いつもの通りでよござんすかい？」

毎年の馴染み客に、餅搗きの若い衆は愛想よく問いかけた。

餅米一升で伸し餅二枚と鏡餅大小ふたつを拵えて、手間賃は百五十文である。

年の瀬の餅搗き請け負いは、若い者の格好の正月小遣いとなっていた。

常次はこうした賃搗き道具の鉄のかまど、大ザル、蒸籠を中村屋に運ばせた。これらの道具を使い、大量の小豆を煮るのも、餅米を蒸かすのも手伝いの連中が引き受けた。が、餡作りの大事な部分は善助の手で行うことになっていた。

「中村屋は餡の美味さで、すこぶるつきの評判をもらっている菓子屋だ。高町の屋台で売るぼた餅作りとはわけが違うんでえ」

口の重たい善助に代わり、佐津吉が手伝い連中に申し渡しを始めた。

「下拵えはおめえさんらに頼むが、味付けは善助さんしかできねえと心得てくれ」

ただし、手伝いながら善助の手元を見ているのは勝手にやってくれていいと、佐津吉は軽い口調で言い置いた。

善助のいらぬ気をひかぬためである。

常次と取り交わした約束の肝《きも》が、じつはこの部分だった。

「手伝いを出すのは考えてもいい」

常次は若い者に高町暦を持ってくるように言いつけた。

暦など見なくても、常次のあたまには江戸の縁日は何ヵ月分も詰め込まれている。

佐津吉はそのことを知っていた。が、黙って見ていた。

半紙大もある大型の暦を客の前で開き、思案顔を拵えるのが常次のやり口だ。ことさら難儀そうな顔を拵えることで、常次は談判を有利に運ぼうとした。

運ばれてきた暦を開き、明日（二月七日）から十三日までの高町を何度も確かめた。

また勿体《もったい》ぶったことを……と、佐津吉は常次のやり口を見透かしていた。

江戸のどこのてきやも大事な二月十四日に向けて、手前の七日から十三日は仕込みに充てていた。

暦を見るまでもなく、てきやではない佐津吉ですらそのことを知っていた。が、これもまた知らぬふりを通した。

「明日から十三日までは、日の巡り合わせがよくなくて、どこにも高町はねえ」

その七日間なら若い者を手伝いに出してもいいと、常次は勿体をつけて答えた。

「そいつあ、大助かりでさ」

佐津吉は調子を合わせて、大げさにありがたがった。そんな佐津吉を、光を放っている常次の細い目が見据えた。

「手伝いに出してもいいが、条件がある」

「なんでやしょう?」

佐津吉は膝をずらして間合いを詰めた。

「中村屋のあるじが、うちの連中に餡の拵え方を伝授してくれるなら、五人出そう」

常次は佐津吉の返事を待たず、キセルに煙草を詰め始めた。

「いくらなんでも、そいつあ無理だ」

佐津吉が口にしたことを聞いて、常次の親指の動きが止まった。

「無理だとは、どういうことでえ」

常次の物言いが小声になった。部屋の隅に控えている若い者の顔つきがこわばった。

「餡の味付けは、中村屋あるじの善助が独り占めにしている秘伝でさ」

女房にすら、小豆も砂糖も計らせていないと、佐津吉は語気を強めた。

「餡の拵え方をおせえろてえのは、とっても無理でさ」

佐津吉は正味で常次の言い分を拒んだ。

不機嫌さを丸出しにして、常次は煙草を詰め終えた。が、火を点《とも》そうとはしない。

佐津吉が次の口を開くのを待っているのだ。

佐津吉は丹田《たんでん》に力を込めた。話の切り出し方次第で、本当に破談になりかねないと分かっていたからだ。

背筋を伸ばした佐津吉は、常次の細い目を見詰めた。

「善助の手元を、小島屋さんの若い衆がつきっきりで見ているということでなら、なんとか説き伏せやしょう」

佐津吉が言い終えてからひと息をおいて、常次は種火にキセルを押しつけた。

ふうう っ。

吐き出された焼酎くさい煙が、それで手を打とうと答えていた。

「なにしろ十四日朝に受け渡すぼた餅は、千四百に届いているてえんだ。小豆の仕込みだけでも二日がかりの大仕事だ」

佐津吉はまるで親方であるかのように、堂々とした物言いで話を続けた。

「もうさっきも言ったが、中村屋はまんじゅうもぼた餅も、餡の美味さが評判の店だ」

餡の作り方は店の秘伝である。

小豆や砂糖を計るのは、善助ひとりの仕事だ。一切の手出しも手伝いも無用だと、重ねて申し渡した。

「てきやが高町で売るぼた餅とは、作り方の根っこが違う。その違いをおめえさんたちが肌身に刻みつけるのは、勝手にしてくれ」

佐津吉は善助の気に障ることのないように、言葉巧みに導いた。

善助もおふくも、千四百ものぼた餅をどう拵えるかであたまがいっぱいになっていた。

請け合った通り、佐津吉は五人の手伝いを引き連れてきた。のみならずかまどや蒸籠など、ぼた餅作りに欠かせない道具までも調えていた。

材料の計りには手出しをさせないとの約束を得たことで、善助はすっかり安心していた。

手伝いの五人のうち三人は、善助の手元から目を離さなかった。なかのひとりは善助が計り終えるたびに、書き留め役に耳打ちした。

物覚えの確かな書き留め役は、仕事場から抜け出して耳打ちされた数を書き留めた。

小豆を洗う水の量。

煮るときの水、砂糖、塩の塩梅《あんばい》。

これらもすべて、書き留め役が小さな帳面に記していた。

「お疲れさまです」

おふくは手伝いの連中に、賄い飯を振る舞ってもてなした。

千四百ものぼた餅作りは、善助と手伝いの五人が息遣いを合わせて、見事に成し遂げた。

だが、中村屋の味の秘伝は、五人の手で丸裸にされていた。

十七

春分を待っていたかのように陽気は一気に春真っ直中《ま　ただなか》となった。

ぽかぽかと暖かな上天気につられたのだろう。朝早くから、多くの患者が染谷の診療所に詰めかけた。

「寒いときは、足を動かすのも難儀だからねえ。染谷先生のところに行こうという気まで萎えてしまうよ」

「この陽気が続いてくれれば、ここまで出かけてくるのも楽なんだが……」

鍼治療を待つ患者たちは、まるでここが碁会所であるかのように世間話を続けた。

「昨日の大門通りは、朝から大変な賑わいだったというじゃないか」

「中村屋のぼた餅だろう？」

話を交わしている患者は、ふたりとも耳が遠くなっている。大声のやり取りは、治療中の染谷にも丸聞こえだった。

中村屋が大変な数のぼた餅を拵えたという話は、深川にまで届いていた。五人の手伝い職人を迎えたことまで、町のうわさになっていた。

患者のやり取りを聞いた染谷は、あとで往診しようと決めた。

助っ人職人を迎える気になったほどに、善助は仕事に気合いが入っている。いまの調子なら膏薬売りとの談判も、ほどほど出来ようとも考えた。

八ツ半(午後三時)で診療を早めに打ち切りにしてから、染谷は大門通りへと出向いた。

道々、いまごろ善助は連日の疲れが出て背伸びをするのも難儀だろうと推し量った。

いつも以上に念入りに治療を施して、少しでも楽にしてやりたい……あれこれ思って歩いていたら、知らぬ間に早足になっていた。

ときはすでに七ツ(午後四時)が近い。昨日の今日ゆえに、早仕舞いをしているに違いないと思っていたら……。

店の軒には一枚の札が下げられていた。

「つぶ餡こし餡とも、まんじゅうあります」

太い筆文字を見て染谷は安堵した。

つぶ餡こし餡ともと明記したのは、夫婦が力を合わせるの意味だと呑み込んだのだ。

これでもう、面倒な膏薬売りとも縁切りできただろうとも考えたのだが。

「あら、先生でしたか」

染谷を迎え入れたおふくは、気のない表情で語尾を下げた。

「善助さんの様子はどうかね」

染谷は努めて声の調子を変えずに問うた。おふくはあごを突き出し気味にして答えた。

「膏薬紙のおかげで、すっかりいいんです」

染谷の鍼など、もはや無用だと言わぬばかりの物言いである。

「あんたらはまだ懲りずに、あれを使っているのか」

染谷の口調が厳しくなった。

「あれだなんて言わないでくださいな」

おふくが目を尖らせた。過日とは別人のような、険のある顔つきである。

「はばかりながら、昨日のぼた餅が千五百近くも売れたのも、もとは膏薬紙のおかげですからね」

大事な膏薬紙をわるく言うなら、もう帰ってくださいとおふくはこめかみに血筋を浮かべた。

「あんたがそう言うなら、帰ろう」

染谷は押し問答もせず、きびすを返した。

仕事場にはおふくの尖った声が届いていたはずだ。が、善助は顔を出さなかった。

それが答えだと断じたがゆえ、染谷は店から離れたのだ。

砂を嚙《か》むような、いやな思いがこみ上げてきた。

膏薬売りは、言葉巧みに善助とおふくを取り込んだに違いない。

昨日の繁盛にも膏薬売りがかかわっていたと知ったいまは、このうえ夫婦を諭《さと》す気にもならなかった。

膏薬売りはあのふたりに首輪をつけて、長い紐を握っているのだろう。

多少は自由を楽しませつつも、必要時には紐を一気に手繰《たぐ》り寄せる。そして稼いだ獲物を巻き上げる。

これがあの手合いの常套《じようとう》手段なのだ。

それにつけても……と、染谷はめずらしく吐息を漏らした。ことの広がりの大きなことに、愕然《がくぜん》としたからだ。

朝鮮人参の取り扱いは当初、朝鮮からの輸入も国内での栽培も、すべて対馬《つしま》藩の占有とされていた。

朝鮮人参は儲かる！

ときの流れのなかで公儀は対馬藩占有を解き、朝鮮人参座の新設を官許した。その後も公儀の制度は変化を続けた。変更の理由は、上納金をより多く徴収するためである。

これに味をしめた商人・てきや・渡世人らはもとより、家名ある武家までもが、莫大な利益を求めて群がってきた。

朝鮮人参を称する品数も多数できた。

煎じ薬、粉薬、塗り薬などに留まらず、善助が買い求めている膏薬紙まで出来ていた。

さらには自家栽培用の種人参密売も、いまだ諸国で横行を続けている。
どれも朝鮮人参という名が値打ちで、薬効は千差万別、まがいものも多数あった。
善助とおふくは、まんまと術に嵌《はま》っていた。
汐見橋のたもとで染谷は空を見上げた。
喉元まで出かかったため息を、丹田に力を入れて押し殺した。
もしもまた、助けを求めてきたら……。
答えを出さずに染谷は歩き始めた。
西空をめざしてカラスの群れが、染谷の頭上を飛び過ぎていった。

立夏の水菓子

一

天保《てんぽう》五（一八三四）年三月三十日。夜明けから気持ちのよい青空が広がった晴天である。

「とうふぃい、とうふぃい……」

売り声が、染谷《せんこく》の宿の勝手口あたりで止まった。豆腐担ぎ売りの太一《たいち》である。

毎朝の商いの口開けを、太一は染谷の宿と決めていた。

太郎《たろう》が買い求めるのはしかし、サイコロ形をした木綿《もめん》豆腐一丁だけだ。

代金三十二文。口開けの商いとしては、まことに少額である。それを承知で、太一がここを口開けに選んでいるのは……。

「おはよう太一さん。今朝もまた、様子がいいわねえ」

勝手口から顔を出したとき、太郎はかならず相手が気を良くするひとことを添えた。

辰巳《たつみ》芸者で太郎の源氏名を張った者が、担ぎ売りに縁起のいい言葉をくれるのだ。

「一軒で二丁の豆腐を買ってくれる大店《おおだな》よりも、ひとことをくれる染谷先生の宿のほうが、おれっちの商いにはでえじだ」

太一の言い分には、棒手振《ぼてふり》仲間の多くが得心してうなずいた。

太一がこの界隈《かいわい》を売り歩き始めて、すでに四年目である。

太郎からひとことをもらった翌日から今日まで、太一はずっと口開けの客に染谷を選んでいた。

ゴオオーーン……。

盤台《ばんだい》を振り分けに担いだまま、太一が勝手口の木戸を手前に開いたとき。

永代寺が明け六ツ（午前六時）の捨て鐘を撞《つ》き始めた。これもまた、毎朝の決まりごとだ。

先々の土圭《とけい》となれや小商人《こあきんど》、という。

毎日決まった刻限に顔を出すことで、客は担ぎ売りを土圭代わりに当てにした。

「青物屋さんが来たから、もう六ツ半（午前七時）だわさ」の如《ごと》くに、である。

勝手口の木戸を引いたとき、明け六ツの捨て鐘が鳴るのは、晴れでも雨でも同じだった。

「おはようごぜえやす」

太一が声を投げ入れると、流し場の杉の戸が内側に開かれた。

「おはよう太一さん……今日はまた、一段と様子がいいわねえ」

太郎のあいさつを受けた太一は、目を見開いて驚いた。

「どうかしたの？」

問われた太一は、喉を鳴らして唾を呑《の》み込んだ。大きな息を吐き出してから口を開いた。

「近江家さんで話したばっかりだてえのに、太郎さんのその姿を見るまで、うっかり忘れてやした」

今朝の太郎は、白地に紫と紅色の朝顔が染められた浴衣を着ていた。

天保五年の立夏は今朝だった。

仕入れた豆腐を盤台に納めながら、太一は近江家の職人とそのことを話していた。

明け六ツ丁度に勝手口の木戸を開けられるよう、気遣って歩いていた。いつもより、今朝は早そうな気がしたからだ。

足取りに気を取られていたら、すっかり今朝が立夏だということを忘れていた。

夏の始まりとなる今朝、太郎は毎年浴衣姿で太一を迎えた。その年に誂《あつら》えた新柄の浴衣を着て、である。

「うっとり見とれちまうほどに、着こなし上手でやすぜ」

太一は正味の物言いで太郎を褒《ほ》めた。

「嬉《うれ》しいことを言ってくれて」

声を弾ませた太郎は、一丁余計に豆腐を買い求めた。

「毎度ありぃぃ！」

勝手口の外にまで、太一の弾んだ声が流れ出ていた。


太郎が支度する朝餉《あさげ》は、もちろん炊き立てごはんである。染谷も炊き立てメシが大好きだが、注文がうるさかった。

熱々ごはんとはいえ、ほどよく冷まされた炊き立てが好みなのだ。

染谷の口に合わせるために、太郎は仲町の桶《おけ》屋でおひつを誂えることにした。

「木曽の椹《さわら》を使えば、案配のいいおひつが仕上がります」

油分をたっぷり含んだ椹なら、曲げ加工も楽にできる。軽くて水に強い椹に炊きあげたメシを移せば、余分な水分と熱を木が吸い取ってくれる……桶屋の手代は、きっぱりとした口調で請け合った。

飛び切りの高値についたが、使い始めて五年が過ぎたいまでも、このおひつに移したごはんの美味《うま》さは変わっていなかった。

立夏の朝もいつも通りにメシを炊き、シジミの味噌汁《みそしる》とヤッコ豆腐、そして初物のウリのぬか漬けが丸膳に並んでいた。

一日の始まりとなる朝餉は、丸膳にふたり分を並べて食べる。

これが染谷の流儀である。

座についた太郎が茶碗《ちゃわん》にごはんをよそった。

柔らかな湯気が立ち上る茶碗に、目を細めて染谷が見入っているのも毎朝のことだ。

椀《わん》によそったシジミの味噌汁が、丸膳に置かれた。

これで朝餉の支度のすべてが調《ととの》った。

「今年の柄もいいじゃないか」

太郎の浴衣を褒めてから、染谷は箸を手に取った。

「いただきます」

「いただきます」

染谷と太郎の声が重なり合った。ほどよい熱さのごはんを、染谷が箸で口に運ぼうとした、まさにそのとき。

「ごめんください」

ひどく差し迫った調子の声が、勝手口の外から聞こえてきた。

二度目の声を待たずに、太郎は立ち上がって勝手口に向かっていた。

二

「なんにも遠慮は無用ですからね」

尻込みするおふくを、太郎は手を引くようにして台所の土間に迎え入れた。

出がけに髪をすいたらしいおふくだが、気が滅入っての急ぎ仕事だったようだ。方々からほつれが飛び出していた。

髪がそんな調子のおふくである。

唇に紅をひく気も回らなかったようだ。血の気の失《う》せた顔は、しわが目立っている。ひたいに刻まれた深いしわが、疲れを際立たせていた。

太物の長着は裾が汚れており、帯の芥子《からし》色はすっかり色落ちしていた。

今朝が仕立て下ろしという浴衣姿の太郎と、着古した長着のおふくとでは、台所の暗がりでも様子の違いは明らかだった。

おふくが気後《きおく》れして土間から動こうとしないのは、着衣のみすぼらしさや、髪のほつれのせいだけではなかった。

中村屋にまで出張《でば》ってきた染谷の治療を、亭主ともども断ったといういきさつがあったからだ。

「とっても板の間に上がらせていただくことはできません」

歯のすり減った下駄《げた》を履いたおふくは、土間から動こうとはしなかった。

「用があって、ここまで出向いてきたんだろう。さっさと上がりなさい」

きつい調子で染谷に言われたおふくは、土間に立ったまま背筋を震わせた。

「おふくさん、朝ごはんがまだでしょう?」

おふくの手を強く引いて板の間に上げた太郎は、返事も聞かずに朝餉の支度を始めた。

ごはんをよそった茶碗と、シジミの味噌汁の椀。そして太一から一丁余計に買い求めた豆腐を皿に載せて、おふくの前に置いた。

「ご用がどんなことにしろ、おなかが空《す》いたままではいい成り行きは望めません」

とにかく一緒にと、太郎は強く勧めた。

「うちのが言う通りだ。わたしも食べるから、あんたも一緒に箸をつけなさい」

「ありがとうございます」

膝に置いたおふくの手に、涙が落ちた。

「昨日の夜、まんじゅうを納めに行ったまま、今朝になっても帰ってきません」

いざ話し始めたあとのおふくは気持ちを昂《たかぶ》らせることもなく、淡々とした物言いで続けた。

呉《く》れ尾《お》組の佐津吉《さつきち》は、いまでは中村屋の味にまで口出しをしていた。

「砂糖を使いすぎるんじゃねえ。儲《もう》けが薄くなってしまうからよう」

高価な砂糖の使い方には、佐津吉は善助《ぜんすけ》の脇に立って目を光らせた。

が、佐津吉が口を挟むのは店売りの品々ではなかった。

呉れ尾組が仕切る賭場の甘味作りについてのことである。

店売りの品については、善助が身体《からだ》を張って佐津吉の口出しを阻んでいた。

しかし商いの多さでは、賭場と店売りとでは桁が違った。

賭場に納める甘味のほうが、店売りの五倍にまで膨らんでいた。

「賭場に納めに行っているうちに、うちのひとは博打《ばくち》に絡め取られてしまったんです」

気丈に話してきたおふくが、不意に言葉を詰まらせた。たもとから手拭《てぬぐ》いを取り出し、涙を拭ってから染谷を見た。

「お願いできないのは百も千も承知していますが……なにとぞ、うちを助けてください」

板の間に両手をついて、おふくは涙声で頼み込んだ。

板の間の隅にいた猫が、大きなあくびをして出て行った。

「戸の周りが汚れたままじゃないか」

善助は女房への文句を言いながら、勝手口から仕事場に入った。

「うちは食い物商売だ。勝手口が汚れていたら、お客さんがどう思うか、考えてみろ」

仕事場の土間で、善助は小言を続けた。元来が無口な男だが、いまは口うるさいことを言い立てていた。

三

昨夜は菓子を納めに行ったまま、賭場で夜明かしをしていた。盆の隅に座り、ちびちびと小金で遊んだのだ。

いつもとは違ってめずらしく有卦《うけ》に入り、南鐐《なんりょう》二朱銀を十枚持ち帰ることができていた。

しかし賭場からの朝帰りは、どこか負い目がある。きまりのわるさを隠すため、わざと小言を言いながら仕事場に入ったのだ。

おふくの返事はなかった。

仕事場は真っ暗で、女房が店にいる気配も感じられなかった。

勝手口から外に出た善助は店先に回った。

洲崎《すさき》の彼方《かなた》から昇った朝日が、大門《おおもん》通りを照らしていた。

中村屋の雨戸はまだ閉じられたままである。杉板の節を、立夏の朝日が照らしていた。

こんな朝早くから、どこに行ったんだ？

善助の戸惑い顔も朝日を浴びていた。

「おはよう、善さん」

通りの向かい側で青物屋を営んでいる親爺《おやじ》が、善助に声をかけてきた。

「おはようございます」

三日に一度はまんじゅうを買ってくれる客であり、善助よりは年長だ。善助はていねいに応じた。

「おふくさんなら、深川に出かけたよ」

四ツ（午前十時）までには戻ると、青物屋の親爺に告げて出かけていた。

「ありがとう存じます」

深い辞儀で礼を言った善助は、急ぎ足で勝手口に戻った。口の重たい善助は、話し好きの親爺が苦手だった。

土間に入ると、へっついの前にしゃがんだ。大釜にはたっぷり水が注がれている。何用で深川に出かけたのかは分からないが、腰の悪い善助を気遣い、おふくは大釜に水を張ってから出ていた。

種火を掻《か》き出し、焚《た》きつけを上に重ねた。うちわで風を送るまでもなく、炎が立った。

燃えさしの薪《まき》三本を炎に載せて、火吹き竹で風を送った。

何十年も火熾《ひおこ》しを続けている善助は、風の送り方が絶妙である。燃えさしの薪に火が回り、三本とも全身が赤くなった。

ふうう……。

竹の穴から、さらに息が吹き出された。赤い薪が燃え始めて、炎を立ち上がらせた。

ここまでくれば、あとは新しい薪をくべるだけだ。脂《やに》をたっぷり含んだ赤松の薪を三本、へっついにくべた。

店の雨戸が閉じられており、仕事場には外の光は入ってこない。へっついの明かりで、三和土《たたき》が赤く染まっていた。

立ち上がり、棹《さお》を手に持った善助は、屋根の明かり取りを開いた。不意の雨が忍び込まぬよう、夜は用心で明かり取りを閉じていた。

開かれると、立夏の朝の光が土間に降り注いだ。

薪が燃える赤い色が薄まった。

菓子作りは、大釜に湯が沸き立ってからだ。釜の縁までたっぷり注がれた水が沸き立つまでには、ほどほどのときが入り用だ。

おふくが不在のいま、店の戸は開けたくなかった。商いは四ツからだが、店の戸が開いていたら声をかけてくる客もいる。

おふくがいれば応対もできるが、口べたの善助には無理だ。

店の戸は閉じたまま、仕事場の上がり框《がまち》に腰を下ろした。帯に挟んでいた煙草《たばこ》入れを抜き出し、キセルを手に持った。

昨夜から今朝まで、店は善助不在だったのだ。おふくは煙草を吸わぬため、煙草盆の種火は燃え尽きていた。

素焼きの器を持ってへっついに近寄り、形《なり》の小さな種火を四つ収めた。

明け六ツ（午前六時）過ぎに賭場を出てからここまで、一服も吸っていなかった。上がり框に戻った善助は、煙草入れを引き寄せた。

キセルに刻み煙草を詰める手つきが軽やかだ。煙草が吸える嬉しさに加えて、昨夜の上首尾が気持ちを弾ませていた。

親指の腹でほどよい硬さに詰めた火皿を、種火に押しつけた。煙草に火がついたところで、ゆっくり吸い込んだ。

今朝初めての一服である。一気に吸ってはもったいないと思ったからだ。

ふううっ。

惜しみながら吐きだした煙が、ゆらゆらと漂い流れた。煙を目で追いながら、善助は昨夜のことを思い返していた。

「あんたにぜひとも一度会いたいと、前々から思っていたものでね。賭場に強く頼んできたことが、ようやく今夜かなった」

代貸《だいかし》の案内で引き合わされた客は、呉れ尾組の極上客だったのだろう。

六畳の客間をひとりで使っていた。

「こちらさまは日本橋室町《むろまち》の薬種問屋、鵜《う》ノ木屋《きや》の大旦那様だ」

だれに対しても値踏みをするような目を向ける代貸だが、鵜ノ木屋は別格らしい。飛び切りていねいな物言いで顔つなぎをした。

室町の大店など、大門通りの菓子屋には縁のない相手である。しかも善助は、ひととの付き合いが苦手な男だ。

鵜ノ木屋から親しげに話しかけられても、どう応じていいかも分からず戸惑った。

「せっかく大旦那様が、あんたに声をかけてくだすったんだ」

代貸は口も目も尖《とが》らせた。

「黙ってねえで、なにか答えねえかよ」

代貸にきついことを言われても、善助は顔をこわばらせるばかりだった。

「あんたは余計なことを言いなさんな」

代貸の口を、鵜ノ木屋はぴしゃりと封じた。

「わたしは中村屋さんと、存分に話がしたいんだ。呼ぶまではふたりだけにしておいてもらいたい」

代貸に下がるようにと言いつけた。

賭場を仕切る代貸に、こんな物言いができる鵜ノ木屋とは、なに者なのか？

善助は息を詰めて成り行きを見ていた。

「分かりやした」

代貸は静かに立ち上がり、六畳間から出て行った。

「そこにいたのでは、話が遠すぎる」

鵜ノ木屋は善助を手招きした。

座っていても恰幅《かっぷく》の良さが伝わってきた。代貸は大旦那だと言ったが、まるで隠居には見えなかった。

髪に白いものはなく、物言いもはっきりしている。善助を見る眼光は、ひとを束ねる男ならではの強さだった。

鵜ノ木屋は脇に重ねてあった座布団を一枚、自分の前に置いた。ここに座れという指図《さしず》である。

無言であたまを下げた善助は、示された場所に座った。が、座布団は脇にどけた。

鵜ノ木屋はそれを諒《りょう》としたようだ。背筋を伸ばして善助を見た。

「あらためて名乗らせてもらうが、鵜ノ木屋仲蔵《なかぞう》だ」

名乗っただけで、住まいも生業《なりわい》も口にしなかった。

「洲崎の大門通りで菓子屋を営んでいます、中村屋善助と申します」

畳に両手をついて答えた。

善助にそうさせる威厳のようなものを、鵜ノ木屋は漂わせていた。

「あんたがここに納めてくれているまんじゅうは、皮の滑らかな舌触りも、餡《あん》の上品な甘さも、すこぶるつきの美味さだ」

あれほどの菓子を作る職人に、鵜ノ木屋は一度ぜひ会ってみたいと思っていた。

「今夜は無理を言って善助さんに来てもらったが、仕事に障りはなかったか？」

物言いは善助をねぎらっていた。が、その実、鵜ノ木屋は相手の人となりを、我が目で検分していた。

どこまで話をしていいものかを、善助の答えぶりと所作から判ずる気なのだろう。

「店売りを済ませたあとでしたので……」

「それはなによりだった」

鵜ノ木屋は瓜実顔《うりざね》をほころばせた。

「今夜は夜通しここに居てくれると代貸から聞いたが、まことかね？」

聞かされた話とは違っていたが、善助はつい無言でうなずいた。

「夜中になると、わたしは無性に甘いものが欲しくなるたちだ」

善助に向けていた鶏ノ木屋の目が、わずかに光を強めた。

「手間をかけることになるが」

両目の光が強さを増した。

「そのときは、蒸したてのあのふわふわのまんじゅうを食べさせてもらいたい」

「承知しました」

手をついて善助が答えると、鶏ノ木屋は手を鳴らした。音も立てずに、六畳間のふすまが開かれた。

「大したことはしてやれないが、これがあれば少しは遊んでいられるだろう」

鶏ノ木屋は杉板の駒札三枚を善助の前に置いた。一枚一分（四分の一両）で通用する、賭場の通貨である。

「夜中にまんじゅうを作ってもらう手間賃だ。受け取ってくれ」

相手を従わせる物言いである。

「ありがとう存じます」

三枚の杉板をたもとに仕舞った善助は、部屋を出て台所に向かった。

鶏ノ木屋だけに供するまんじゅう作りのために、道具一式が台所に用意されていた。

佐津吉が運んできた皮作りの材料も餡も、風呂敷に包まれていた。中身を確かめて安心した善助は、たもとに手をあてた。

鵜ノ木屋からもらった杉板三枚が、たもとのなかでぶつかった。

盆で増やして南鐐二朱銀を持ち帰れたのは、今回が初めてだった。

これも鵜ノ木屋さんのおかげだ……。

善助が新しい一服を詰め始めた。

薪が燃え落ちて、ゴトンッとへっついが音を立てた。

四

火熾しを終えた善助は、土間に置いた杉の腰掛けに座して一服を吹かし始めた。先月、町内の大工に頼んで誂えた腰掛けである。

一服を吹かし終わったあと、腰掛けに座ったまま身体に存分の伸びをくれた。

背骨がひと節ずつグキッ、グキッと音を立ててゆるんだ。

大釜を載せたへっついが威勢のいい炎を立てていた。あと三、四本の薪をくべれば釜は煮立つに違いない。

すべての菓子作りは湯が煮え立ってからだ。釜の湯が沸くのを待ちながら、善助は新しい一服をキセルに詰めた。

いつもなら、ここでおふくが焙《ほう》じ茶を用意してくれた。今朝は姿がなかった。が、すぐに
こんな朝早くから、どこに行ってやがるんだと、胸の内で文句を言った。

顔つきはゆるんだ。

昨夜、鵜ノ木屋からもらった杉板の駒札三枚を元手に、盆で増やした南鐐二朱銀十枚を受け取り、そっくり紙入れに収まっていた。

しかも祝儀に止《とど》まらず、鵜ノ木屋の後ろ盾まで得られそうだった。

それを思い返しながら吹かす一服は、黒砂糖でも吹き付けたかのように甘く思えた。

ゴトンッ。

へっついが音を立てた。薪が燃え尽きて、山が崩れた音である。キセルを盆に置いた善助は、へっついの前でしゃがんだ。

ううっと声を漏らし、右手をこぶしに握って腰のあたりを叩《たた》いた。やはりしゃがむと腰骨が痛むらしい。

何度もトントンと叩いてから、赤松の太い薪を二本、焚き口にくべた。先月に買った赤松の薪は、験《げん》がよく飛び切りの脂を含んでいたようだ。

くべるなり、達者な炎を上げて燃え始めた。

へっついのなかでは何本もの薪が、音を立てて燃え盛っている。見入っていると、紅《ぐ》

蓮《れん》の炎のなかに吸い込まれそうな気になった。

「いけねえ、いけねえ！」

善助は頬《ほお》を思いっきり引っ叩《ぱた》いた。炎に絡め取られそうになった自分の正気を、頬を張って取り戻そうとしたのだ。

ゴトンッ。

また一本の薪が燃え尽きて落ちた。

「燃え立つ炎には魔物が潜んでいる。うっかり見詰めたりしたら、魔物に食いつかれちまうぜ」

菓子屋で下働きをしていたとき、二歳年上の兄弟子にこう戒められた。

「魔物に絡め取られたやつは、もう火から逃げられなくなる。赤猫（放火）で捕まって打ち首にされる連中は、みんな魔物の餌食《えじき》になったやつらさ」

夜明け直後の暗い土間で善助を戒めた兄弟子は、修業の途中で尻を割って出て行った。

その後に奉公を始めた蔵前の菓子屋も長くは続かず、店に火付けをして捕まった。

強風の夜の放火は、たちまち周囲八軒の商家に燃え移った。

蔵前には公儀の御米蔵があり、豪商で知られた札差《ふださし》も軒を連ねていた。日頃から火消しの稽古（演習）には熱心だったことが幸いし、八軒を燃やしただけで火事は湿った。

しかし禄米を貯蔵する蔵前に火付けをしたことで、斬首よりも重い刑が言い渡された。市中引き回しのうえ、はりつけとなったのだ。

善助は人垣の後ろに立ち、刑場へと引き立てられる馬上の兄弟子を見た。

燃え立つ炎には魔物が潜んでいる。

罪人を見詰める善助のあたまのなかで、聞かされた戒めが走り回っていた。

「へっついの炎と、ひとりだけで向き合っちゃあならねえ。それをやったら、身体ごと魔物に丸呑みにされるぜ」

これも兄弟子の戒めだった。

おふくと所帯を構えたあとも、へっついの火熾しは善助が担ってきた。戒めが身体の芯に刻みつけられており、火を扱うときはかならずおふくが一緒だった。

勝手に家を留守にしたおふくに腹を立てたことで、うかつにもひとりで火熾しをしてしまった。

紙入れにはたんまり、南鐐二朱銀が収まっている。そのことも火熾しに向かう善助の気をゆるめていた。

「いけねえ、いけねえ」

もう一度同じことをつぶやいたあと、棚に近寄り瓶のふたを開いた。塩の瓶である。

ひと摘《つま》みした塩を、胸元に振りかけた。兄弟子から教わった魔物払いの塩だった。

強く振り撒き過《ま》ぎて、長着のあわせ目が白くなっている。右手で塩を払っているとき、勝手口の戸が開いた。

おふくが帰ってきた。

五

善助が上機嫌で迎え入れたので、おふくは戸惑っていた。しかも焙じ茶までいれて、おふくに供してくれたのだ。

「せっかくの上天気が妙なことにならないといいけど……」

軽口を言いながらも、おふくの表情には固いところが残っていた。

「めでたいことがあったんだ、茶ぐらいおれが何杯でもいれるさ」

明るい声で応じながら、顔にはぎこちなさが残っていた。

根っからの縁起担ぎの善助は、つい今し方、ひとりで火熾しをしたことを悔いていた。

慌てて塩を我が身に振りかけたが、それで清められたとは思っていない。

今日一日柔和な振舞いを続ければ、魔物に取りつかれずに済むと信じていた。

勝手に家を空けていた女房を咎《とが》めもせず、焙じ茶まで供しているのも、つまりは自分が魔物の餌食にされぬための縁起担ぎだった。

が、機嫌良く接しているのは、そのためだけではなかった。善助は正味で喜ばしいことを持っていた。

「これを見てくれ」

ちゃぶ台の上で紙入れを逆さにした。十枚の南鐐二朱銀がこぼれ落ちた。

「どうしたのよ、こんなに沢山の……」

おふくは目で枚数を追い、五分あることを数えていた。銭に換算すれば六千文を超える大金である。

「ゆんべの賭場で、めずらしく儲かったの？」

「ばか言うねえ」

意気込んで、相手の言い分を跳ね返した。

「ゆんべのおれには遊ぶゼニなどなかったのは、おまえも知ってただろうがよ」

つい声を尖らせそうになった善助だが、気を取り直して元に戻した。

「室町には鶉ノ木屋さんという、薬種問屋の大店があるんだ」

言い終えた亭主に、女房はにじり寄った。

「おまいさん、まんじゅうがきっかけであの賭場と、またいやなかかわりを持つんじゃないでしょうね？」

おふくは湯呑みをちゃぶ台に戻して、善助を見た。目が強い光を宿していた。

「あたしはそのことが心配で心配でたまらないから、染谷先生のところに相談に出向いていたのよ」

亭主が話している途中で、おふくは割り込んだ。染谷の診療所に出向いたと聞いて、善助は眉間に深いしわを刻んだ。

「なんだっておまえは、染谷先生のところに行ったりしたんだ」

行けた義理じゃないのはおまえも承知だろうに……善助の物言いがすっかり尖っていた。

「そんなこと、言われなくたって充分に承知しているさね」

おふくの物言いは投げやり気味だった。

「分かってはいるけど、このまま放っておいたら、おまいさんは生涯呉れ尾組の言いなりになってしまうし、この店だって取り上げられるに決まってるじゃないか」

それが心配だから、行けるはずもない染谷の家に相談に出向いたのだと、おふくは今朝の仔細《しさい》を明かした。

大きな息を吸い込んだ善助は、ゆっくり吐きだしてからおふくの目を受け止めた。

「わけも訊《き》かずに尖った声をぶつけたりして、わるかったよ」

善助は神妙な顔で女房に詫《わ》びた。これまで数限りなく言い争いをしてきたおふくだが、素直に詫びられたのは今朝が初めてだった。

返事に困ったおふくは、目の光を和《やわ》らげて善助を見ていた。

「呉れ尾組の佐津吉にうんざりしているのは、おまえよりもおれのほうがずっと深い」

佐津吉と呼び捨てにし、怒りの気持ちを言葉にこめて吐き捨てた。

「三分もの祝儀をくださった鶫ノ木屋さんは、おれの菓子作りの腕を正味で高く買ってくださっている」

これからは鶫ノ木屋さんが後ろ盾になってくれそうだと、善助は結んだ。

おふくの顔つきが、正面から朝日を浴びたかのように明るくなった。

「室町のご隠居さんに後ろ盾になってもらえるなんて、凄《すご》いじゃないか、おまいさん」

ちゃぶ台の反対側から、おふくは上体を乗り出した。

善助は強い目で女房を見た。

「ここまでの顚末《てんまつ》を正直に話せば、あのご隠居なら力を貸してくれるに違いない」

物言いに力がこもっていた。

「呉れ尾組と縁切りができるなら、おれはなんだってやると肚《はら》を括《くく》って帰ってきたんだ」

朝の火熾しの一件をおふくに話した善助は、炎の神様も力を貸してくれかけたのかもしれないとまで、考えを口に出した。

「火の神様はとっても強いんだから、うかつなことを言ってはだめよ」

亭主をたしなめたおふくは、ふっと思案顔を拵《こしら》えた。

「どうした、おふく……なにか気がかりでもあるのかよ」

問われたおふくは、顔つきを引き締めて善助を見た。

「とっても気がかりなことが、ふたつ浮かんだけど、黙って聞いてくれる？」

「あたぼうさ。なんでも言ってくれ」

善助は勢いこんで、おふくの口を促した。

「ひとつは染谷先生のことなのよ」

呉れ尾組が伸ばしてくる嫌な手を振り払う知恵を、なにとぞ授けてほしいと、染谷と太郎に頼んでいた。

「鶏ノ木屋さんが後見に立ってくれそうなら、染谷先生を煩わせることもないのかなあと思ったのよ」

散々に拝む頼むを繰り返してきた染谷のことを、おふくはいとも容易く、振り落としていた。

「もうひとつはなんだよ？」

善助はおふくをせっついた。

「鶏ノ木屋さんって、呉れ尾組の賭場によく遊びに行ってるんでしょう？」

善助は深くうなずいた。

「きっと賭場とも仲良しだと思うんだけど、そんなご隠居さんが本当に呉れ尾組との縁切りに手を貸してくれるかしら……」

おふくの語尾が下がっていた。

大鍋が煮えたぎっているらしい。ちゃぶ台の周りにまで、湯気の湿り気が流れてきた。

六

四月一日、八ツ（午後二時）下がり。すでに立夏も過ぎたというのに、呉れ尾小平《こへい》はどてらを羽織って長火鉢を前にしていた。

寒がりで暑がりという、まるで身体の我慢がきかない小平である。

昨日の夜中、布団もかけずにうたた寝をした。それが祟《たた》り、朝から風邪気味だった。

若い者に言いつけて卵酒を湯呑みに二杯も呑んでいたが、悪寒は消えなかった。

長火鉢には真っ赤に熾《お》きた備長炭《びんちょうたん》がくべられている。銅壺《どうこ》の湯は沸き立っていたが、錫《すず》のチロリは浸《つ》けられてはいない。

立て続けに呑んだ卵酒が、まだ胃ノ腑《ふ》に留まっている気分だった。

両手を火鉢にかざしていても、どてらを羽織った背筋は細かな震えが止まらない。

調子の上がらない自分の身体に、小平は強い舌打ちをした。

若い者のひとり、仙太《せんた》が入ってきたのは、その舌打ちの音が消えた直後だった。

「なんでえ」

不機嫌極まりない声で仙太に質《ただ》した。

「傳吉《でんきち》あにいが、どうしても親分と話がしてえと、息巻いておりやすもんで」

ここに連れてきていいかと、仙太はこわごわの物言いで問いかけた。

朝から小平の機嫌がよくないのは、だれもが分かっていた。

こんなときに、ろくでもない問いかけをしなければならないとはと、我が身の不運を嘆く思いが顔に貼り付いていた。

「傳吉の用はなんだ」

小平が言葉を吐き捨てると、仙太はさらに顔つきをこわばらせた。

「黙ってねえで答えろ」

火鉢から手を引っ込めた小平は、猫板に置いてある猪口《ちょこ》に手を伸ばした。仙太は肚を括った顔になった。

さらに小平を怒らせたら、ひたい目がけて猪口が飛んでくると分かっていたからだ。

「用向きはあにいが直《じか》に親分に伝えると、そう言っておられやすんで」

「ばか野郎！」

怒鳴り声と同時に、猪口がひたいに噛《か》みついた。小平の猪口投げは的を外さなかった。

「用がなにかも言えねえまま、のこのこおれの前に出てくるんじゃねえ」

用向きをきちんと伝えるのがおめえの役目だ。それもできねえ役立たずなら叩き出すぞと小平は凄んだ。

「もういっぺん、確かめてめえりやす」

ひたいから血を流したまま、仙太は小平の前を下がった。

怒鳴ったことで血の巡りがよくなったらしい。両手十本の指先が、わずかに温《ぬく》もってきたような気がした。

備長炭にかざした両手をこすり合わせていたら、廊下を鳴らして仙太が戻ってきた。

「鵜ノ木屋のご隠居のことで、親分に話がしてえそうでやす」

「大方、そんなところだろうよ」

傳吉を寄越《よこ》せと告げて仙太を下がらせた。

傳吉は賭場の壺《つぼ》振りだが、流れ者である。腕の良さを高く買った小平は、吝嗇《りんしょく》な男にしてはめずらしく高値で雇っていた。

が、近頃は好みの出目《でめ》が出せる腕を鼻に掛けて、頭《ず》の高い振舞いが目立っていた。

ろくでもねえことを聞かされるのか。

傳吉との談判を思うと、背骨のつなぎ目に痛みを覚えた。両手を強くこすり合わせていたら、傳吉の足音が聞こえた。

廊下の真ん中を歩く足音が、すでに横柄な音を立てていた。

まっすぐ小平の前に進んできた傳吉は、長火鉢の向こう側であぐらを組んだ。配下の若い者なら、あり得ない振舞いだった。

小平は不機嫌を隠さずに傳吉を見た。

「鶉ノ木屋の隠居がどうかしたのか？」

「あの年寄りを勝たせるために、出目を操るのはもう沢山でさ」

傳吉は両目の端を吊《つ》り上げていた。

「盆がうかる（儲かる）ように壺を振るのがあっしの仕事でさ」

隠居を喜ばせたいなら、ほかの壺振りを使ってくれと、傳吉は強い剣幕で言い切った。

「親分に言うまでもねえが、おれの壺はもっとでけえ勝負に使ってくだせえ」

これからも鶉ノ木屋相手の盆に使われるなら、呉れ尾にわらじを脱ぐのは今日限りにしやすぜと強く迫った。

「いい度胸だ」

小平は低い声で応じた。

もしも悪寒を抱えていなければ、もう少し我慢もできただろう。が、今日の小平は我慢の糸がぷっつりと切れていた。

「おめえの言い分は聞いた」

小平は傳吉の売り言葉を即座に買った。

「おめえぐれえの壺振りなら、何人でもおれの周りにはいる」

言わなくてもいいことを口にしたのも、身体が本調子ではなかったからだ。

「振り分け荷物をまとめたら、陽《ひ》の高いうちにとっとと出て行け」

小平は言葉で斬りつけた。

「親分がそう出るなら、あっしも好きにさせてもらいやすぜ」

鵜ノ木屋のお守り役なんざ、もうまっぴらだと捨て台詞《ぜりふ》を残し、畳と廊下を踏み鳴らして離れていった。

「おい、やっこ！」

若い者を呼びつける小平の声は、禍々《まがまが》しさで鋭く尖っていた。

「お呼びで？」

顔を出したのは、仙太とは別の若い者だった。

「佐津吉を呼んでこい」

指図の声まで尖っていた。

「あにいはいま、髪結い床なんで」

答えを聞いた小平は、いきなりまた別の猪口を投げつけた。

「野郎がなにをしているかを訊いたわけじゃねえ。ここに連れてこいと言ったんだ！」

「がってんでさ」

急ぎ立ち上がった若い者も、猪口でひたいを割られていた。

七

小平の呼び出しには、なにがあっても応じなければならない。呼び出しに四半刻《しはんとき》（三十分）遅れたことで、簀巻《すま》きにされて大川に投げ込まれた者もいた。

小平はそのことを自分の口で言いふらした。

「指図に逆らったら怖い目に遭うぜ」と。

小柄で小心な小平は、配下の者を脅すことで操っていた。

佐津吉もよほど慌てたらしい。月代《さかやき》と髭《ひげ》はまだ剃刀《かみそり》が途中のままで駆けつけてきた。

「お呼びだそうで」

長火鉢の前で佐津吉は正座していた。

「傳吉がケツを割った」

いきなり告げられた佐津吉は、息を詰まらせた。賭場には傳吉のほかにふたりの壺振りがいるが、腕はどちらも並だ。

大一番の勝負を任せられる技量など、持ち合わせてはいなかった。

「傳吉あにいを呼び戻せばいいんで？」

小平の指図を先取りして問いかけた。

腕自慢の傳吉は、だれに対しても居丈高で、横柄に振る舞った。ただひとり、佐津吉だけはうまが合ったらしい。

「おめえとなら、呑み明かしてもいいぜ」

傳吉は佐津吉を伴って、何度も郭《くるわ》遊びに繰り出していた。

いままでも傳吉がへそを曲げたときは、佐津吉が取りなし役を務めていた。

「早呑み込みをするんじゃねえ」

小平は低い声で答えた。

声の調子を聞いて、佐津吉は顔つきを引き締めた。小平がこの声で話すときは、荒事を控えていたからだ。

佐津吉は余計な口を閉じて、小平の指図を待った。

「おめえは傳吉とつるんで、悪所通いをやってきたな？」

「へいっ」

短い返事である。深い怒りを抱え持っているときの小平には、口数少なく応ずるのが一番だとわきまえていた。

「ここを出たあと、傳吉が沈む先に見当はつくか？」

「深川大和町《やまとちょう》の弁慶でやしょう」

佐津吉は即答した。弁慶は富岡八幡宮《とみおかはちまんぐう》裏の大和町の中見世である。弁慶には傳吉馴染《なじ》みの女郎がいた。

「傳吉を見付けて、おめえが始末しろ」

小平の指図を受け止めて、荒事には慣れている佐津吉でも返事に詰まった。

「言ったことは聞こえたのか？」

「へい」

佐津吉の語尾が下がっていた。

「今日のうちに片付けろ」

「へい……」

語尾が消え入りそうだった。

八

弁慶の二階は一間（約一・八メートル）幅の廊下を挟んで、三畳間が六部屋ずつ向かい合わせに並んでいた。

部屋にはなんの造作もないし、窓もない。昼間でも行灯《あんどん》を灯《とも》さなければ真っ暗という、粗末な部屋だ。

吉原の大見世のような、次の間付きの客間は、弁慶には一部屋もなかった。

「右から三番目の娘《こ》がいいんだけどよう。ちょんの間でいいんだが、どんだけありゃあ遊べるんでえ」

「あの娘に目をつけるとは、にいさんも放ってはおけないひとだねえ」

女郎との遊び代を差配するやり手婆《ばば》は、客のふところ具合を見透かして値を示した。

「そんなに高いと、おれには手が出ねえ」

客は十文でも安くしようと値切った。

「だったら、せめてこれで……」

やり手との話をつけた客は、先に二階に上がった。ほとんど間をおかず、敵娼《あいかた》が三畳間の板戸を開けて入ってきた。

酒肴《しゅこう》を無理に頼む必要もなく、下で決めた以上のカネを女郎にせびられることもない。職人や手代など、ふところ具合の限られた客でも安心して遊べる見世として、弁慶は人気があった。

安い遊びに応ずる女郎には、漏れる声を抑える慎みなど、かけらもない。

ないどころか、わざと声を上げて両隣や向かい側の同輩と声比べをする手合いまでいた。

傳吉が敵娼としけこんでいる三畳間は、廊下の突き当たり右側、伊の間が決まりだった。

遊びのカネを惜しまない傳吉には、やり手もいい扱いで応じていた。

敵娼は店でも売れっ妓《こ》の五指に入る勝浦が決まりだった。

房州から出てきた弁慶の女将《おかみ》は、在所の地名を女郎の源氏名としていた。

浜の地名は売れっ妓に充てて、内陸の地名はお茶を引くことの多い女郎に付けていた。

勝浦を決まりの敵娼とできている傳吉は、やり手のみならず女将までもが気に入っているあかしだった。

伊の間は一番奥で、隣を気にすることのない三畳間だ。一夜の遊びに二両を遣う客に限り、この部屋があてがわれた。

敵娼でも部屋でも、傳吉はとっておきの扱いをうけていた。

四月一日、五ツ（午後八時）過ぎ。

佐津吉は弁慶の牛太郎《ぎゅうたろう》に近寄った。

「いらっしゃいやし」

牛太郎は目の端をゆるめて揉《も》み手をした。

「今夜はまた、どなたさんとご愉快を願《ねげ》えやすんで？」

傳吉と何度もつるんで遊びに来ていた佐津吉を、牛太郎は覚えていた。

「そうじゃねえんだ、今夜は」

佐津吉は一朱金（三百十二文相当）一枚を握らせた。破格の心付けである。

握った感触で一朱金だと察した牛太郎は、なんでも従いますという目を佐津吉に向けた。

「傳吉あにいは、まだなかに上がってるまだろう？」

佐津吉は小声で、まだ見世にいるんだろうと訊ねた。

牛太郎の目の端が引き締まった。一朱金の心付けは嬉しかった。しかし佐津吉の問いに答えるのは、遊里のきつい御法度《ごはっと》だった。

だれが上がっているかは、たとえ目明《めあか》しに訊かれても見世は答えない。それを堅く守っているからこそ、客は見世を信用し、安心して遊ぶのだ。

「そいつだけはご容赦願います」

断りを言いながらも牛太郎は、一朱金をきつく握ったままだった。一度もらった祝儀は、もう自分のものなのだ。

佐津吉の問いに答えたのが露見したら、江戸中の遊里から追い払われるだろう。

口の堅さは遊里の身上だった。

「そんな顔をするこたあねえさ」

佐津吉は口調を変えて、牛太郎の堅い顔をほぐすように笑いかけた。

「でえじな言伝《ことづて》があって、ここまで出向いてきたんだ。あにいにわるい報《しら》せじゃあねえ」

傳吉が見世を出るまで、そこの縄のれんで暇を潰して待っている。傳吉がまだなかにいるかどうかだけが知りたいと、牛太郎の耳元でささやいた。

「あにいがまだなかにいるんなら、口で答えることはねえ。おめえさんの右のこめかみを掻いてくんねえ」

親しげな口調で牛太郎に告げた。

ひと息考えたあと、牛太郎は人差し指で右のこめかみを掻いた。

「ありがとよ」

ひときわ大きな声で礼を言った佐津吉は、牛太郎の肩をポンッと叩いてその場を離れた。

いま聞かされた話を確かめるかのように若い衆は、佐津吉が縄のれんをくぐるまで背中を見詰めていた。

傳吉が見世から出てきたのは、五ツ半（午後九時）を過ぎたころだった。

見栄っぱりの傳吉である。弁慶では勝浦にいい顔がしたくて、あれこれ酒肴を頼みまくっていたらしい。

見世を出て牛太郎に近寄るとき、足の運びはもつれ気味だった。

「ご愉快願えましたか？」

「よかったぜ」

見世を出てあとは帰るだけだというのに、牛太郎にまで心付けを握らせた。

「ありがとうございやした」

礼を言った声の調子は、縄のれんで待っている佐津吉に報せるかのような響き方だった。

弁慶と縄のれんとは四半町（約二十七メートル）の隔たりでしかない。若い衆の声を聞くなり、佐津吉は外に出た。

いつでも飛び出せるように、勘定は注文のたびに済ませていた。

弁慶の明かりは遠くにまでは届かない。暗がりのなか、傳吉は足をよろけさせながら向かってきた。

「傳吉あにい」

傳吉の足が止まった。目を凝らしたことで、相手がだれだか分かったようだ。

「なんでえ、おめえは」

いつもの傳吉なら、佐津吉には親しげな目を向けた。今夜の傳吉は他人行儀な声をぶつけてきた。

「おめえが出張ってきても、今度ばかりは聞く気はねえぜ」

佐津吉の前まで寄ってきた傳吉は、ひどく酒臭い息を吐いた。

「勘違《ちげ》えしねえでくだせえ、あにい」

佐津吉は言葉を続ける前に、深いため息をついた。

「あにいが呉れ尾のケツを割ったと聞いたもんで、すぐに親分の前に出向きやした」

佐津吉は声を潜めた。

「ここは遊里のど真ん中で、だれが聞いてるか分かりやせん」

傳吉が着ている唐桟《とうざん》のたもとを摑《つか》んだ。

「この先にある、堀沿いの小道まで行きやしょう」

「堀沿いの小道だとう?」

傳吉の声が尖っていた。が、佐津吉は構わずにあとを続けた。

「いまの時分なら、野良犬一匹近寄ってくる気遣いはありやせん」

思いっきり親分への腹立ちを吐き出してもらっても、他人の耳目を気にすることはありやせんぜと請け合った。

「あっしも正直なところ、親分にはいろいろと思うところがあるんでさ」

互いに思う存分吐き出しやしょうと、傳吉を誘った。

「そういうことなら話は別だ」

傳吉の目に、いつもの親しげな色が戻っていた。

「おめえが連れて行きねえ」

「がってんだ」

先に立った佐津吉は、提灯《ちょうちん》も提げていなかった。が、暗い道を気にも留めず、ずんずんと歩き始めた。

酒まみれの息を吐きながら、傳吉が後を追っていた。

九

同じ日の夕、染谷と昭年《しょうねん》は野島屋《のじまや》仁左衛門《にざえもん》屋敷に出向いていた。

内儀菊乃《きくの》の、たっての頼みを聞き入れてのことだった。

「仁左衛門の寿命が保たれておりますのも、染谷先生、昭年《しょうねん》先生がいてくださればこそでございます」

房州勝浦の漁師から、獲れたての真鯛《まだい》が届いた。真鯛賞味の宵宴にお招き申し上げたいと、気持ちのこもった招き状が届いた。

朝の五ツ半（午前九時）過ぎのことだ。

「お応えするのが礼儀でしょう」

太郎に勧められるまでもなく、染谷当人が招きを受ける気になっていた。

理由はふたつあった。

仁左衛門の様子が、そろそろ気になり始めていた。内儀の菊乃はすこぶる厳格に、染谷と昭年の言いつけを守っていた。

仁左衛門を気遣っている様子は、奉公人の口からも耳にしていた。

仁左衛門の身体具合が良好ならば、新たな薬の処方が必要である。薬草の数を減ずることもできるだろう。

それを見極めるためにも、昭年とともに仁左衛門を診ておきたかった。

もう一つの理由は、招き状に記されていた「獲れたての勝浦の真鯛」の一行にあった。

染谷はこの部分に強く気を惹《ひ》かれていた。

房州勝浦はいま、真鯛漁の真っ盛りだ。しかし日本橋の魚河岸《うおがし》に揚がる真鯛は、九分九厘まで鎌倉沖もしくは江ノ島沖で獲れたものである。

勝浦から鮮魚で江戸まで運ぶには、道のりが遠すぎた。

「三月、四月に旅するなら、一に房州勝浦で、二から後はない」

粋人で知られる札差衆が、口を揃《そろ》えて褒めるのが勝浦の真鯛だった。はるばる勝浦まで出向くだけの値打ちはあると、口の肥えた札差衆が太鼓判を押していた。

遠すぎて江戸で口にすることのない勝浦の真鯛をと、菊乃はわざわざ一行記していた。

同じ招き状は昭年にも届いていた。

「これは行かざあなるめえ」

おどけ口調で答えるのを染谷が聞いたのは、じつに三十年ぶりである。それほどに昭年も気持ちを弾ませていた。

とはいえふたりには医師の矜持がある。

十徳を羽織り、薬簞笥《くすりだんす》と風呂敷包みを携えて、ともに野島屋を訪れた。

刻は暮れ六ツ（午後六時）前で、町全体が暮れなずんでいる。薄闇がかぶさり始めた大路の空を、まだ夏でもないのにコウモリが飛んでいた。

「お待ち申し上げておりました」

小僧ではなく手代が迎えたのも、菊乃の指図だったに違いない。ふたりは奥玄関から迎え入れられた。

上がり框まで、なんと菊乃が迎えに出ていた。

「てまえどもに言いつけてくださいましたら、すぐにも使いの者を差し向けましたのに」

ふたりの荷物を見た菊乃は、自分の不手際であったかのように詫びた。

重たい箱を医者に持たせるのは、道理に反すると考えたからだろう。

「案ずることはありません。わしも昭年も慣れておりますでな」

軽い言葉で応じてから、ふたりは履き物を脱いだ。内儀みずから案内したのは客間ではなく、仁左衛門の居室だった。

診療を先に受けるつもりで待っていた菊乃は、仁左衛門にも支度をさせていた。

部屋にふたりが入るなり、暮れ六ツの鐘が鳴り始めた。

居室には特大の百目ろうそくが二本、漆塗りの燭台《しょくだい》に灯されていた。

「早速にも診療させていただこう」

先に触診したのは染谷である。敷き布団に腹這《はらば》いをさせて、背中から足まで細かに触診した。

仰向きに寝かせたあとは、交代した昭年が受け持った。胸に自分の耳を押しつけて、鼓動に障りがないかも確かめた。

起き上がらせたあとは、燭台を仁左衛門の前に立てた。そして目一杯に出させた舌を、持参した天眼鏡でつぶさに診た。

「楽にしていただいて結構ですぞ」

昭年の明るい声が居室に響いた。

一部始終を見ていた内儀の顔が、昭年の声を聞いてほどけた。

「身体全体から、余計な凝りがほぐれてきましたな」

月に一度、半刻《はんとき》（一時間）の鍼《はり》治療を続ければ、もはや案ずることもないと染谷は口にした。

「胃ノ腑も心ノ臓も、よく回復をしておられる」

四種の煎じ薬をふたつ減じても大丈夫だと、昭年は診断した。

「朝鮮人参《にんじん》の効き目が顕著です」

人参の効き目が分かるほどに、身体がよくなってきていた。

「しかし油断も過信も禁物です」

昭年は顔つきを引き締めた。

「ご内儀の言いつけには、今後ともかならず従っていただきますぞ」

昭年は見開いた目で仁左衛門を見た。

「しかと、うけたまわりました」

仁左衛門は膝に手を置いて答えた。

「ありがとうございました」

仁左衛門の脇に控えていた菊乃が、心底の物言いで礼を言った。

ろうそくの明かりが揺れて、菊乃の感謝を示していた。

十

真鯛の宴は、野島屋の財力と人脈の凄さを世に知らせる催しとなった。

三十畳の広間の真ん中には、大型の卓が三脚連なって置かれていた。

卓一脚は幅八尺（約二・四メートル）、奥行き四尺もあった。四八《しはち》と呼ばれる特大の卓だ。

並の家なら一脚を置くことすら、ままならない大きさだった。

それを三脚連ねて置き、卓の両側に招待客を座らせられる広間だった。

しかも一卓あたり、座につく招待客は四名である。詰めなくても、倍の八人が楽に座れる大きさだった。

いかに野島屋が客を大事にもてなそうとしているのかが、座につく人数で察せられた。

「まったく野島屋さんの大尽《だいじん》ぶりには、毎度ながら、度肝を抜かれる」

赤筋の入った半纏《はんてん》を羽織った鳶《とび》のかしらが、相客に話しかけた。

「これだけの身代には、蔵前の札差といえども大半がかなわないだろうさ」

鳶と町役人とが、正味の口調で野島屋の身代の大きさに感心していた。

三十畳の広間に明かりが行き渡るように、特大の百目ろうそくがおよそ二間（約三・

六メートル）の間隔で灯されていた。

大型の卓には、まだ料理らしきものはなにも載っていなかった。甲板《こういた》は黒色で、漆が重ね塗りされている。

漆黒の甲板はろうそくの明かりを浴びて、深みのある輝きを放っていた。

染谷と昭年は、一番の上座に、向かい合わせに座っていた。四八の卓だというのに、相客はなさそうだ。

「ご当主がここに座られるのだろう」

染谷の言葉に昭年も同意してうなずいた。

ふたりとも、これ見よがしな大尽の自慢をなによりも嫌っていた。しかし野島屋仁左衛門に限っては、染谷も昭年も当主の振舞いを諒としていた。

理由はふたつあった。

ひとつは仁左衛門のカネの遣い方を、よしとして認めていたことだ。

染谷と昭年の診療所に、仁左衛門は寄進をしていた。

「治療代や薬代を払えぬ者が、両先生の治療を受けられますよう、費《つい》えに充ててください」

医者二軒への定額の寄進だ。そんな申し出をしておきながら、仁左衛門が口にした条件はひとつだけだった。

「てまえどもの名は、厳に秘してくださりますように」

売名を嫌ったことも、仁左衛門がこの条件づけをした理《ことわり》だった。が、他にも大きなわけがあった。

「カネを出していると世間さまに思われますと、方々から寄進のおねだりが際限なく押し寄せてきます」

なにとぞご内密にとの仁左衛門の言い分に、ふたりは深く得心していた。

野島屋をよしとするもうひとつの理由は、内儀菊乃の人柄を高く買っていたことだ。

染谷も昭年も、連れ合いは辰巳芸者あがりである。ひとの目利きに関しては、女房の太郎と弥助《やすけ》のほうが、はるかに長《た》けていた。

「野島屋さんのご当主は、度量の大きなことも大したものです。でもそれは、あのご内儀あってこそです」

太郎も弥助も、言葉を惜しまずに菊乃を褒めていた。

内儀と接した染谷と昭年は、女房の言い分は正鵠《せいこく》を射ていると実感していた。

拵えに派手さはない。が、地味な色味でも太物ではなく、絹織物だ。

目立たずとも本寸法の正道を行く心構えこそ、野島屋の身代を支える背骨だ。

菊乃もそれを実践していた。

仁左衛門を触診した結果には医者も大いに満足していた。

投薬する薬剤を減らす。

これは患者にも医師にも喜ばしいことだ。仁左衛門は着実に快方に向かっていた。

「あんたの鍼が効いたらしいな」

「おまえの薬剤の効き目のほうが大きい」

口調を弾ませたふたりは、晴れ晴れとした気分で三十畳の宴席に臨んでいた。

「ようこそお集まりくださりました」

紋付き袴《はかま》の正装に調えた仁左衛門の後ろには、金屛風《きんびょうぶ》が設《しつら》えられていた。

「てまえがこうして達者を保っておられますのも、畢竟《ひっきょう》、染谷先生と昭年先生の手厚い治療を受けられているからこそです」

仁左衛門に名指しされたふたりは、その場に立ち上がった。二卓に座した八人の招待客から、惜しみのない手が鳴った。

「風向きに恵まれましたことで、今朝方、房州勝浦で獲れました真鯛を、みなさまにこの卓でご賞味いただくことが叶《かな》いました」

仁左衛門は口上を中断した。

ふすまが開かれて、仲居衆が広間に入ってきた。全員が江戸屋から出張ってきた仲居である。

真鯛の宴《うたげ》のために、仁左衛門は料理人と仲居を江戸屋から借り受けていた。

深川で一番の江戸屋からそんなことができるのも、野島屋なればこそだった。

三人の仲居は差し渡し一尺五寸（直径約四十五センチ）の大皿を抱え持っていた。特大の九谷《くたに》焼大皿もまた、江戸屋から持ち込んでいた。

漆黒の卓の真ん中に、仲居は九谷焼大皿を置いた。

「うおおっ！」

卓を挟んで座していた招待客が、言葉にならない感嘆の声を発していた。

染谷ですら声を漏らした。

目の下一尺はあろうかと思われる真鯛が、皿の真ん中に据えられていた。

身は皮つきで、すでにさばかれていた。あえて残された真鯛の皮は、薄い桃色だ。

白い身と皮とが色味を競い合う、見事なお作りに仕上がっていた。あたまと尾が串で持ち上げられており、まるで勝浦の海で泳いでいるかに見えた。

「いまの時季、真鯛は房州勝浦が旬であるとされております」

まずは刺身をご賞味くださいと、仁左衛門が勧めた。

取り皿・下地（醤油《しょうゆ》）差し・わさび・酒・猪口などが、仲居の手で卓に並べられた。

漆黒一色だった甲板が、食器と真鯛でいきなり彩り豊かになった。

「どうぞ箸を休めぬまま、少々みなさまの耳をお貸しください」

仁左衛門はひとりの男を金屏風の前に呼び寄せた。房州木更津《きさらづ》から日本橋川の木更津河岸まで、早船を走らせてきた船頭だった。

「あっしは清蔵《せいぞう》てえ名の船頭でさ」

浜言葉で話し始めると、座の全員の目が清蔵に集まった。

「勝浦の浜にこの真鯛が揚がったのは、今朝の八ツ半（午前三時）過ぎでやした」

「うおおっ」

また一同から声が漏れた。静まるのを待って、清蔵は話を続けた。

「勝浦から木更津までを海伝いに走ったら、暴れ凪に押されたとしてもたっぷり半日以上はかかりやす」

勝浦で揚がった真鯛は船ではなく、早馬で木更津まで運ばれた。

四月一日の未明の空に月はない。

星明かりだけの夜道だが、勝浦には達者な馬と乗り手が揃っていた。

木更津から江戸に向かう早船に積み込むために、房州の各地からさまざまな産物が湊《みなと》まで運ばれてきた。

馬と乗り手が湊に揃っている道理である。

勝浦からの真鯛は、今朝の六ツ半（午前七時）には木更津に届いた。

五ツ（午前八時）に出る木更津船に積み込まれた真鯛は、八ツ半（午後三時）に江戸の木更津河岸に到着した。

房州勝浦で水揚げされてから、わずか半日で日本橋川の桟橋に到着していた。

「目ん玉が飛び出るほどの費えがかかりやしたが、こうしていま、めでたくみなさんに食ってもらえる運びになりやした」

運び賃がいかほどだったかは、清蔵は明かさなかった。言われずとも、途方もなく高額だっただろうとだれもが察していた。

ただ早く運ぶのみでなく、真鯛の味を落とさぬように工夫も凝らされていた。

陽気はすでに夏目前である。真鯛は風通しがよく、しかも湿り気をなくさぬように、杉の葉で何重にも包まれていた。

運ぶための岡持ちは、軽くて丈夫な桐《きり》で別誂えされていた。

隅々にまで気配りがされたことで、未明に獲れた勝浦の真鯛が深川に届いた。

江戸屋の料理人は作り、かぶと煮、うしお汁に仕立てて供した。

酒は灘《なだ》の辛口である。米問屋の野島屋が吟味した酒は、見事に真鯛との相性がよかった。

宴は五ツ半（午後九時）前にお開きとなった。染谷、昭年を含めて、招かれた客の大半が還暦目前もしくは過ぎていた。

夜更けたあとの帰り道は、だれもが足元を不安に感じていた。

しかも今夜は新月、月はなかった。

「どうか、お足元を照らす提灯をお持ちくださいまし」

菊乃は染谷と昭年に提灯を勧めた。

「わしらは明かりなき夜道歩きを、心身の鍛錬だと心得ておりますでな」

提灯は無用だと染谷は断った。

「それならば先生、せめてお荷物だけでもてまえどもで運ばせてください」

菊乃は強い口調で食い下がった。

顔を見合わせたふたりは、菊乃の申し出を受け入れた。

「わしらは早歩きゆえ、夜道をついてくる者が難儀をします」

治療道具は明朝六ツ半までに届けていただければそれで結構だと、染谷が告げた。

「うけたまわりました」

承知した菊乃は、ふたりを奥玄関先まで出て見送った。

夜空は晴れていたが、月はなかった。

「どうだ、昭年」

先を歩いていた染谷が足を止めた。

「酔い覚ましにもなる。遠回りでも、横十間川《よこじっけんがわ》のほとりを歩いて帰ろう」

「よかろう」

昭年に異存はないようだ。野島屋を出たあとのふたりは、家路とは反対の、横十間川を目指して歩いた。

鶴歩橋《かくほばし》まで二町（約二百十八メートル）のあたりまで来ると、周りに一軒の民家もなくなった。明かりはなかったが、川には何十本もの丸太が浮かんでいた。

闇が墨汁を思わせるほど深くなった。

先に足を止めたのは染谷である。二歩後ろを歩いていた昭年も立ち止まった。

闇が剣呑《けんのん》さを帯びていた。

互いに言葉を交わさずとも、気配の危うさは感じ取っていた。

足を止めた染谷は息遣いの音もさせず、闇を見詰めていた。

十一

染谷も昭年も両手が使える。

足音も息遣いの音も消したふたりは、闇をそっと払いのけて先へと向かった。

染谷が二十歩進んだとき、二間先で男ふたりがもつれ合っていた。そんな間近に迫っても見えないほど、闇は深かった。

傳吉の背後に立ち、首に二の腕を回しているのが佐津吉だった。

「てめえ、おれを手にかけようてえのか」

首を絞められながらも、傳吉はまだ酔いから醒《さ》めていない。怒鳴る声のろれつがうまく回っていなかった。

「おめえさんに恨みはねえが、こうするのがおれの生業だ」

佐津吉が腕に力を込めたらしい。

「てめえ……苦しいじゃねえか！」

傳吉は地べたを両足で強く叩き、身体を後ろに仰《の》け反らせた。思い切り身体をぶつけられて、佐津吉の身体が後ろにずれた。しかし低く落とした腰はびくとも動かなかった。

背後から首を絞めることに慣れているのだ。

「あばよ、傳吉あにい」

息の根を止めようとして、佐津吉が渾身《こんしん》の力を腕に込めた。

その刹那《せつな》、昭年が佐津吉に体当たりを食らわせた。柔《やわら》の心得ある者が、身体を構えてぶつかったのだ。

傳吉の首に回していた腕が外れて、佐津吉は草むらに吹っ飛んだ。昭年はすかさず馬乗りになり、佐津吉の鳩尾《みぞおち》に拳《こぶし》を叩き込んだ。

鳩尾は急所だが、昭年は力を加減していた。

「うっ……」

短くうめき、息を詰まらせた。

吹っ飛ぶ直前、佐津吉の腕が傳吉の首を強く痛めつけたらしい。膝から崩れ落ちた傳吉は、草むらにうつぶせになって倒れていた。

しゃがんだ染谷は傳吉の上体を起こし、背中に活を入れた。一発では効かず、二発目を続けて入れた。

「ぶほっ！」

酒臭い息を思い切り吐き出して、傳吉の呼吸が戻った。

佐津吉をうつぶせにした昭年は、両手を背中に回して細紐《ほそひも》できつく縛った。

外出時、昭年は麻の細紐を必携品としていた。怪我人《けがにん》の応急治療に役立つからだ。

いまは咎人を縛るのに役立っていた。

昭年も佐津吉の上体を引き起こし、背中に膝を当てて活を入れた。柔の心得は昭年のほうが上手《うわて》である。

軽い動き一発で、佐津吉は息を吹き返した。

後ろ手を引っ張られて立ち上がった佐津吉に、傳吉は殴りかかろうとした。

染谷は片手を伸ばして動きを止めた。

「わけは自身番で存分に聞こう」

染谷の声も聞こえなかったかのような動きで、傳吉は佐津吉の前に立った。

「ばっけやろう!」

佐津吉の頬めがけて唾を飛ばした。

門前仲町の自身番に暮らす番太郎（小屋番）は佐助《さすけ》だ。二年前まで血の巡りがわるくて身体のむくみがひどかったのを、染谷は鍼治療で快癒させていた。

昭年が調合した煎じ薬は、いまも服用を続けている。

染谷と昭年に対して、佐助は格別の感謝の思いを抱いていた。

「とにかく茶の支度をさせてくだせえ」

染谷と昭年を見た佐助は、仔細を問い質す前に土間の卓につくようにと勧めた。

すでに四ツ（午後十時）が近かった。大木戸が閉じられる四ツ前は、ひとの動きが慌ただしくなる。

自身番に詰める当番の三人も、いまは全員が出払っていた。

小屋の土間には四尺に八尺の大きな卓が置かれていた。咎人の取り調べにも使うし、当番の膳代わりにもなるのだ。

杉板の長い腰掛けが両側に据え置かれている。染谷と昭年は佐津吉・傳吉と向かい合わせに腰をおろした。

佐津吉は後ろ手に細紐で縛られたままである。丸盆に載せた湯呑みを運んできた佐助は、染谷と昭年に供してから佐津吉の紐を解《ほど》き始めた。

血止めにも使う固結びである。

「さすが先生の縛り方は達者でやすぜ」

解くのを諦めた佐助は、小刀で麻の細紐を断ち切った。

「妙な動きをしたら、十手《じって》をおめえの鳩尾に突き立てるぜ」

佐助が言ったことを聞いて、佐津吉の背中が震え始めた。鳩尾に叩き込まれる怖さは、昭年に味わわされたばかりだった。

「おめえたちにも用意したからよ」

わざと選んだのか、佐津吉と傳吉の前にはふちの欠けた湯呑みが供された。

すでに四月一日で、立夏も過ぎていた。花冷えというには時季外れだったが、今夜は冷え込みがいささかきつい。

酔いがすっかり醒めた傳吉は、熱い番茶の注がれた湯呑みを両手で持っていた。

四人とも番茶を呑み干したあと、佐助は帳面と矢立を手にして卓についた。

「手間をかけやすが、はなは先生方から始めていただきてえんで」

佐助に言われて、染谷が口を開いた。

「野島屋殿の屋敷からの帰り道、夜風に誘われて川縁《かわべり》の道を歩くことにした」

そこで男ふたりが争う場に行き合ったと佐助に聞かせた。

「おめえたちは、どこのなんてえ名のやつらなんでえ」

佐助の口調が、がらりと変わった。両目には咎人を詮議するきつい光が宿されている。

最初に佐津吉が口を開いた。

「あっしは呉れ尾組のわけえもんで佐津吉でやす」

呉れ尾組の仔細を、佐津吉は洗いざらい聞かせた。いまさら組に忠義立てをしても仕方がないと、肚を決めたらしい。

呉れ尾と聞くなり、染谷は気を張った。が、自身番の佐助すら気づかぬほどに、表情は動かさなかった。

おふくが昨日早朝に訪ねてきたとき、何度も呉れ尾組を口にしていた。思いもしないところで、中村屋につながる名を耳にしたのだ。

知らぬ顔のまま、染谷は気を張っていた。

聞き終えた佐助は傳吉を見た。

「おめえの名はなんというんでえ」

「あっしも呉れ尾組の壺振りで、名は傳吉でやす」

「てえことは」

佐助が口を挟んだ。

「おめえらふたりとも呉れ尾組にいながら、なんだってここの河原で命のやり取りをおっぱじめやがったんでえ」

佐助は傳吉と佐津吉を等分に見た。

「命のやり取りじゃねえやね」

傳吉が思いっきり口を尖らせた。

「弁慶まで迎えにきやがった佐津吉に連れ出されて、土手に行ったんでさ」

野郎ははなからおれを始末する気で出てきやがったんでさ……話しているうちに気を昂らせた傳吉は、横の佐津吉を睨《にら》み付けた。

「そうだろうが、佐津吉」

傳吉が伸ばした手を払いのけて、佐津吉も相手を睨み返した。

「うちの親分の言いつけで、あにいを始末するつもりだったのさ」

ふてくされた口調で言ったあと、佐津吉は佐助に目を向けた。

「どうせおれは小伝馬町《こでんまちょう》送りでやしょう?」

佐助は返事をせず、先を促した。

「牢屋《ろうや》にぶちこまれたら、うちの親分が助けてくれるはずもねえ。とっても吝嗇《けち》だからよ」

「おおきに、その通りだ」

傳吉が脇から相槌《あいづち》を打った。

「あんなせこい親分に義理立てする気は、これっぱかりもねえんだ」

佐津吉は親指の爪で人差し指の腹を弾《はじ》いた。

「訊いてくれたら、呉れ尾組について知ってる限りを歌いやすぜ」

「おれだってそうさ」

傳吉は上体を乗り出して佐助を見た。

「呉れ尾のあのチビが牢屋にぶち込まれるなら、洗いざらいを朝までしゃべってもいい」

呉れ尾小平は室町の鵜ノ木屋とつるんで、朝鮮人参を横流しする気でいる。

「朝鮮人参を勝手になにするのは、きつい御法度でやしょう?」

おもねるような物言いで、傳吉は佐助に問いかけた。

思いがけず、朝鮮人参が飛び出してきたのだ。染谷と昭年は丹田《たんでん》に力を込めて、成り行きに聞き入っていた。

十二

佐津吉と傳吉の尋問が一段落すると、染谷は佐助を自身番小屋から連れ出した。

小屋内に残したふたりの見張りは、柔術に長けた昭年ひとりで充分だった。

「佐津吉も傳吉も賭場の貸元、呉れ尾の小平なる男の配下なのは、聞き取った通りだ」

今し方の尋問内容を思い返し、佐助もうなずいた。

「大門通りに中村屋という菓子屋があるが、親分はご存じか?」

「まんじゅうの美味い、いい店でさ」

菓子の美味さを佐助は知っていた。それを諒として、染谷は先へと続けた。

「深川には何軒も菓子屋があるが、ほとんどが家族だけで営む小商人だ」

染谷は菓子屋の実態を話し始めた。

早朝からの仕事は、冬場でも冷たい水の大鍋への汲《く》み入れから始まる。

餡作りに使う小豆と砂糖の運び。

まんじゅうの皮作りに使う粉挽き、そして伸ばし。

どの工程も力仕事で、しかも中腰が多い。ゆえに菓子職人の多くが腰を痛めていた。

「中村屋の店主善助も、腰を患っているひとりだ。その善助に佐津吉は、腰に効く膏薬《こうやく》があると売り込んだ」

効き目は確かで、善助は膏薬紙に夢中になった。頃合いを見て、佐津吉は膏薬紙の売値を吊り上げ始めた。

「膏薬紙には朝鮮人参を含んでいるというのが、佐津吉の言い分だ」

朝鮮人参と聞いて、佐助の顔が引き締まった。こと朝鮮人参については十手持ちふぜいでは、口にすることすら憚《はばか》られた。

黙《もだ》した佐助を見詰めたまま、染谷は先を続けた。

自身番小屋でのわずかなやり取りのなかで、佐助なら信頼できると染谷は判じていた。

「捕らえたふたりとも、朝鮮人参密売の黒幕に使われておる」

きつく因果を含めて解き放てば、手先として使えると、染谷は判じていた。

「呉れ尾を成敗すれば、深川の多くの職人が救われるのは間違いない。これは親分の仕事にも、かなうはずだ」

十手持ちにかなうと言われたことで、黙していた佐助が語気強く言い返し始めた。

「やぶから棒にそんなことを言われても、あっしには得心がいきやせん」

染谷はまず、うなずき、あとを続けた。

「わしとて、この場の思いつきを口にしているまでだ」

染谷は正直に明かした。

「朝鮮人参には御公儀も、きつい監視の目を向けておる。軽々な動きは禁物だが、わしは三千石の大身お旗本と、かかわりもある。いざとなれば、力も借りられよう」

しかし……と、染谷はあとを続けた。

「旗本ご当主に力添えを求めるには、確かな絵図を示さねばならぬ」

密売の貸元、呉れ尾の動きを探らせるのが、佐津吉の一番の使い道だと、染谷は断じた。

傳吉は手元に留めて下働きにするのはどうかと、思案も示した。

「念入りにことを運ぶためにも、いまはあの両名を解き放つのが良策と思うが」

染谷は暗がりで、佐助の目を見詰めた。

「親分の思案を拒めば小伝馬町送りで首が飛ぶと脅せば、あの男たちは落ちる」

ここに至り、佐助も肚を決めたようだ。

「深川の職人を助けるのがあっしの仕事だてえのは、先生に言われた通りでさ」

小屋から漏れる明かりのなかで、もしものときは自分の首も飛ぶと肚を括ったようだ。固く閉じた口元に決意の強さが出ていた。

「二度は言わねえから、ふたりとも下っ腹に力を込めて聞きやがれ」

佐助は先に佐津吉に目を向けた。

「おめえは小伝馬町送りだ」

その覚悟はできていたのか、佐津吉はうろたえもせず、佐助を見ていた。

「ここんところ、牢屋がいっぱいでよう。タチのわるい咎人は、吟味も無用で土壇場《どたんば》送りにするとお達しが届いているんだ」

佐助は佐津吉を見る目の光を強くした。

「てめえの組の兄貴分を殺そうとしたおめえは、親殺しも同然の下衆《げす》野郎だ」

佐助は身体を乗り出し、佐津吉の目の前まで顔を近づけた。

「慈悲深い御上でも、おめえを助けることはしねえ」

佐助の目が禍々しい光を宿した。

「明日の朝一番で小伝馬町に送る。即刻斬首刑に処してもらうよう赤札を首に巻いて送り出すぜ」

立ち上がった佐助は「即刻斬首」と太文字が書かれた赤札を手にして戻ってきた。しぶとい咎人を落とすために、小屋に用意されている小道具である。

「これがその札だ」

おめえの命も今夜限りだと、冷たい口調で申し渡した。

佐津吉の顔から血の気が引き、ガタガタと腰掛けが鳴るほど震え始めた。

「いっぱしの悪党ぶっていたおめえが、そうまで震えるてえか」

さげすみの言葉を投げつけてから、佐助は傳吉に目を移した。

「殺されそうになったおめえも、お咎めなしてえわけにはいかねえ」

賭場の開帳は天下の御法度で、盆を左右する壺振りには貸元と同じ罪の重さがある。

「斬首にはならねえが、すべてを白状するまでは散々に拷問にかけられるぜ」

佐津吉のときと同じように、傳吉にも佐助は顔を思い切り寄せた。

「のこぎり板に座らされて、激しい痛みに耐えられなくなった罪人はよう」

話しているうちに、佐助が隠し持っている咎人を憎む気持ちが表に出てきたのだろう。唇を舌でぺろりと舐《な》めながら、先を続けた。

「泣き声混じりに、ひと思いに殺してくれ、死んで楽になりたいとうめくぜ」

傳吉から顔を遠ざけた佐助は、自身番小屋に備えられたのこぎり板を運び出してきた。ギザギザに尖った板の刃が、のこぎり状に並んでいる。拷問される咎人は、この板に正座させられ、重石《おもし》を膝に置かれるのだ。

「おめえ、これを見たことがあるか？」

傳吉は真っ青になった顔を、激しく左右に振った。隣に座っている佐津吉も、のこぎり板を間近に見たことで、また身体を震わせていた。

「おめえは首を斬られはしねえが、死んだほうがましだと思うほどに苦しむぜ」

脅すだけ脅してから、佐助はふたりを立ち上がらせた。自身番の奥には、咎人を留置する牢屋が設けられていた。

樫《かし》の格子で仕切られた牢屋が三つ並んでいる。ふたりを別々に押し込めて、大きな錠前を通して戸を閉じた。

「からすカアで夜が明けるまでの、今夜限りの命だ」

土間にしゃがみ込んで震えの止まらない佐津吉を、佐助は牢屋の外から見下ろしていた。

佐助が立ち去ろうとしたら、佐津吉は格子にしがみついて呼び止めた。

「あっしは傳吉あにいを殺《あや》めたわけじゃねえんでさ」

佐津吉が張り上げた声は、染谷と昭年にまで届いていた。

足を止めた佐助は、その場で振り返って声を発した。

「殺めていねえから、なにがどうだてえんだ、佐津吉」

「後生でやすから、なにとぞ命だけは助けてくだせえ」

「虫のいいことをほざくんじゃねえ！」

強い口調で応じた佐助は、格子に近寄り佐津吉を睨み付けた。

「おれにそんなことを頼むまえに、おめえが手にかけようとした傳吉に心底詫びるのが先だろう」

佐助は牢屋の格子を雪駄《せった》の裏で蹴飛ばした。

「もしも詫びを受け入れてもらえたら、傳吉からおめえの命乞いをしてもらうのが筋だろうぜ」

助かりたい一心の佐津吉は、藁《わら》にもすがる思いなのだろう。息もつかずに傳吉の方にいざり寄った。そして仕切りの格子を両手で摑んだ。

「済まねえ、あにい。親分の言いつけに逆らったら、おれが始末されてたんでさ」

格子を摑む両手に力を込めて、佐津吉は命乞いをしてくれと頼んだ。

「分かったから、そんな情けねえ声を出すんじゃねえ」

壺振りは、ひとのこころを読むのが生業である。佐助が口にした言い分には、佐津吉の斬首刑を軽くしてもいいというにおいがあると嗅《か》ぎ取っていた。

「あっしを殺めようとした野郎の命乞いなんざ、まったく気が進みやせんが」

牢屋の内で立ち上がった傳吉は、佐助の目を見詰めた。

「あっしが頼むことで佐津吉の首がつながるなら、なんとか命だけは助けてやってくだせえ」

言ったあとも、傳吉は佐助を見詰めたままだった。

この男なら使い物になると、傳吉の目を受け止めながら、佐助は肚を決めていた。

十三

佐助たちと取り決めた通り、佐津吉は呉れ尾に戻った。そして丑三《うしみ》つ時（午前二時）の拍子木が叩かれたのをきっかけに、小平に傳吉殺しの首尾を話し始めた。

「でけえ重石を三つもくくりつけて、川に沈めやした」

川底で膨らんで人相が分からなくなるまでは、川面《かわも》に浮かぶ気遣いはありやせんと、小平に請け合った。

「きちんと息の根を止めたんだろうな？」

小平が話を鵜《う》呑《の》みにしないのは、佐津吉も承知である。

「沈める前に取り上げといた、野郎の形見の品でさ」

傳吉愛用のキセルを小平に差し出した。火皿の龍の細工が凝っている上物で、傳吉はどこに行くにも離さなかった。

キセルを見て小平は上首尾を得心した。

「ご苦労だった」

財布から取り出した小粒銀三粒を、長火鉢の猫板に置いた。にじり寄って取りにこいという置き方である。

殺しの駄賃が小粒銀三粒か。

小平の吝嗇ぶりが猫板に載っていた。胸の内で舌打ちをしながら、佐津吉は受け取った。小平に疑われぬためである。

いまの佐津吉は小心者の小平など、眼中になかった。自身番小屋の佐助と、鍼灸師《しんきゅうし》の染谷たちに心底の恐れを抱いていた。

とりわけ傳吉を手元に置いた佐助には、底知れぬ怖さを感じていた。

駄賃を素直に受け取ったことで、小平も気をよくしたらしい。

「今夜は賭場も店仕舞いだ。ゆっくり寝て、起きたらそれで好きなものでも、たらふく食ってきねえ」

長火鉢の向こうで、胸を反り返らせた。

小粒三粒で、なにを食えてえんだ……佐津吉は顔を伏せたまま下がった。

布団に入ったあとも、傳吉の動きが気になった。万にひとつ、呉れ尾の若い者に見つかれば、あとが厄介だからだ。

しかし佐助の目が光っている限り、傳吉もうかつな動きはできないと思うと、大いに気が休まった。

昼前まで眠ったあと、佐津吉は薬研堀《やげんぼり》のあいまい宿・松乃家に向かった。陽が高いうちから女を呼べる宿である。

これからどんな先行きが待っているのか……それを思うと、気持ちが重たくなった。

自身番小屋の十手持ちに、生殺与奪のすべてを握られているからだ。

うっとうしい気分を振り払うには、女の色香に溺れるのが一番の特効薬だった。

したたかに果てたあと、そのまま眠った。目覚めたのは川向こうの回向院《えこういん》が撞く暮れ六ツ（午後六時）の鐘を聴いたときだった。

今夜は月初で、賭場が大いに盛り上がる日である。とはいえ賭場の客は早くても五ツ

（午後八時）を過ぎてから、のんびり宇治茶とようかんを味わってから、身繕《みづくろ》いを始めた。

「おめえといいたしたあとのようかんは、格別の美味さだぜ」

馴染みの敵娼《あいかた》に心付けを弾み、玄関先まで見送りされて松乃家を出た。

夜空に月はない。が、とっぷりと暮れた空には無数の星が埋まっていた。

晴れの日が続いており、地べたは乾いて硬くなっている。尻金《しりがね》が自慢の雪駄を履いている佐津吉は、チャリン、チャリンと鳴らしながら呉れ尾に戻った。

宿の前まで進むと、張り番の若い者が寄ってきた。足音に重なるようにして、五ツの鐘が撞かれ始めた。

「どうしたんでえ」

「あにいを待ってやしたんでさ」

小平が呼んでいる。早く行ったほうがいいですと、佐津吉の背中を強く押した。

小平の言い付けで出かけていない限り、賭場のある夕は五ツ前には宿に居るのが呉れ尾の決めである。

若い者に押されても佐津吉は慌てず、雪駄を鳴らして宿に入った。履き物を揃えて脱ぎ、自分で下駄箱に納めた。

下足番に仕舞わせていいのは、賭場の客だけである。

細い廊下の先には八畳の客間が二部屋並んでいた。賭場の客が茶菓や賄《まかな》いものを味わう部屋だ。

賭場は客間の先で、小平の居場所はさらに奥である。まだ客がいないのは、玄関の履き物で分かっていた。

下足番を務める若い者の姿がなかったし、履き物も下駄箱にはなかった。

佐津吉は客間の前を素通りしようとした。馴染み客にあいさつすることもないと、判じたからだ。ところが賭場に近い客間の前に差し掛かったとき、障子戸の内から呼び止められた。

相手が鵜ノ木屋の隠居であるのは、嗄《か》れた声ですぐに分かった。

「ご隠居さんで？」

思わず、いぶかしげな物言いで問いかけた。

鵜ノ木屋が来るときは、前もって呉れ尾に使いが来ていた。隠居が好む茶菓を支度させるためである。

鵜ノ木屋が賭場に落とすカネは、多くても数十両だった。が、そんな隠居を小平は大事にした。中村屋の善助を呼び寄せるのも、隠居に対する気遣いである。

「ご隠居が加われば盆が盛る」

鵜ノ木屋は上客を呼び込む大きなツキを持っている……それを小平は大事にしていた。

しかしこの日は隠居の遊び日ではなかった。主《あるじ》の座を譲ったいまでも、月初の帳面吟味は、おのれが行う大事なものとしていたからだ。

「失礼して開きやす」

断りを言って障子戸を開いたら、紛れもなく隠居が座していた。寒がりの客に、いまでも火鉢が出されていた。

「今日は、いったいどうされやしたんで？」

「せがれに追い出されたんだ」

隠居の口調は嬉しそうだった。

「ようやくあいつも、月初の帳面吟味を自分でやろうという気になったらしい」

今月から自分がやるので、親仁《おやじ》様は外に出て行ってくださいと追い出されていた。外にとは、呉れ尾を指していた。

「ご隠居が来てくれたんなら、親分もさぞかし喜んでおりやしょう」

「そのことだ」

隠居は火鉢の上に上体を乗り出した。

「親分はあんたを探していたぞ」

「へいっ！」

威勢のいい返事を残して、佐津吉は小平の居場所に向かった。

長火鉢の前では、小平が渋面を拵えて待ち構えていた。

「おめえはどこに行ってやがったんでえ」

佐津吉が座るのも待たず、尖った声を投げつけた。

「薬研堀の松乃家でさ」

悪びれもせず、あいまい宿の名を口にした。

「昼間っから、大層達者なもんだな」

物言いは刺々《とげとげ》しかった。

「丑三つ時に親分から、たっぷり駄賃をもらいやしたもんですから」

一気に景気よく遣おうとして、松乃家に出向いたのだと皮肉をこめて応えた。

小平はまるで気づいていなかった。

「女に遣うのはいいが、ほどほどにしておきねえ」

説教めいた口調で言い置いてから、物言いの棘を引っ込めた。

「鶏ノ木屋のご隠居がつい今し方、いきなり顔を出してきた」

「あっしも廊下で呼び止められやした」

佐津吉の応えにうなずいてから、用向きの指図を始めた。

「隠居に機嫌良く遊んでもらうためだ、急ぎ大門通りまで行ってくれ」

小平は一刻も早く、善助を呼び寄せたがっていた。

「そうは言いやすが親分、もう五ツを過ぎておりやすぜ」

佐津吉は渋い声で応じた。

「五ツを過ぎていたら、なにがどうだと言うんでえ」

気の短い小平は、たちまち声を荒らげた。

「四の五の言ってねえで、とっとと連れてくるんだ！」

猫板に置いた湯呑みを投げぬばかりにいきりたった。

月初の賭場が盛るためにも、隠居の機嫌を損ねたくない小平である。すぐにも善助に支度をさせたいと苛立《いらだ》っていた。

「分かりやした」

佐津吉は素直な物言いで応えた。

傳吉を殺めようとした佐津吉を、易々《やすやす》と取り押さえたのは染谷だ。その染谷は中村屋の善助を知っていた。

佐助の前で洗いざらい白状させられたとき、佐津吉は善助と鵜ノ木屋の話もしていた。

「呉れ尾に戻ったあとも、善助ならびに鵜ノ木屋の動きから目を離すな」

佐助にきつく言われていた。

「もしもしくじったときには、おまえたちふたりとも、小伝馬町の土壇場に送るぞ」

佐助の言い分は脅しではないと、傳吉も佐津吉も身体の芯から震え上がっていた。

目明しと鍼灸師が、善助や鵜ノ木屋からなにを探り出したいのか……。

分からないながらも、指図に従わざるを得ないと肚を括っていた。

今夜はお誂え向きに、ふたりが揃うことになるのだ。しっかり見張れば、先行きも明るくなると考えられた。

「善助を引っ張ってきやす」

思いっきり威勢のいい声で応えた。

言われた小平は、早く行けとばかりに右手で佐津吉を追い払った。

長火鉢の鉄瓶が、強くて真っ白い湯気を噴き出していた。

十四

四ツ手駕籠《かご》に揺られながら、佐津吉は出がけの小平とのやり取りを思い返した。

指図を受けて飛び出そうとした佐津吉を、小平は慌てたような声で呼び止めた。

「急ぎの呼び出しだ。駕籠を使いねえ」

鵜ノ木屋がよほどに大事らしい。

「行き帰りとも駕籠を使いねえ」

吝嗇な小平が、驚いたことに辻《つじ》駕籠を使えと指図した。佐津吉を長火鉢の前に呼び戻すと、小粒銀三粒を握らせた。

また三粒かと、佐津吉は受け取りながら吐息を漏らした。

「行き帰りとも駕籠てえのは、あっしも使ってもいいんで？」

帰り道は駕籠が二挺《ちょう》となる。駕籠舁《か》きを急がせるための酒手を思えば、三粒では到底足りない。

その思いを込めて問い返した。

「ばかやろう！」

ずいずいに尖った声が小平から返ってきた。

「行きにおめえが乗って行った駕籠に、向こうからは善助を乗せるんでえ」

早く大門通りに向かうために、行きに佐津吉が乗るのは仕方がない。しかし、急ぎの用で呼びたいのは善助で、佐津吉はただの使い走りだ。

「おめえのけえり道なんざ、てめえの足を使ってけえってこい！」

小平の尖った声を聞いても、いまは怯《おび》える佐津吉ではない。小伝馬町に放り込まれる怖さを思えば、小平など屁でもなかった。

「がってんでさ」

軽くいなして、宿を出た。

呉れ尾の辻には五ツ（午後八時）を過ぎた頃から、着け待ちをしている駕籠がいた。

賭場で負けた客を拾う駕籠だ。

儲かった客は夜通し遊び、町木戸が開く明け六ツ（午前六時）の鐘で宿から出た。

賭場では五ツなど、まだ宵の口だ。こんな時分に駕籠に乗るのは、博打に負けた客と相場が決まっていた。

負けて早々に帰る客には、賭場は「駕籠賃」に小粒銀五粒（四百二十五文相当）を握らせた。

腕のいい大工の出面《でづら》（日当）以上の額だ。

しかし元はと言えば、その客が賭場に突っ込んだカネの、ほんの一部である。

着け待ちをしている四ツ手駕籠は、賭場が握らせた駕籠賃が狙いである。博打に負けた客の多くは、験直《げんなお》しを込めて駕籠賃をそっくり駕籠舁きに渡した。

「ありがてえ。いただいたぜ！」

受け取った前棒は、大声で相肩《あいかた》にこう告げた。後棒もぺこりとあたまを下げて、客の気前よさに礼を示した。

駕籠の心地よい走りで、客は負けたうっぷんを晴らし、験直しをした。

五ツどきから駕籠を誂える客は、駕籠舁きには上客だったのだ。

ところがこの夜の口開けは、呉れ尾の佐津吉だった。小平の吝嗇ぶりは駕籠舁きにも知れ渡っていた。

呉れ尾は小平も若い者も、酒手は一切期待できない、インケツ客だった。渋いと分かってはいても、客を回してもらっているお得意先なのだ。

「どうしやしたんで、佐津吉あにい」

目一杯の愛想を込めて、前棒が問いかけた。

「深川大門通りまでの行き帰りだ」

行きは佐津吉が乗り、帰りは菓子職人を呉れ尾まで乗せるのだと、段取りを聞かせた。

「これで勘弁してくんねえ」

佐津吉は小粒銀三粒を前棒に握らせた。

「なんにも勘弁なんぞ言うことはありやせんぜ、佐津吉あにい」

前棒はヤニで汚れた前歯を見せて笑った。

「呉れ尾の親分はどこまで乗せても、小粒銀三粒止まりでさ」

善助の店に向かう駕籠に揺られながら、つくづく小平の吝嗇ぶりに嫌気を覚えていた。

不意の呼び出しを受けた善助は、当然ながらひどく不機嫌な声を発した。

「勘弁してくださいよ、佐津吉さん。いま何どきだと思っているんですか」

きつい声の善助に、佐津吉はめずらしく下手《したて》の物言いで応じ始めた。

「鵜ノ木屋のご隠居が、いきなりきたんでえ。機嫌良く遊んでもらうには、おめえの甘味が一番だ」

なんとか頼む……佐津吉はなんと、善助に手を合わせて頼み込んだ。

鶏ノ木屋と小平とのかかわりの仔細を、佐助に伝えなければならないのだ。善助が作る菓子は、隠居を上機嫌にする特効薬だった。

「おもてには駕籠を待たせてあるんでえ。入り用な材料を抱え持ったら、駕籠に乗ってくんねえ」

急な呼び出しは毎度のことだが、辻駕籠を待たせていたのは初めてである。

「分かりましたから、もう急《せ》かせないでください。材料選びがおろそかになりますから」

善助は直ちに小豆・砂糖・米粉などの材料を調え始めた。

女房のおふくは仕事場に顔は出した。が、亭主にも佐津吉にもひとことも口を利こうとしなかった。

材料選びの手伝いもしない。二十匁《もんめ》ろうそく一灯が灯された土間の隅に、虚《うつ》ろな目をして突っ立っていた。

「手間はかかってもいいぜ」

佐津吉はカラの桶を引っ繰り返して座り、水桶を足元に置いてキセルを取り出した。

鴨居《かもい》から吊《つる》したろうそくは、佐津吉の真上だった。

「やめてください！」

おふくは佐津吉めがけて声を投げつけた。甲高くて、キリの先のように尖っていた。

「ここはお菓子作りの大事な仕事場です」

煙草なんか吸ったら、お菓子の神様のバチが当たりますと、さらに声を尖らせた。

しらけた顔になった佐津吉だが、おふくの言い分は呑み込んだ。善助は女房の声にも取り合わず、材料集めを続けている。

「分かったから、キイキイ言うんじゃねえ」

詰め始めていた刻み煙草を煙草入れに戻し、キセルを革袋に仕舞った。

「おめえのまんじゅうがうめえのは」

善助に話しかけたあと、佐津吉はおふくに目を移した。

「おっかねえおっかあが、おめえと神様との間を取り持ってるからだろうよ」

皮肉を利かせた物言いのあと、佐津吉は桶から腰を上げた。

「おもての駕籠は、おめえが乗るなり賭場までかっ飛ぶ段取りだ」

急かせはしねえが、段取りよく出ろよと言い置き、佐津吉は仕事場から出た。

月初の夜空に月はない。

時はすでに五ツ半（午後九時）を過ぎており、通りは闇に埋もれていた。明かりの漏れている民家も皆無である。

大門通りの両側はすでに熟睡していた。

駕籠の前棒先端には、小田原提灯が吊り下げられていた。が、客待ちのいまは明かりを落としていた。

日焼け顔の駕籠舁きは、前棒も後棒もすっかり闇に溶け込んでいる。ふたりとも煙草を吸っており、キセルの火皿が赤いのを頼りに佐津吉は近寄った。

「おれにも火を貸してくんねえ」

土間で吸い損ねた佐津吉は、無性に煙草が吸いたくなっていた。

「おやんなせえ」

前棒が差し出した火皿に、佐津吉は煙草を詰めた雁首《がんくび》をくっつけた。強く吸うと、両方のキセルが真っ赤になった。

ふうぅっ。

一服を深く吸ったことで、気持ちが落ち着いたらしい。通りの溝めがけて佐津吉は吸い殻を吹き飛ばした。

ジュッ。

小さな音を立てて火は消えた。渡世人ならではの横着な振舞いにも及んだりする佐津吉だが、吸い殻の始末にはうるさかった。

こども時分、本所割下水《わりげすい》の長屋を焼け出された。佐津吉の父親瓶蔵《かめぞう》が、煙草の火をきちんと始末しなかったからだ。

付け火（放火）ではなかったが、火事を出すのは重罪である。小伝馬町送りとなったあと、瓶蔵には島流しの沙汰が下った。

佐津吉は渡世人となったあとも、火の始末には気を抜かなかった。

後棒が吸い殻を地べたに吹き落としたら、佐津吉は闇のなかで両目を尖らせた。

「水が流れている溝に落としねえ」

相手に有無を言わさぬ、渡世人の脅し口調である。

「へえ……」

後棒は不承不承、吸い殻をわらじの先で蹴飛ばして溝に落とした。佐津吉は前棒に目を転じた。

「おめえも吸い殻は水に落として、消えたのを確かめろ」

凄みをはらんだ低い声である。佐津吉とは二年越しの付き合いだったが、こんな声で凄まれたのは初めてだった。

体つきでも腕力でも勝っている駕籠舁きが、佐津吉の言い分を素直に受け止めていた。なにをするか知れない剣呑さを、佐津吉は身体から漂わせていた。

「野郎が出てきたら、息継ぎも惜しんでかっ飛んでくれ」

首から吊した財布に手を突っ込み、一朱金（三百十二文相当）を前棒に握らせた。

「おれからの祝儀だ」

「いただきやしたあ」

手のひらの感じで一朱金だと分かった前棒は、多額の酒手をもらったと後棒に声の調子で伝えた。

「任せてくだせえ」

足が引きつるほどに駕籠を押しやすと、後棒は弾んだ声で請け合った。

「頼んだぜ」

闇の中で佐津吉の低い声が、駕籠舁きふたりの胸板を突き通した。足を速めて賭場に戻ろうとする佐津吉の背に、駕籠舁きは闇の中で身体を二つに折って辞儀をしていた。

一朱金の酒手は自腹である。つい弾む気になったのは、煙草の火の始末をきつい口調で言ったことへの詫びでもあった。

長屋三棟を焼失させた瓶蔵は、身体をぐるぐる巻きにされて、奉行所に引き立てられた。地べたに吸い殻を落とした後棒を見たとき、ガキの時分に見た瓶蔵の姿を思い出したのだ。

その怖さは、佐助と小伝馬町牢屋に対する恐怖心を増幅させた。

佐助からきつい言葉で脅された、小伝馬町送り。

瓶蔵に一度だけ面会に出向いたとき、役人は牢屋の前まで佐津吉を連れて行った。

「おまえも悪いことをしでかすと、この牢屋に押し込められるぞ」

役人に見せられた牢屋内には、二十人の男がひしめきあっていた。罪人たちが放つ体臭と糞尿の悪臭が、中から流れてきた。

佐津吉は思わず鼻を摘んだ。あのとき感じた牢屋の怖さは、いまも脳裏に焼き付いていた。

瓶蔵は牢屋ではなんとか生き延びたが、遠島罪人を運ぶ船中で病死していた。病死とは表向きで、その実は罪人たちの手で始末されたのだと佐津吉は確信していた。

瓶蔵はいびきがひどかった。始末されたのはそれが理由だったとも思っていた。

佐津吉も瓶蔵同様に、ひどいいびきをかく。呉れ尾の若い者は、だれもが佐津吉との相部屋を嫌がった。

もしも小伝馬町送りとなったら、自分も始末されるのは間違いない……。

それを思うだけで、身体の芯から震えた。

佐助の役に立てさえすれば、牢屋に押し込まれることはない。

なんとしても、どんな手を使ってでも、鵜ノ木屋と小平とのかかわり合いの仔細を調べ上げる……佐津吉は思いを固めた。

月のない夜空を星が流れていた。

十五

よほどに小平は鵜ノ木屋仲蔵を大事に思っているのだろう。善助の辻駕籠が到着したときには、流し場の釜が湯気を立てていた。

まんじゅう作りの蒸籠《せいろう》も小型のものが二段、すでに積み重ねられていた。が、釜には載せていなかった。

蒸籠を載せるところから善助の仕事が始まるのだと、小平は呑み込んでいた。

大門通りから持参した餡、皮の材料を手早く流し場の卓に広げた。四八の大型作業台まで、あの吝嗇な小平が調えていた。

すべては鵜ノ木屋を喜ばせるためだ。

拵えが仕上がったまんじゅうを蒸籠に収めて釜に載せたとき、四ツ（午後十時）の鐘が流し場に響いてきた。

鐘に合わせたかのように、鵜ノ木屋が流し場に顔を出した。小平みずから仲蔵を案内していた。

「ご隠居がまだか、まだかと、あたしを強くせっつくもんでね」

仕方なく流し場に案内してきたと、小平がこぼした。その口を仲蔵は、苦笑いを浮かべて抑えた。

「強くせっついたというのは大げさだ」

仲蔵は善助に笑み崩れた顔を向けた。

「あんたがまんじゅうを拵えている姿を見せてほしいと、貸元にお願いしただけだ」

差し支えがなければ土間に降りてもいいかと、善助に問うた。

「もちろんです、遠慮など無用です」

返答を聞いた仲蔵は小平に目を向けた。

「あんたも一緒にどうかね？」

小平はしかめた顔を左右に強く振った。

「これから賭場が盛るところでしてね」

まんじゅう蒸《ふ》かしには付き合っていられないと、尖り気味の声で拒んだ。

わざわざ鵜ノ木屋を流し場に案内させられたことへの腹立ちが、声に出ていた。

「あたしは帳場にいますんでね。用があるなら、これを振ってくんなさい」

南部鉄の小鈴を仲蔵に手渡した。

「えらく雑作をかけたようだ」

礼を言ってはいても、賭場の貸元を下に見ているのが明らかだ。真の大店の隠居でなければ、この物言いはできなかった。

「それではご隠居、気の済むまで存分に」

ぶっきらぼうな答え方を残して、小平はせかせかと廊下を戻って行った。小平と入れ替わるように、若い者が廊下に座した。

仲蔵は下駄を履いて土間に降りた。

しばしの間、善助が蒸籠の噴き加減を凝視しているさまを黙って見ていた。

仲蔵が近くにいるのは分かっていたが、善助は蒸籠から目を離そうともせず、仲蔵に話しかけもしなかった。

まさに菓子職人の、玄人《くろうと》の所作である。

他に気を散らさない善助を、仲蔵は、諒として見ていた。

一通り蒸籠に湯気が行き渡ったところで、ようやく善助は顔を上げた。

「湯気の奔《はし》り具合が気がかりでしたので、失礼いたしました」

「それでこそ、あの美味いまんじゅうを作る職人だ」

深く得心したという顔で、仲蔵は善助の脇に移った。そしていかにも菓子作りに見入っているという姿のまま、小声で話しかけた。

「ここの若い者が目も耳もそばだてているはずだ」

小平は常に仲蔵の様子を見きっていた。たとえ菓子職人とふたりだけと分かっていても、見張りは残していた。

「明日、わたしの隠居寮を訪ねて来ることはできるかね？」

　蒸籠を見たまま問いかけた。

「昼過ぎまでは、菓子作りにかかりっきりです」

　大門通りを八ツ（午後二時）には出られますと、善助は答えた。

「それで結構だが、うるさいのが後ろにくっついていないかを確かめてもらいたい」

「承知しました」

　善助が答えたとき、ひときわ強く湯気が噴き出した。充分に蒸かし終えたことを、強い湯気が伝えていた。

　二段重ねの、上部のふたを取り除いた。純白のふわふわまんじゅうが仕上がっていた。

「行儀がわるいのは承知だが、この美味《おい》しげなにおいを嗅いだら、もう我慢ができない」

　ひとつ食べさせてほしいと告げた。

「承知しました」

　まだ湯気が噴き上がっている蒸籠から、出来たての一個を善助は皿に取った。茶の支度もまだだというのに、仲蔵は構わずまんじゅうを手に持った。熱々なのをも厭《いと》わず、真ん中から二つに割った。

　善助の仕事がしやすいように、小平はなんと百目ろうそくを二灯も奢《おご》っていた。

存分に蒸された餡のてかりを、ろうそくの明かりがくっきりと描き出していた。

「この餡の照り具合を見ただけで、あんたの腕のよさが分かるというものだ」

「いやはや、お見事な出来映えだ」

大げさとも思える褒め言葉を連発し、割ったまんじゅうの半分を口に運んだ。餡の甘味を存分に味わってから、ようやく呑み込んだ。

「これをわたしひとりで食べるのは、あまりにもったいない」

仲蔵は卓の小鈴を手に取り、強く振った。

チリリンッ。

ひとつが鳴るなり、若い者が廊下の端に駆け寄ってきた。

「お呼びでやしょうか？」

「ここに降りてきなさい」

仲蔵は、奉公人に指図する口調である。若い者はつっかけに足を突っ込み、急ぎ寄ってきた。

目配せされていた善助は、ほかほかの湯気が立っているまんじゅう二個を皿に取り、仲蔵に差し出した。

「これを小平さんに届けてもらおう」

熱い茶も忘れなさんなと言い足した。

「がってんでさ」

受け取った若い者は急ぎ駆け上がり、廊下を鳴らして詰め部屋に向かった。茶も添えてと、仲蔵から言いつけられていたからだ。

茶の支度は詰め部屋でこなしていた。

廊下から音が消えたとき、仲蔵は急ぎ小声で話を続けた。ていよく余計な耳目を追い払ったのだ。

「今夜、あんたを呼びに向かったのは、ここの佐津吉かね？」

「そうです」

「あの男は、常にあんたのそばに貼り付いているのか？」

先を急ぐ口調で問いかけた。若い者が戻ってくるまでに、仲蔵は話を終えておきたかったらしい。

「用がない限りは、大門通りに出張ってくることはありません」

「それなら好都合だ」

仲蔵はたもとから巾着を取り出し、一朱金二枚（六百二十四文相当）を善助に握らせた。

「富岡八幡宮の鳥居下には、町駕籠が客待ちをしているはずだ」

八幡宮参詣の帰り道には、仲蔵は辻駕籠を拾っていた。

「その駕籠を拾って永代橋《えいたいばし》を渡り、日本橋北詰まで出てきなさい」

駕籠に乗るときには、あとをつけている者がいないことを確かめてと注意した。

「日本橋は駕籠のまま渡れる。酒手を惜しまずに払っておけば、駕籠はすいすいと上り下りするはずだ」

並の酒手なら百文少々だろうが、思い切って二百文を約束しなさい……乗り慣れている仲蔵ならではの指図だった。

大きな橋を渡ったあとは、周囲に気を配りながら駿河《するが》町まで進むように。

「駿河町の辻までくれば、鵜ノ木屋と言えばだれでも知っている」

店先に立てば、日除《ひよ》けのれんの陰から小僧が問いかけるようにしつけてある……物言いには鵜ノ木屋の矜持が感じられた。

「あんたの名を名乗れば、あとは小僧が案内する」

小声で指図を終えたとき、また廊下に音が立った。

「いやはや、茶の一杯がほしい」

仲蔵が小鈴を振ったら、あの若い者がまた顔を出した。流し場から仲蔵が動いていないのを見て、安堵《あんど》の顔つきになっていた。

「お呼びでやしょうか？」

「部屋に戻る」

仲蔵はわざと尊大な物言いをした。この口調のほうが、若い者は安心するのだ。

「まんじゅうと茶を運んでもらおう」

「がってんでさ」

若い者は弾んだ声で応じていた。座を外していた間、なにごとも起きていなかったのを安堵していた。

まだ湯気の立っている蒸籠には、まんじゅうが五個残っていた。若い者への、善助からの心付けである。

何用かは分からなかったが、わるい話のはずはないと確信していた。

どうか明日が晴れますように……。

流し場を出て見上げたら、数え切れないほどの星が夜空を埋めていた。

見ていたわずかの間に、星が幾つも流れた。

「どうか明日が佳き日《よ》でありますように」

星空に、善助は両手を合わせていた。

十六

四月三日、正午前。中村屋善助が手にしている風呂敷には、蒸かし上げたばかりのまんじゅうが包まれていた。

鵜ノ木屋仲蔵への手土産である。店売りのまんじゅうとは別に、二十個を拵えていた。

「どうか上首尾に運びますように」

おふくは気持ちを込めて鑽《き》り火を打った。

チャキッ、チャキッ。

小気味のいい音とともに、盛大に火花が飛び散った。明るい陽が差している店先だったが、はっきりと火花は見えた。

日本橋室町に向かう善助が着ているのはとっておきの一枚、まだ三度しか袖を通していない濃紺の結城紬《ゆうきつむぎ》のあわせである。

千筋《せんすじ》の染めは、遠目には無地に見えた。しかし向かい合わせに座した相手には、細かな縦縞《たてじま》が見てとれるという上物である。

「これなら、室町のお店《たな》に出入りしても、気後れすることはありませんから」

着付けを手伝いながら、おふくは声を弾ませた。

鵜ノ木屋から呼ばれて、日本橋のお店に出向くのだ。町場の菓子屋には、願ってもない晴れ舞台である。

しかも鵜ノ木屋仲蔵は足代として、一朱金二枚までくれていた。

富岡八幡宮から室町まで、辻駕籠を拾うための足代だった。

「大店のご隠居さんに見込まれたんですからね。おまいさんにも、大きな運が向いてきたに違いありません」

鑽り火のあとで、おふくは顔つきを引き締めて、いつになくていねいな物言いをした。喜んでいるのは、声の弾み方で分かった。しかし目元は引き締まっていて、浮かれてはいない。

長らく呉れ尾から仇《あだ》を為《な》され続けてきたのだ。せっかく向いてきた幸運である。何としても放してなるものかの思いが、顔つきにあらわれていたのだろう。

女房の代わりに、善助は顔を大きくほころばせていた。

「今日のおれたちの気持ちと同じだ」

空の青さを邪魔する雲は、ひとかけらも浮かんではいない。幸運の訪れを阻むものはないと、善助は正味で喜んでいた。

「季節はもう立夏も過ぎた」

善助のつぶやきを聞いて、おふくは深くうなずいた。

「おまいさんが戻ってくるまでに、夏菓子の木型を水洗いしておきます」

おふくはひときわ大きく声を弾ませた。季節は確かな足取りで先へと進んでいる。

菓子作りも季節と一緒に先に向かえるのが、おふくには嬉しいのだ。

「木型、頼んだぜ」

おふくに言い置いて、善助は往来を歩き始めた。風呂敷には十個のまんじゅうを包んだ竹皮がふたつ、大事に収まっていた。

永代橋に向かう往来に出るなり、善助は端に寄って立ち止まった。目を凝らすと周囲を見回した。

どこにも、あとを追ってくる人影はなかった。安堵の息を漏らすと、調子の調った歩みで歩き始めた。

三ツ目通りの辻まで進んだとき、また空を見上げた。青空のど真ん中に、大きな天道《てんとう》が昇っていた。

正午が間近だと善助が思った、そのとき。

ゴオオーーーン……。

正午を告げる鐘の捨て鐘三打が、永代寺から流れてきた。

仲蔵から指図されたのは、今日の午後に来るように、である。いまはまだ正午。時には充分にゆとりがあった。

手に提げた風呂敷を握り直し、深呼吸をしてから歩みを戻した。

目指す富岡八幡宮の大鳥居まで、およそ七町（約七百六十三メートル）だ。足を急がせることはないと、自分に言い聞かせた。

思えばこのところ、ゆっくりと歩いたことがなかった。いつも呉れ尾の佐津吉に、急げ急げと引きずられていた。

今日はその佐津吉はいなかった。いないどころか、今日を限りに佐津吉とも呉れ尾とも悪縁が断ち切れそうなのだ。

それを思ったら、風呂敷包みの重さが増した気がした。この重さこそが、善助には大事だった。

菓子職人の矜持が詰まった重さだった。

仕事に追われたがゆえの疲れなら、一晩寝ただけできれいに失せた。

もう一度、菓子作りだけに打ち込むことができそうだ……込み上げてくる嬉しさが、善助の歩みを止めた。

往来の両側には、木場《きば》の材木商たちが植えた樫の並木が連なっていた。

皮からすでに硬いのが樫だ。

しかし枝に茂った葉は緑が濃くて、見た目も柔らかそうだ。陽光をたっぷりと浴びた葉は、緑色の美しさを際立たせていた。

歩みを止めた善助は樫の葉の美しさに、今更ながら見とれていた。

「おれが一番好きな木は、ここの往来に植えられた樫だ」

並木の下をおふくを連れて初めて通りかかったとき、善助はこう言った。

所帯を構えて大門通りに店を造作した当時、善助はおふくと連れ立って富岡八幡宮まで出向いていた。

時季は五月初旬で、通りを吹き渡る風には初夏の香りが含まれていた。

「樫は硬い木で、雨風にさらされても皮はびくとも破れることがねえ」

樫という読みは、菓子と同じだと、善助は続けた。

「樫も菓子も、たとえ野分《のわき》が吹き荒れても美味さはびくともするものじゃねえ」

大雨に襲いかかられても、木肌の美しさは何ら変わりない。

「樫と同じ菓子の作れる職人になるぜ」

並木の下で善助は胸を張った。

「おまいさんと所帯が持てて、本当に嬉しいんだから」

おふくが小声でつぶやいた。

善助にはその言い分が、胸に響いた。

佐津吉の仕掛けでぼた餅がバカ売れしたときは、染谷の来訪を疎《うと》んじたおふくだ。

呉れ尾に搦《から》め捕られて行き詰まるなり、後先も考えずに染谷に泣きついた。

ところがその後、またも染谷を軽んじたりする、肚の据わらないおふくである。

しかしすべては、善助大事で動いていた。自分に対する二心なきことは、善助が心底、身体とこころで分かっていた。

あのときのおふくのつぶやきも、つぶ餡こし餡夫婦ならばこそと、善助は疑いもしなかった。

菓子作りの技には、ひときわ長けていた善助である。開店から着実に客がついた。

立ち続けの仕事で、くたびれ果てる毎日だった。が、五軒先の湯屋で熱い湯につかれば、身体の芯からほぐされた。

鶏ノ木屋の力が借りられれば、仕事だけに打ち込める日々が戻ってくる……。

樫の並木の下で、善助は美味い空気を存分に吸い込んだ。

辻駕籠を拾う大鳥居下に向かう足取りは、遠い昔の開店当時同様の強い歩調を取り戻していた。

暖かくなると、参詣客が大川の西側からも押しかけてくる。縁日でもないのに、富岡八幡宮の表参道はひとで溢《あふ》れ返っていた。

ひっきりなしに、客を乗せた四ツ手駕籠が大鳥居近くに止められた。客を降ろすなり、どの駕籠もさっさと走り去った。

自分で辻駕籠を拾ったことなど、一度もなかった善助である。もちろん駕籠舁きとの酒手談判も、したことはなかった。

乗り慣れている客がどんな払い方をするのか、間近で見て掛け合いの息を盗むしかないと、善助は考えた。

立て続けに二挺の駕籠が、社殿正面の石畳脇に横着けされた。風呂敷を強く握り直したあと、駕籠に近寄った。

二挺とも、駕籠を地べたに下ろしたあとは、それぞれの前棒が垂れをめくった。

先の駕籠には、羽織姿の男が乗っていた。後の駕籠客は粋筋を感じさせる女である。

「履き物を出してくだせえ」

駕籠舁きはていねいな物言いで、女に話しかけた。草履を石畳に置いた女の手は、指が細くて長かった。

「乗ってもらって、ありがとうやした」

後棒も一緒になって、女に礼を言った。草履で石畳を踏んだ女は、襟元と裾とを直して前の駕籠から下りた男に近寄った。

羽織姿の男の前に、四人の駕籠舁きが並んだ。四人とも大柄で、地べたを踏む両足のふくらはぎは、育ちのいいダイコンのように形よく膨らんでいた。

「正午の鐘が鳴ったばかりだ」

七ツ（午後四時）の見当で、ここに迎えにきてくれと言い置き、駕籠舁きたちに金の入った袋を手渡した。

「いただきやす」

四人は両手で押し頂き、礼の声を揃えた。

「そいじゃあ旦那、七ツどきにお迎えにめえりやす」

男を乗せてきた駕籠の前棒が、威勢のいい言葉でふたりを送り出した。

社殿に向かう石畳の参道は、参詣客で溢れている。男と女の姿は、たちまち人混みに呑み込まれた。

空になった四ツ手駕籠はそれまで横着けしてきた駕籠とは違い、そのまま動かずにいた。

離れた場所で着け待ちをしていた駕籠の舁き手ふたりが、肩を揺らして近寄ってきた。

ふたりとも、空になった二挺の駕籠舁き以上に大柄で、色濃く日焼けしていた。

「脇にどいてくんねえ」

「ここはおれっちの縄張りだぜ」

舁き手ふたりが、四人に詰め寄った。一部始終を間近で見ていた善助は、土地の駕籠舁きの物言いが剣呑なことに驚いた。

しかし成り行きがどうなるのか、見定めたいと思っている。わずかに離れた場所に移り、やり取りを見詰めた。

「こいつあ、気がつかなかった。すまねえ、すまねえ」

男客を乗せてきた駕籠の前棒が、意外にも素直な口調で詫びた。残りの三人も、土地の駕籠舁きに軽くあたまを下げた。

「分かってくれりゃあ、それでいい」

詫びを受け入れた駕籠舁きふたりだが、目には強い光を宿したままである。まだ存念を抱え持っているのだろう。

目の光を見た前棒が、気づいたようだ。

「おれは室町の駕籠舁きで泰三《たいぞう》でさ」

名乗った前棒は、二挺とも室町の辻駕籠だと素性を明かした。

「あにいも見ていたと思うが、乗せてきた客はふたりとも、室町までけえるんでさ」

七ツになったら、鳥居下から乗せて帰るのを承知してくれと頼んだ。

「ここで客を拾うわけじゃねえんだ」

「おめえさんらが連れてけえることに、文句をつける気はねえさ」

土地の駕籠舁きたちは承知して、目から光を消した。

「ありがてえこってさ」

声を揃えて礼を言った四人は、急ぎ長柄に肩を入れて鳥居下から離れた。

着け待ちができるのは土地の駕籠に限るのだと、善助は初めて知った。成り行き次第では、客を降ろした駕籠に乗ろうと考えた自分の物知らずを、深く思い知った。

風呂敷を両手で抱え持った善助は、客待ちをしている先頭の駕籠に近寄った。つい今し方、室町の泰三を相手にしていた舁き手の駕籠だった。

「日本橋を駕籠のまま渡って、室町まで行ってもらいたいのですが」

駕籠に乗る作法を知らないと、正直に明かした。素直な相手には物分かり良く応ずるのを、見たばかりだったからだ。

「がってんだ」

あの駕籠舁きが、弾んだ声で応えた。

「それで……」

善助は乗り込む前に、酒手は幾ら払えばいいのかと問うた。

「相場でいい……と言っても、相場を知らねえんだろうな？」

「なにしろ、初めて乗りますから」

抱いている風呂敷を、強く胸元に押しつけながら応じた。見た目は明らかに駕籠舁きのほうが年下だった。が、善助はていねいな物言いを続けた。

「百文でいいかい？」

「いや、ダメです」

善助はきっぱりと言い返した。

駕籠舁きの目の端がひくひくっと動いた。

「幾らならいいんでえ」

問い質す声も尖りを帯びていた。

「これから伺うお店のご隠居から、酒手は二百文を払うようにと言いつかっています」

二百文で承知してくださいと頼んだ。

駕籠舁きの目に、親しみの色が浮かんだ。

「そのお店の屋号は、なんてえんで？」

「鶏ノ木屋さんです」

善助が即答したら、前棒は振り返って相肩と目を合わせた。

「室町の鶏ノ木屋さんまでだ」

「がってんだ！」

威勢よく応じた後棒が、先に肩を入れた。前棒も肩を入れたら、善助を乗せた駕籠が地べたから一尺（約三十センチ）近く持ち上がった。

前棒の息杖《いきづえ》が、力強く地べたを叩いた。

はあん、ほう、はあん、ほう……。

呼吸の合った掛け声とともに、駕籠は永代橋を目指して走り始めた。

心地よく揺られながら、善助はいまの出来事を振り返った。

素直に詫びれば、大事には至らない。

知ったかぶりさえしなければ、物事は滑らかに運ぶ。

菓子屋の商いしか知らなかった善助が、いまから大店の隠居と向き合うのだ。いかなる話なのかは、まるで見当がついていなかった。

しかし駕籠舁きたちが、掛け合いの息遣いを教えてくれたのだ。

佳き駕籠に行き合えたと、善助はおのれの運の良さを噛み締めていた。

十七

五街道の起点となる日本橋。橋の北詰から延びる室町本通りは、道幅が二十間（約三十六メートル）もある大路だ。

善助を乗せた駕籠は鶫ノ木屋とは反対側、大路の東側に着けられた。

八ツ（午後二時）が近い刻限の天道は、斜め上にいる。上天気の空から降る陽光が、室町の大路に善助の影を濃く描いていた。

鶫ノ木屋を目の前にして、善助は気後れを覚えた。薬種問屋の大店だとは聞いていたが、想像を大きく上回る身代の大きさだった。

間口はざっと二十間はありそうだ。南北に長い店は、両端を一度には見られなかった。

大路に向けて垂らされた日除けのれんは、大店の見栄である。濃紺地に屋号が白抜きされたのれんが、六枚も垂らされていた。

名乗れば小僧が案内すると仲蔵から言われていた。が、日除けのれんをくぐるには、自分の身なりがあまりに粗末に思えた。

千筋結城の着流しで、手土産のまんじゅうを包んだ木綿《もめん》の風呂敷を抱えていた。せめて羽織を着てくるべきだったと、通りの真ん中まで進んで悔いた。が、いまさら身繕いに引き返すことなど出来はしない。

肚を括って濃紺のれんに近寄った。しかしくぐるための一歩が踏み出せず、のれんの手前でためらっていた。

よくしつけのされた丁稚《でっち》小僧が、のれんの外に出てきた。善助と目を合わせるなり、歩みを急かせて近寄ってきた。

「中村屋さんでしょうか?」

善助がうなずくと、小僧は「鶏ノ木屋の亀吉《かめきち》です」と名乗った。

「大旦那さまから、離れにご案内するように言いつかっていますから」

ご案内しますと言うなり、亀吉は勝手口へと向かった。黒板塀に設けられた勝手口から内に入ると、緑豊かな庭が広がっていた。

「こちらへどうぞ」

先に立った亀吉は泉水を横切って数寄屋造りの離れに向かった。離れの玄関では、隠居つきの女中が出迎えた。

「ようこそお越しくださいました」

小僧に代わり、女中が離れの内に善助を案内した。

泉水をあしらった庭が一望できる客間で、仲蔵が待っていた。

「遠くまで呼び出して、雑作をかけた」

仲蔵はねぎらいを言いつつ、座布団を勧めた。ふたりともに庭が望めるように、座布団が置かれていた。

「ありきたりのものですが、ご隠居の好物かと存じますもので」

風呂敷を開き、竹皮に納まったまんじゅうを差し出した。店を出る直前に仕上げた、蒸かし立てが十個ずつ、ふたつの竹皮の内に納まっていた。

「なによりの到来物だ」

仲蔵は女中に、直ちに賞味できるようにと言いつけた。

茶に使う湯は、すでに沸いていた。まんじゅうを味わうときの仲蔵は、熱々の焙じ茶を好んでいた。女中は湯気の立っている茶と、菓子皿に盛ったまんじゅう三個を仲蔵の膝元に置いた。

菓子皿は漆黒の輪島である。まんじゅうの白さを、皿の黒が際立たせていた。

善助にも焙じ茶と、鈴木越後の干菓子が供されていた。

「まずは、あんたの菓子をいただこう」

相好を崩した仲蔵はまんじゅうを二つに割り、たちまち一個を平らげた。

「あとは、おいおい、あんたの話を聞きながら賞味させてもらおう」

湯呑みを手に持ったまま、呉れ尾との仔細を聞かせてくれと、善助の口を促した。

「かしこまりました」

目一杯に背筋を伸ばした善助は、佐津吉から膏薬紙を買い求めた一件から話し始めた。

ほぼ四半刻（三十分）もの間、茶で口を湿らせながら話し続けた。

仲蔵はひとことも口を挟まずに聞き入った。善助がすべてを話し終えたときには、菓子皿からまんじゅうが失せていた。

「あの小心で狡猾《こうかつ》な男のことだ、およそはそんなところだろうと見当はつけていたが」

話の仔細に得心した仲蔵は、湯呑みを膝元に戻して善助を見た。

「いまから話すことは、鵜ノ木屋の身代にかかわる秘事だ」

隠居の両目に強い光が宿された。見詰められた善助は、下腹に力を込めて仲蔵の眼光を受け止めた。

「あんたなら念押しをするまでもないが、構えて他言無用と心得てもらいたい」

「はいっ」

善助は力強い声で、きっぱりと答えた。

三年前の五月二十八日、大川花火の夜。

碁会所仲間の隠居衆五人が、三十人乗りの屋形船を仕立てた。わずか五人の隠居には大きすぎる船だった。が、その夜の幹事役・材木問屋の栄左衛門《えいざえもん》は趣向を構えていた。

五人とも家督を譲った隠居で、気楽な身だった。さりとて心身共に、だれもがまだ枯れてはいなかった。

「後腐れのない遊びを用意してあるんだ」

日本橋川から大川に出た船は、花火見物で投錨《とうびょう》したりせず、柳橋まで直行した。そして賭場の若い衆、壺振り、貸元を乗船させた。

乗り込んできた若い衆は、手際のいい動きで盆を設えた。屋形船の内に、丁半博打の賭場が仕上がったのだ。

仲蔵も他の隠居たちも、賭場遊びにふけってきた男である。だが、隠居で商いの責めを負うことはなくなっていたものの、遊びは慎まざるを得なくなっていた。

もしも素性が明るみに出たときは、店ののれんに疵《きず》がつく。隠居であるがゆえに、遊びは不自由になっていた。

栄左衛門の計らいを、他の四人は大いに喜んだ。

川開きの花火を楽しむ屋形船である。

「他のご隠居衆の前で、存分にカネを遣う姿を見せてください」

店の見栄がかかった屋形船だ。どの商家の当主も、隠居には五十両を超える大金を持たせていた。

わけても鵜ノ木屋は「室町は越後屋と鵜ノ木屋でもっている」と称される大店だ。仲蔵はずしりと重たい、百両入りの財布を革袋に納めて提げていた。

栄左衛門の手配りで乗り込んできたのが、呉れ尾の面々だった。

栄左衛門は当然ながら、他の四人の素性は明かしていなかった。が、呉れ尾の小平は、素性を見抜く眼力に長けた男だ。

仲蔵の薄緑色の羽織と、他の隠居衆が一目おいて話しかける口ぶりから、室町大店の隠居だと察しをつけた。

博打が始まって半刻（一時間）が過ぎたとき、賭場の若い者たちが夜食の支度を始めた。小平は壺振りを船端に呼び出して指図を与えた。

あの年の川開きは、真夏を思わせる蒸した夜だった。夜食のそうめんに、五人の隠居は何度も代わりを求めた。

夜食のあと、仲蔵はつきに恵まれた。たちまち十両の黒駒札が小山を築いた。

「さすがは豪気な鵜ノ木屋さんだ。張り方の威勢が違う」

隠居のひとりがうかつにも屋号を口にした。が、仲蔵は気にも留めず、盆に気を集中していた。

仲蔵の黒札が三十七枚まで積み重なったとき、栄左衛門は真顔で小平に問いかけた。

「胴元が破産するんじゃないか」と。

「余計な心配は無用ですぜ」

小平があごをしゃくると、若い者が鋲《びょう》打ちされた樫箱を運んできた。錠前を外して箱を開いたら、小判、一分金貨、一朱金貨がぎっしりと詰まっていた。

「千三百両が詰まっておりやすぜ」

小平が小声で明かしたとき、回向院が四ツ（午後十時）の鐘を撞き始めた。

「うちでなら夜通し遊べやすが、大川の上に長居は無用でさ」

そろそろ手仕舞いの大勝負に臨むのはどうかと、小平は仲蔵を見た。

「お客さんは黒板を三十七枚、そこに積み重ねておいでだ」

小平は正確に仲蔵の黒板を読んでいた。他の隠居たちが持っているのは、五両の桃色札と、一両の杉板だけである。四人の札を合計しても、五十両にも満たなかった。

「これから賭場とお客さんとの差しで、黒板三十七枚の一本勝負をどうでやしょう」

仲蔵が勝てば、他の四人の駒札分も勝ちとして全額を払い戻す。つまり四人は見ているだけで、札が倍になる勘定だ。

もしも賭場が勝ったときは、仲蔵の駒札だけを賭場が取る。四人の駒札は、全額を払い戻すという条件を提示した。

「賭場が差しの一本勝負を願うんでね。四人の方々には迷惑料でさ」

小平の巧みな煽《あお》りに、仲蔵は引っかかった。

「その勝負、受けて立とうじゃないか」

仲蔵は三十七枚ではなく、あと十三枚加えて五十枚の勝負でどうだと挑んだ。

「手持ちはないが、もしものときは明日中にあんたの元にわしが届ける」

仲蔵の申し出を、小平は束の間考える振りを見せた。が、最初から仕組んだ勝負だ。

「受けやしょう」

小平は仲蔵に光る目を向けた。

「賭場の貸し金はカラス、カアで一割の利息がつく高利でやすが」

小平はさらに目の光を強くした。

「お客さんの豪気さに惚《ほ》れやしたんでね。うちが勝っても、貸し金百三十両は無利息てえことにしやしょう」

言い切った小平は壺を振れと命じた。

仲蔵は偶数の「丁」に賭けていた。

「勝負！」

開かれた壺の内には、五と二の半の目が出ていた。

「わしもあの男に、まんまとしてやられた」

仲蔵の湯呑みがカラになっていた。小鈴を振ると、ふすまの向こうで女中が応えた。

善助の湯呑みも底が見えていた。

十八

善助の正直さを、根元から信用したのだろう。新しい茶を味わった湯呑みを茶托に戻し、仲蔵は両手を膝に載せて善助を見た。

「いまから話すことを知っているのは、わしと鵜ノ木屋頭取番頭だけだ」

当主である息子も仔細は知らないと言い添えられて、善助はうろたえ気味の声で応じた。

「そんな大事をてまえがうかがうのは、荷が重すぎます」と。

仲蔵はすべてを承知だとばかりに、小さくうなずいた。

「あの呉れ尾に対して同じ痛みを持つあんただからこそ、話すのだ」

なにを話すのか、思案するかの表情になって、仲蔵は再び湯呑みを手に持った。が、すすることはせず、湯呑みの温もりを手のひらで味わっているかに見えた。

思案が定まったとき、湯呑みを膝元の茶托に戻した。

「鵜ノ木屋は御公儀の裁可をいただき、朝鮮人参を取り扱っている」

江戸では六軒の薬種問屋が朝鮮人参を取り扱っていた。どの問屋の取り扱いかが分かるように、一本ずつ極印が刻まれていた。

高価な人参だけに、見栄えが大事だ。形を整えるときに出る端切れ、そぎ落としなどに限っては、どこの問屋も瓶に詰めて自家保存した。

商いが大きいだけに、鵜ノ木屋には質のいい端切れが大量に出ていた。

「呉れ尾はうちの端切れに目をつけて、わしに横流しを迫っていたのだ」

小声で明かした仲蔵は、隠居とも思えぬ威勢を込めて背筋を伸ばした。話す中身の重たいことを、身体で押しのける気なのだろう。

向かいに座した善助も、つられて背筋を伸ばしていた。

朝鮮人参は幕府の占有事業である。

鎖国政策を断行中の公儀は、海外との取引には四つの湊に限って交易を認めていた。

蘭国・清国との交易は長崎口。

李氏朝鮮との交易は対馬《つしま》口。

琉球王国との交易は薩摩《さつま》口。

蝦夷《えぞ》アイヌとの交易は松前口。

以上の四口だ。

朝鮮人参は定期的に幕府参内を行う朝鮮通信使が、献上物として公儀に貢いでいた。薬効が目覚ましいと知るや、御典医たちの強い進言で「朝鮮人参輸入販売の官許制度」を打ち出した。

国内での栽培は諸国で許諾し、生産量は厳しく公儀が管理していた。しかし官許品だけに、正規販売の朝鮮人参は桁違いに高価だった。煎じて服用したいが、高くて手が出ない。

こんな江戸庶民の声に呼応するかのように、粗悪品や偽物が多数出回っていた。仲蔵が呉れ尾に融通した朝鮮人参は、鵜ノ木屋の自家用端切れだ。素性の確かな先に店から卸して帳面づけできていれば、お咎めはなかった。

しかし呉れ尾は渡世人が貸元の賭場である。鵜ノ木屋から卸したことが露見したら、公儀の手で身代取り潰しとなるのは必定だった。

賭場に負った借金全額を、仲蔵はみずから足を運んで小平の前に置いた。

まだ仲蔵が跡取り息子の身分だったころ、賭場の貸元からきつい口調の戒めを受けたことがある。

それを忘れていなかったのだ。

呉れ尾はあの花火の夜が初めてだった。が仲蔵は若い時分から、賭場に出入りを繰り返していた。

遊びの度が過ぎて、先代（父親）からきつい小言を食らったことも一再ならずあった。仲蔵が遊びに嵌《はま》った賭場は吉原の先、今戸橋たもとの船宿「せんだ」である。仲蔵がひいきにしていた猪牙舟《ちよきぶね》の船頭が、せんだでならサイコロで遊べると教えていた。

鵜ノ木屋の跡取り息子だと分かっていた貸元は、求めに応じて駒を融通した。

利息込みの借金が百両を超えたとき、仲蔵は先代に事情を明かした。それを返しに行ったその足で、仲蔵はさらなる負けを賭場に負った。

自分では気付いていなかったが、仲蔵は博打に嵌りやすい性分だった。三度目の負けの返済は当人ではなく、二番番頭誠之助《せいのすけ》が貸元に支払った。

「賭場を仕切る渡世人を信じてはならねえ」

これで縁切りだと告げた貸元は、仲蔵に正味の忠告を与えた。

「連中が相手のためを思って手助けするなどは、爪の垢《あか》ほどもねえ。甘い手助けは、あとで高いツケとなって身に降りかかってくる」

二十代半ばに受けた忠告を骨身に刻んでいた仲蔵は、呉れ尾の借金に一割の利息を加えて返済した。

「確かにいただきやした。これで一切の貸し借りはありやせん」

受け取ったあとで、小平は博打を勧めた。

「鵜ノ木屋さんがいま持っている、手持ちのカネだけで遊んでくればいい。賭場は一両の融通もしやせん」

巧みな言葉で仲蔵を引きずり込んだ。生まれつきの博打好きを見抜いていたのだ。借りを作らず、持ち金だけで遊ぶ分には負い目を背負う恐れはない。仲蔵はまんまと小平の企《たくら》みに嵌ってしまった。

大勝ちはさせず、手持ちのカネでいつまでも遊べるように、小平は壺振りに指図した。五ツ（午後八時）の口開けから真夜中まで、勝ったり負けたりで引っ張り続けた。明け六ツ（午前六時）で町木戸が開いたときには、わずかながら仲蔵が勝っている形で賭場から出した。

室町に帰ったときに格好がつくように、屋根付きの宝泉寺《ほうせんじ》駕籠を賭場が用意した。

こんな遊びを四度繰り返したあと、真夜中過ぎに仲蔵から持ち金すべてを巻き上げた。帰ろうにも足はない。町木戸も閉じていた。

「鵜ノ木屋さんになら、売り物にはならねえクズの朝鮮人参がありやすでしょう」

それを高値で買い取りやすぜと、小平は持ちかけた。これなら品物の代金を先払いするだけで、賭場の貸しにはならない、と。

負けて苛立っていた仲蔵は、誘いに乗った。

「クズを五十匁、二十両でどうだ？」

仲間内へ卸す値の二割引きだった。

「いいでしょう、それで」

高値で買うと言いながら、小平はしっかり値引きをさせていた。話がまとまり、二十両の木札が渡された。

壺振りは巧みに出目を操り、明け方まで仲蔵を遊ばせた。

明け六ツが鳴り、仕舞いの勝負となったとき、仲蔵は十二両の駒を持っていた。

「勝負は次回に預ける」

根気が失せたからだと、勝負を断った。賭場に木札を預けて、宝泉寺駕籠に乗った。

その翌日夜、仲蔵は五十匁のクズ人参を賭場に持参した。

「約束通りの品を持ってきたが、こんなことは今回限りだ」

仲蔵は奉公人を叱責するような物言いで、小平と向き合っていた。

小平は佐津吉に言いつけて、天秤《てんびん》を運ばせた。受け取ると長火鉢の猫板に載せた。

五十匁の分銅とクズ人参が釣り合うのを確かめると、薄い笑いを浮かべて仲蔵を見た。

「確かに受け取りやした」

言ったあとで両目に凄みを宿らせた。

「これっきりかどうかは、そのとき次第てえことにして、遊んでってくだせえ」

預けて帰っていた十二両の駒を、佐津吉が仲蔵の膝元に置いた。

もとより遊ぶ気だった仲蔵である。この夜は壺振りが細工をするまでもなく、仲蔵にはツキがあった。

始めてから半刻（一時間）少々で、駒は九十両にまで増えていた。

「今夜はここまでにしておこう」

駒をそっくり預けると、いつも通りの宝泉寺駕籠で室町に帰った。すでに四ツ（午後十時）が近かったが、息子は起きていた。

「旦那様がお待ちです」

女中に付き添われて、隠居所から奥の客間に向かった。屋敷内のわずかな道のりだ。あれこれ思案を巡らせて、足はのろかった。

「親仁様がまた夜遊びに味をしめておいでなのは、てまえはなにも申しません」

息子は堅い口調でいきなり切り出した。

「しかし自家用とはいえ朝鮮人参を持ち出しておいでなのは、黙認はできません」

奉公人の手前もあるし、役所に知られたら一大事となる。

「今後、二度と店の品を持ち出すことは控えてください」

遊ぶカネが入り用ならば、誠之助に申しつけてください……息子は堅い物言いを崩さぬままだった。

「わしがうかつだった」

仲蔵が詫びて、ことは決着したかに見えた。

しかしその実、小平とはその後も続いた。

「大した量が入り用なわけじゃありやせん」

月に一度、二十匁のクズ人参を都合してくればいい……物言いは穏やかだったが、小平の目は底光りしていた。

「都合がつかねえとなりゃあ、おおそれながらと出るところに出ることになりやすぜ」

小平の脅しを本物だと感じた仲蔵は、頭取番頭誠之助に一切を話した。

二番番頭から頭取番頭に引き上げたのは仲蔵である。息子にも言えないことでも誠之助には話せた。

「出所がてまえどもとは分からない細工をして、しばしの間、言い分に従いましょう」

誠之助は観念したという顔で考えを口にした。渡世人相手に真正面から争いをすれば、深手を負うのは鶉ノ木屋だと判じたのだ。

「なにか妙案がないものか、てまえも信頼できそうな伝手《つて》を頼ってみます」

そう答えた誠之助だったが、いまに至るも確かな手立てに行き着いてはいなかった。

小平に疑心を抱《いだ》かせぬよう、仲蔵は呉れ尾通いを続けていた。

「菓子屋のあんたに問いかけることでもないのは、百も承知だが」

隠居つきの女中が菓子鉢に盛っていた夏みかんを、仲蔵は手に取った。

「立夏の水菓子だった、こんな酸っぱい夏みかんを使って、甘いようかんを編み出したのも菓子職人だ」

仲蔵は形《なり》の大きな夏みかんに持ち替えた。

「なにか妙案はないものだろうか……」

言いながらも、仲蔵の語尾が消えそうだった。

「ひとつ、ございます」

答えた善助は存分に胸を張った。

仲蔵の手から夏みかんが落ちた。

十九

「なにかあるのか？」

仲蔵がめずらしく、声の調子を弾ませた。なにしろ鵜ノ木屋の身代がかかっているのだ。どんな思案でも聞きたかったのだろう。

「染谷先生なら、入り用な知恵を貸してくれると思います」

染谷の素性を伝えたが、仲蔵はまるで気乗りのしない顔つきだった。

「鵜ノ木屋さんはこの思案に、なにか気がかりでもあるのでしょうか」

善助に問われた仲蔵は、丸くなっていた背筋を伸ばして答え始めた。

「せっかくの思いつきを言ってくれたあんたには、ひどく尊大な言い方に聞こえるかもしれないが」

こわばった表情のまま、仲蔵は先を続けた。

「うちは室町の表通りに、二十間間口の店を構える薬種問屋だ」

善助は深くうなずいた。仲蔵の言い分はもっともだという、うなずき方だった。

「申しわけないが、わたしはその鍼灸師とは一面識もない」

うちの身代にかかわる大事を、見ず知らずの鍼灸師に話すことには賛成できないと、善助の言い分を拒んだ。

「ですがご隠居、それは染谷先生を知らないひとの言い分です」

強く言い返した善助は、深川の米問屋・野島屋を持ち出した。

「ご隠居も、深川のあの野島屋さんなら、名はご存じでしょう」

「よく知っている」

仲蔵は即答した。

「あちらのご当主仁左衛門さんとは、年に数度は宴席で一緒だ」

それがどうかしたかと、善助に問いかけた。

「仁左衛門さんもご内儀さまも、染谷先生には深い信頼を寄せています」

ただの鍼灸師ではない。染谷はれっきとした医者だと、強く言って口を閉じた。

仲蔵は直《ただ》ちに詫びた。

「知りもせずに、うかつな物言いをしてしまった。まことに申し訳ない」

善助に詫びたあと、染谷の人となりを聞かせて欲しいと頼んだ。

善助は座り直して話を始めた。

離れの鹿威《ししおど》しがスコーンと鳴いた。

二十

善助が染谷の話を始めようとしたとき。

下駄を鳴らし、息を切らして女中が離れに飛び込んできた。

「佐津吉というひとが、大旦那さまにつないでくれと、勝手口で大きな声で……」

女中の物言いは、ひどく迷惑そうだった。おそらく佐津吉は、ひと目で渡世人だと分かる身なりで、堅気の者には縁のない銀杏髷《いちょうまげ》を結っているのだろう。

「構わないから、ここに連れてきなさい」

仲蔵があっさり受け入れると、女中は戸惑い顔になった。

「あまりお見かけしない身なりの方ですが、それでもよろしいんですか？」

あたかも女中が隠居を咎め立てするかのような口調である。

「余計なことは言わんでもよい」

仲蔵はぴしゃりと女中の口を抑えた。

「かしこまりました」

相手が急ぎ離れを出るなり、仲蔵のほうが先に善助相手に話し始めた。

染谷の仔細に言い及ぼうとしていた善助は、成り行きに従い聞き手に回った。

「たったいま、あんたとあれこれ話をしていた、折も折だ」

仲蔵は好機到来と感じているかに聞こえた。

「あの男の尻にも火がついたに違いない」

お誂えの好都合が向こうからやってきたようだと、仲蔵の顔が告げていた。

「どうして佐津吉が、ご隠居に助けを求めにきたと判じておいでなので？」

得心のいかない善助は、それを訊ねた。

「勝手口に回ってきたからだ」

仲蔵はつけた見当の種明かしを始めた。

「いままで二度、佐津吉は呉れ尾の使いで鵜ノ木屋に顔を出したことがある」

「渡世人が、この鵜ノ木屋さんにですか」

善助は正味で驚いた。あんな身なりの男が店先に立つというだけでも、大店ののれんに障りかねない。

それが二度もあったとは……。

「あんたが驚くのも当然だが、その驚きこそが呉れ尾の狙いだったのだ」

仲蔵にしても苦々しい出来事だった。過去を話す物言いまで、いまだ苦味に満ちていた。

「その二度とも店先の小僧に、わたしに取り次ぐようにと大声で言いつけていた」

鵜ノ木屋に渡世人が出入りしたのでは世間体にもひどく障る。が、仲蔵も言ったことだが、それを承知の振舞いだった。

言い分を聞かなければ手荒なことも辞さないと、店先に佐津吉を立たせることで脅しをかけてきたのだ。

「呉れ尾は脅しをかけてきた気でいたが、わたしは鵜ノ木屋の当主だったころには、幾つも修羅場をくぐってきた」

相手の脅しに怯えることはなかった。さりとて店先で揉めては、往来を行き来するひとたちの目障りとなる。

「二度とも気にも留めないという顔で、佐津吉の来訪を受け止めた」

怯えはしないと佐津吉に示したことで、三度目の押しかけはなかった。

「いまの佐津吉は勝手口に顔を出して、わたしにつないでくれと頼んでいる」

明らかにいままでの佐津吉とは違うと、仲蔵は判じていた。

「小平の指図ではない。九分九厘、佐津吉当人が追い詰められているはずだ」

仲蔵が口を閉じたとき、女中が離れに向かってくる下駄の音がした。

雪駄の尻金の音も重なっていた。


「なんでもやりやすんで、なんとか助けてくだせえ」

善助がいることも気にするゆとりがないほどに、佐津吉は追い詰められていた。

まさに仲蔵が看破した通り、佐津吉当人の尻に火がついていた。

「あっしが傳吉の始末にしくじったことを、小平はどこぞから聞き込んだようでやして」

鵜ノ木屋も善助も、傳吉と佐津吉との一件はなにも知らない。

「唐突に傳吉だと言われても困る」

仔細を話せと言われた佐津吉は、おとといの夜の一件の説明を始めた。話が染谷と昭年とのからみに進んだとき、善助が声を発した。

「ご隠居に話をする気でいましたのも、その鍼の先生のことです」

思いもしなかった局面で、佐津吉が染谷の名を口にした。

「あんたも染谷さんを知ってたのか」

「うちの菓子のお得意先です」

答える善助を見ながら、仲蔵が話に割って入った。

「傳吉だの染谷だのと、わたしの知らない名を語られても呑み込みようがない」

ことの仔細を先に話すように、佐津吉に申し渡した。

「まったく、その通りでさ」

仲蔵に詫びたあとで、傳吉を殺めようとした夜の仔細を余さずに語った。

「いまの話で、傳吉と染谷さんのことは呑み込めたが」

仲蔵の目が善助に移った。

「わたしに引き合わせようと思ったのは、またどういうわけだ」

「知恵があり、度量の大きな方ですから」

善助は座り直し、染谷とのかかわりを話し始めた。佐津吉も神妙な顔で聞き入っていた。

昭年と染谷の人柄について、善助は知っている限りを明かした。

「深川の野島屋さんは、江戸でも名の通った米問屋だと思いますが」

「もちろん、わたしも知っている」

答えた仲蔵は、染谷と野島屋との間に、かかわりがあるのかと質した。

「野島屋さんのご当主仁左衛門さんも、染谷先生の人柄を高く買っておいでです」

染谷が地元のこどもたちに、寺子屋を続けていること。

その費えを仁左衛門が拠出していることなどを、仲蔵に聞かせた。

善助と佐津吉の話を聞き終えた仲蔵は、染谷の人となりを呑み込んだ様子だった。

「染谷さんがいかなるお方なのかは、およそのところは呑み込めた」

仲蔵が手を伸ばした湯呑みは、すっかりカラになっていた。しかし代わりを求めて、女中を呼ぶことはしなかった。

いまは話の突き当たりまで、すっかり呑み込むことが大事だったのだろう。

「大したひとだというのは分かったが、あんたはなぜ染谷さんを、わたしと引き合わせようと考えたのだ」

仲蔵は咎めるような物言いで質した。

善助がすぐに返答できずにいたら、佐津吉が割って入ってきた。

「染谷さんてえおひとがただ者じゃあねえのは、あっしがてめえの身体の骨の随で分かっておりやす」

なにを思ったのか佐津吉は、染谷と昭年に取り押さえられた一件を話し始めた。

「あっしは呉れ尾の小平の言いつけで」

小平と吐き捨ててから、先を続けた。

「傳吉の始末に向かいやしたが、揉めているさなかに出くわしちまった染谷さんたちに、呆気《あっけ》なく取り押さえられやした」

押さえつけた技も見事だったが。

「染谷さんのまことの凄さは、あっしらを自身番小屋の十手持ちに突き出したあとで、思い知らされやした」

佐津吉が心底染谷を畏《おそ》れているのを、仲蔵も感じ取ったようだ。止めもせず、さらに先へと話を続けさせた。

「呉れ尾のことはてまえの口で、染谷さんに話しました」

言い切ったあと、善助は俯《うつむ》いた。

そのさまを見た仲蔵は、善助に強く光る目を向けて、顔を上げさせた。

「あんたは染谷さんに、義理のわるいことでもしでかしたのか？」

「その通りです」

善助は佐津吉に目を泳がせたあと、仲蔵に戻して仔細を話し始めた。

「てまえの腰を……いや、膏薬のうさん臭さを案じた染谷さんは、前触れもなしに中村屋を訪れてくれました」

以後、夫婦そろって、自分たちに都合よく染谷に接してきたことを明かした。

聞き終えた仲蔵は、しばしの間、腕組みをして黙考を続けた。

目を開くと善助を見た。

「あんたが、いかほど都合よく染谷先生に対してきたかは、いまの話でよく分かった」

仲蔵は佐津吉に目を移した。

「染谷先生が鍼のみならず、武術にも秀でていること、また抜きんでた知恵者であられることも、あんたの言う通りだろう」

仲蔵はここで、もう一度善助を見た。

「染谷先生の人柄には充分に察しはついたが、さりとてわたしは会ったことがない」

鵜ノ木屋の身代にかかわる大事を託していいものか、いまだ肚が定まらぬと正直な心持ちを善助に明かした。

時折、離れの鹿威しがスコーンと乾いた音を立てた。仲蔵は気にも留めず、善助が語る染谷像に聞き入っていた。

二十一

四月三日、五ツ（午後八時）。

夕餉《ゆうげ》を終えたあとで仲蔵は、長男（鵜ノ木屋当主）と、母屋の居室で向き合った。

女中が茶菓を用意するのも断り、仲蔵は背筋を伸ばして向き合っていた。

「おまえの耳にもすでに届いているだろうが、わしの離れには渡世人を匿《かくま》っておる」

前置きもなしに仲蔵は本題を切り出した。当主は黙したまま、目で先を促した。

「鵜ノ木屋の身代をゆるがしかねない不祥事に、わしは手を染めてきた」

仔細を語るのが苦しいのか、仲蔵は口を閉じた。茶菓でもあれば息継ぎができるが、それは当人が断っていた。

「親仁様のいう不祥事とは、朝鮮人参の横流しのことですね」

当主は図星を指した。

仲蔵は小さくうなずいた。

「なんとか内密にことを治めるための策を、今日も番頭と話し合ったところでした」

仲蔵から切り出してもらえてよかったと、当主は安堵の吐息を漏らした。

「明朝四ツ（午前十時）に、深川から鍼灸師の染谷先生が離れにお越しくださる」

これは当主もまったく知らないことである。聞いていた顔色がわずかに動いた。

「染谷先生のお人柄は、あの野島屋仁左衛門さんからも、お墨付きをいただいておる」

仲蔵はふところに収めていた封書を取り出した。二人から聞き取ったすぐ後、仲蔵は町飛脚速達便にて、仁左衛門に染谷の人柄を問い合わせていた。

「染谷先生になら、野島屋身代もお預けさせていただきます」

最上級の信任状が野島屋から返ってきた。その返事を当主に読ませてから、先を続けた。

「この染谷先生に不祥事の始末を相談したいのだが、異論はないか」

「親仁様にお任せいたします」

当主からの明確な言質《げんち》を得た仲蔵は、さらにひとつ付け加えた。

「おまえは一切、染谷先生との談判と、それ以降の始末について、顔を出すは無用だ」

鵜ノ木屋当主、奉公人のだれもが一切、朝鮮人参横流しとは無縁であることとする。

「いかなる責めも鵜ノ木屋とは無関係であると承知いただき、染谷先生に始末手立てを相談する」

まことに迷惑をかけるが勘弁してほしいと、当主にあたまを下げた。そのあたまを、当主は慌てて上げさせた。

「親仁様のお力で、ここまでの身代を築かれました」

当主は心底の敬いを仲蔵に示した。

「親仁様の一件始末に、たとえ千両、二千両の費えが入り用となろうとて、鵜ノ木屋の身代はびくともするものではありません」

当主は仲蔵を見詰めて、きっぱりとした物言いを続けた。

「朝鮮人参に群がるやからは、武家・商人を問わず悪行の根が深いと聞いております」

当主は背筋を伸ばして仲蔵を見詰めた。

「どうか中途半端な始末とはせず、災いの根から断ち切ってくださるよう、染谷先生にお願いしてください」

当主は想定される始末の費えを、断じて安くは見積もらなかった。根の深さを軽んじてはいないことを、提示した金高が示していた。

「おまえの腹づもりを聞かされて、わしも切っ先を鈍らせずに談判に臨める」

仲蔵はもう一度、息子にあたまを下げた。

染谷は約束の刻限、四月四日の四ツに鵜ノ木屋裏木戸の紐を引いた。調理場まで延びた紐が、鈴を鳴らす仕掛けである。

しかしこの朝は鈴が鳴るのを待つまでもなく、裏木戸の内側で女中と善助が染谷を待ち受けていた。

「大旦那様がお待ちでございます」

ふたりの案内で、染谷は離れに向かった。

染谷と仲蔵は初顔合わせである。形通りのあいさつを早々に終えて、仲蔵は呉れ尾のかかわりを切り出した。

離れとはいえ客間・寝部屋など、四部屋が普請されている。佐津吉は声をかけるまでは控えの間に待機させられていた。

中村屋善助も、呉れ尾に搦め捕られた男である。客間の隅で仲蔵の話に聞き入っていた。

およそ四半刻（三十分）をかけて、仲蔵は余すところなく呉れ尾との顚末を話し終えた。仲蔵が振った鈴の音で、女中が茶菓を運んできた。

染谷好みの焙じ茶に、中村屋のまんじゅうである。昨夜から佐津吉同様に善助も今日の大事に備えて、離れに泊まり込んでいた。

染谷に茶菓が供された。好物のはずのまんじゅうにも茶にも手を伸ばさず、仲蔵に目を向けた。

「仔細は承知いたしたが、ことに当たるには、なかなかにむずかしい」

慎重な物言いながらも染谷は、ここまでいかに朝鮮人参とかかわってきたかを、省かずに話した。仲蔵は初めて向き合っていたが、染谷が尋常ならざる状況を憂えているのには、察しがついた。

「薬種問屋の鵜ノ木屋殿に朝鮮人参を語るなど、まったくの筋違いとは存ずるが」

言葉を区切ると、染谷は初めて茶をすすった。まんじゅうには手を伸ばさず、話に戻った。

「鵜ノ木屋殿の始末を頼めるお方は、旗本の脇坂安勝《わきさかやすかつ》様をおいて他にはおらぬでの」

染谷が口にした脇坂安勝は、禄高三千石の旗本である。若年寄配下にあり、昨年夏に火事場見廻に就任していた。

「禄高も大身だが、先祖代々が築いてこられた資産もまことに裕福でしての。そう言ってはわるいが、他の貧乏旗本とは生き方がまったく違う」

染谷は脇坂安勝を、卑しさとは無縁の旗本であると大いに褒めた。

なぜこれほどの高貴な旗本に、後始末を依頼せねばならぬのか。染谷はわけを話した。

「鵜ノ木屋殿は公儀刻印の押された朝鮮人参を扱える格の、限られた薬種問屋です」

染谷の言葉を聞いて、仲蔵はびしっと背筋を伸ばした。

「たとえ刻印も分からぬクズ人参であったとはいえ」

染谷の口調はハガネの硬さを帯びていた。

「その品を扱う店が横流ししたとあっては、罪は限りなく重い」

仲蔵は身じろぎもせずに聞いていた。

「これほどの大事の始末を隠密裏にお願いできるのは、脇坂様のほかにはおられぬ」

ご理解いただけたかと、仲蔵に質した。

「まことに面目なきことをしでかしました」

仲蔵の衷心からの詫びを受け止めた染谷は、ひと息をおいて続きを話した。

「わたしは縁あって、安勝様に鍼灸治療を施術いたしておるゆえ、鵜ノ木屋殿の始末相談もできぬわけではない」

染谷にしてはめずらしく、もったいをつけた物言いをした。仲蔵は前のめりになって、聞き漏らすまいと耳をそばだてていた。

「安勝様はいまの火事場見廻に就任される前は、寺社奉行も務めておられた」

染谷はまた茶に口をつけ、ひと口を味わってから茶托に戻した。

「どちらの職も、下世話な言い方をすればカネのかかる要職でしての」

若年寄も安勝の富裕さを頼みとして、火事場見廻を任命していた。

「前職の寺社奉行の折、安勝様は対馬藩と昵懇《じっこん》のかかわりをお持ちになられた。朝鮮人参への対処について、宗家ご家老がいたく安勝様に恩義を抱かれたそうです」

仔細を話す前に、染谷は善助を見た。

「これから話すことを聞くならば、そなたが棺桶に入るまで口を閉ざしている必要がある」

それができぬなら、この部屋から出なさいと言い渡した。善助に言い渡しながら、仲蔵にも同じことを求めていた。

善助は青ざめた顔を染谷に向けた。

「てまえには荷が重すぎます」

急ぎ中腰になると、仲蔵と染谷に断りを言って客間から出て行った。染谷流儀の人払いだった。

部屋を出た善助はおのれの不甲斐《ふがい》なさを思い、別間の手前で足が止まった。

五十路《いそじ》をとうに過ぎたというのに、いかに肚が据わっていなかったのか。

染谷と仲蔵との重たきやり取りから、息苦しさを覚えていた。その場に座していられないのを察した染谷が、助け船を出してくれたのだと思い知った。

今日を限りに、歳に見合った分別ある生き方に徹するぞ！

胸の内で強く言い切り、パシッと音が立ったほどに両手で頬を叩いた。

部屋では、染谷が真正面から仲蔵と向き合うと、脇坂と宗家家老とのいきさつを話し始めた。

鵜ノ木屋仲蔵の人柄については、ここを訪れるにあたって昨晩、野島屋仁左衛門のもとを訪ね、当人から言葉を重ねて聞かされていた。

「鵜ノ木屋仲蔵さんならば、なにを話されても案ずることはありません」と。

「対馬藩は宗家一族が、代々の藩主に就いてきました」

染谷は茶で口を湿して話を続けた。

朝鮮通信使の接待役であった対馬藩は、その対価として朝鮮人参の種人参を贈呈されていた。

朝鮮人参は栽培から収獲までのすべてを公儀が占有してきた。

莫大なる利益を生み出す朝鮮人参には、武家・商人を問わずひとが群れ集まってきた。

正規の朝鮮人参販売経路とは別に、対馬藩の要職にある者が闇販売に手を染めてきた。

あまりに闇販売が目立つ状況となるや、寺社奉行の指図で摘発に乗り出してきた。

しかし闇販売の深く張り巡らされた根を辿ると、宗家のみならず、幕閣にまで行き着くことがあった。

ことを表沙汰にせぬよう気遣いつつ、奉行所は闇販売に手を染めた商人や渡世人を捕縛して、一件落着を図ってきていた。

脇坂安勝が寺社奉行の折には、対馬藩の重役三名が闇販売に連座していた。

奉行所筆頭与力を始めとして、捕り方の大半が対馬藩の重役成敗を安勝に強く迫った。

あまりに悪質で、重役三名とも二千両を超える私腹を肥やしていると判明していた。

「余に始末を一任いたせ」

筆頭与力から一札を取り付けたあとで、安勝は対馬藩江戸留守居役との談判に臨んだ。

「対馬藩にはお咎めなしといたす代わりに、不正蓄財の全額を捕り方の手で没収させていただきたい」

六千両の大金を、寺社奉行所捕り方たちは対馬藩上屋敷から、早桶（棺桶）に収めて運び出した。

不正蓄財のとむらいを成し遂げたことで、捕り方たちも溜飲を下げた。

没収金は公儀ご金蔵に収められた。そのうち一割、六百両は寺社奉行所の捕り方活動資金に充てられた。

「いかに安勝様なれど、こと朝鮮人参にかかわる案件には、片付ける道々、難儀が伴うことでしょう」

鶏ノ木屋の身代は守れたとしても、ご隠居までお咎めなしとするのはむずかしいのではと、染谷は厳しい見通しを口にした。

仲蔵は承知のうなずきを示した。仲蔵の振舞いを諒として、染谷は先を続けた。

「仲蔵殿が肚を括ったうえで、すべてをお任せ申し上げますと願い出れば、安勝様のお力添えもいただけることと思います」

朝鮮人参に闇のかかわりを持つ渡世人たちには、隠密の捕り方の手が伸びるでしょうと、染谷は別の見当も示した。

「安勝様をおいては、だれにも鶏ノ木殿を守る手立ては講じられないでしょう」

染谷の話を聞き終えた仲蔵は、座布団からおりて染谷を見た。

「なにとぞ脇坂様にお取り次ぎのほど、よろしくお願い申し上げます」

しばしの間、仲蔵は畳に手をつき、顔を伏せていた。

二十二

すべてを聞き終えた脇坂安勝は、鵜ノ木屋仲蔵を見据えた。

当主正視の許しを得ていた仲蔵は、両手を正座の膝に置き、息をも詰めて安勝の視線を受け止めた。

いかなる処断を我が身に下されようとも、鵜ノ木屋身代だけは守りたいとの思いが、仲蔵の目の色に出ていた。

それを見定めて、安勝は口を開いた。

「御公儀刻印ある朝鮮人参なれば、たとえクズであろうとも横流しするなど、御上に弓を引く狼藉《ろうぜき》である」

気負いなき口調であるだけに、言葉の鏃《やじり》は深く仲蔵の胸元に突き刺さった。

「しかも渡世人に売り渡したとあっては、もはや情状を斟酌《しんしゃく》いたす余地はない」

物言いは変わらず、気負いはない。まさに上つ方の者のみが発せられ得る、落ち着いた口調の厳しき叱責である。

仲蔵の脇で、染谷も背筋を張っていた。

座の気配は、針先で突けば破裂しそうなまでに張り詰めている。安勝は湯呑みを手に取ることで、気配をゆるめた。

茶に口をつけたあと、脚の長い茶托に戻してから、再び鵜ノ木屋に目を向けた。

「そのほう、齢《よわい》は幾つであるのか」

予期しない問いかけだった。仲蔵はうろたえ気味の物言いで、歳を答えた。

「還暦までをも過ぎておきながら、渡世人の術中に嵌るとは、なんたるうつけ者ぞ」

先代のほかから叱責されるなど、皆無で生きてきた仲蔵である。おのれが晒した恥を思い、蒼白と化した顔で俯いた。

しばし仲蔵を見ていた安勝は、詮議口調に変えて質した。

「鵜ノ木屋は当主はもとより、番頭以下の奉公人すべて、そのほう以外には朝鮮人参の横流しに加担いたしてはおらぬのか」

「てまえの首にかけまして」

仲蔵はおのれの首に手刀を当てた。

「断じてございません」

仲蔵は確かな口調で返答した。

「重ねて質すが、呉れ尾なる渡世人とのかかわりある鵜ノ木屋の者は、そのほうただひとりであるのだな？」

寺社奉行、火事場見廻を歴任してきた脇坂安勝である。落ち着いた物言いと鋭い眼光は、仲蔵の心ノ臓の辺りを射貫いていた。

「てまえ、ただ一人《いちにん》にございます」

仲蔵も揺るぎなき口調で返答した。

暫時、安勝は黙していた。口を開くと染谷を凝視した。

三千石旗本当主ならではの眼光を、染谷はこのとき初めて真正面から受け止めた。

あの染谷が、背筋を固くしていた。

「そのほうよりの願い出、余はしかと受け止めた」

わずかな間をおいて、あとを続けた。

「太郎にも、そのほうから伝えよ」

「うけたまわりました」

安勝の目を見詰めたまま、染谷は答えた。

若い時分の安勝は、深川の遊びを満喫していた。そして染谷の内儀太郎が芸者だったころ、一番のひいきとする旦那だった。

染谷が安勝の鍼灸治療を始めたのも、太郎の推挙あったればこそである。

染谷を見詰めていた安勝は、ふっと息継ぎをくれたあと、仲蔵に目を戻した。

「この度の顚末を明るみに出したなれば、御公儀が下される処断は、そのほうの首ひとつで治められるはずもない」

鵜ノ木屋取り潰し、当主斬首で済ませられれば軽い処罰であろうと告げた。

仲蔵は息を詰めて、鵜ノ木屋取り潰しのあとの言葉を待っていた。

「されど仲蔵、鵜ノ木屋取り潰しでは、御公儀も江戸町民も得るものは皆無であろう」

鵜ノ木屋が健在なればこそ薬種も動き、庶民の病も快方へと向かう。

御公儀とて、多額の冥加金《みようがきん》が得られる。

ここまで言って、安勝は語調を強めた。

「こたびの始末はすべて隠密裏に運ぶことこそ、御政道にかなうと余は判じた」

仲蔵を見詰める安勝の目が、一段と強い光を帯びた。

「今後は、そのほうの善行が得られるものとして、すべてを処理させようぞ」

それでよいなと質された仲蔵は、両手を畳について、無言のまま顔を伏せた。

善行とはいかなる費えを伴うものかと、心中で案じているかに見えた。

安勝は仲蔵の胸中を見抜いたかのように、申し渡し口調を続けた。

「大水、日照り、火事、地震など、市中に襲いかかる難儀には止め処がない」

御上の手が行き届かぬ庶民の難儀に接したときは、筆頭となって援助活動に励む。

「これを鵜ノ木屋の家訓といたすなら、余も尽力いたそうぞ」

安勝が言い終えるなり、仲蔵はこうべを上げた。肚を括ったという顔つきである。

「本日かならず、鵜ノ木屋当主に申しつけをいたします」

安勝を正視したまま、仲蔵は言い切った。

「これでよいか、染谷」

安勝の目が染谷に移った。

「殿が下されましたご英断のすべてを、太郎と昭年、弥助に聞かせます」

染谷の返答を諒とした安勝は、威厳ある表情でうなずきを示していた。


天保五（一八三四）年五月一日。

夏の始まりの「立夏」も、去年の秋に種蒔きを終えた麦が穂を出す「小満」もすでに過ぎ、二十四節気は「芒種《ぼうしゅ》」である。

今月の末には大川開きの花火が、両国橋周辺で打ち上げられる。大川端の料亭・船宿はいずこも建屋の修繕・改築に追われていた。

そんな折の五月一日、朝。

地ならし屋の人足二十人が、二十日近くも取り組んできた更地造りを終えた。

先月初旬まであの呉れ尾が、賭場などを設けていた三百坪の地所である。いまや建屋は跡形もなくなっており、赤土の更地に生まれ変わっていた。

地ならし屋が入ったのは四月初旬である。大雨が二日続いたあと、雨上がりと同時に呉れ尾に入った。

当初は仕事着姿の人足四十人が立ち働いていた。銘々が掛矢や大鋸《おが》を手にしており、わずか三日で建屋を壊した。

廃材を運び出したあと、二間（約三・六メートル）の深さまで掘り返した。深く凹《くぼ》んだ地べたには、平田船で運んだ赤土が投じられた。

掘り返し作事が始まってから十日が過ぎたとき、地べたのへこみはすっかり失せた。

この頃になると、地元の住人たちも作業現場に目を向け始めた。ここまでは近寄ることすら、憚られる気配が濃厚だったのだ。

「なんとも手際のいい壊し方だ」

更地を見た住人たちは、声を潜めて顔を見交わした。

呉れ尾の賭場だった三百坪の地所は、夏日を浴びながらも物静かだった。

呉れ尾の建屋が、内に賭場を設けていることは、近隣の住人にも分かっていた。が、関わり合いになるのを恐れて、だれもが話題にすらせずに過ごしていた。

十人以上もいた渡世人の姿が、四月初旬の大雨の夜を境に、いきなり消え失せた。建屋が壊され始めたときには、不穏なうわさが小声で交わされた。

「はしけに積まれた板やら柱やらには、血が飛び散ったような跡が見えた」と。

しかしそのうわさは、呆気なく消えた。

「大雨を浴びた板だの柱だのについた染みが、天道の光を浴びて血の跡に見えただけだった」

血だと騒いだ当人が、躍起になって打ち消して回った。

地ならし屋の仕事もすっかり終わった、五月一日午後。

もと呉れ尾があった跡地には、公儀が高札を立てた。

「寺社奉行管轄の火除《ひよ》け地である。何人たりとも無断出入りを厳禁する」

中村屋の店先には五月一日となった今日も、あの札が吊り下げられていた。

「水菓子ようかん、まだあります」

四月下旬に売り出すなり、水菓子ようかんは大評判を呼んだ。

室町の鵜ノ木屋が、得意先三十軒への使い物でこれを配った。

「深川に、こんな季節の銘菓があったのか」

大喜びした得意先のなかには、わざわざ小僧を差し向けて追加購入する商家まで出た。

検番で太郎と落ち合ったいまりは、母と連れ立って中村屋に出向いた。

「よかった、まだ札が下がっているわ」

声を弾ませて店に入ったいまりは、水菓子ようかん五つがあるかと訊ねた。

染谷を交えて食べる三つに、昭年と弥助に配る二個だ。

仕事場に入ったおふくは、顔をほころばせて五つを盆に載せて出てきた。

「染谷先生にもぜひ食べていただきたいと、うちのひとがそう言っていました」

おふくなりのお愛想なのだろう。太郎は笑顔で受け止めて、あとを続けた。

「ご主人の腰、気を抜かずに治療を続けてくださいね」

太郎から言われたおふくは、水菓子を箱に納める手を止めず、小さくうなずいた。

中村屋からの帰り道、太郎はひとことも今回のことに触れず仕舞いだった。いまりの知らぬことを明かしはしなかった。

昭年に菓子を届けたいまりが戻ると、三人は縁側に出て水菓子ようかんを箱から出した。

「そのままでは酸っぱい夏みかんだけど」

ひと口を味わってから、いまりが染谷に話しかけた。

「腕利きの菓子職人なら、夏みかん風味のようかんに仕上げることができるのね」

技の凄さを思い知った気がすると、いまりは染谷に話した。菓子職人のことを話していても、その実いまりは、父の鍼灸の技に感銘を受けたと両目で告げていた。

娘の真意を感じ取った染谷は、ようかんを頬張ってからいまりの目を受け止めた。

「技を錆《さ》び付かせたり腐らせたりするのは、一にかかって、その者の慢心と傲慢だ」

口に残ったようかんの甘さを焙じ茶で洗ってから、染谷はあとを続けた。

「おまえも中村屋善助も、これからが、まことの勝負どきとなる」

素直なこころあれば、耳も聞こえがいい。

慢心・傲慢は耳の聞こえをわるくするし、目も曇ると結んだ。

「謙虚さあればこそ、夏みかんからようかんを生み出せる」

染谷は残りのひと切れを口に運び、美味さを味わってから呑み込んだ。

「おまえに説教を垂れる前に、わしも昭年も、おのれを顧みるのが先決だの」

染谷の両目に、純真な光が宿されている。

やはり縁側で弥助とようかんを賞味していた昭年が、いきなり大きなクシャミをした。

たすけ鍼《ばり》　立夏《りつか》の水菓子《みずがし》　朝日文庫

2019年12月30日　第1刷発行

著　者　山本一力《やまもといちりき》

発行者　三宮博信
発行所　朝日新聞出版
〒104-8011　東京都中央区築地5-3-2
電話　03-5541-8832（編集）
03-5540-7793（販売）
印刷製本　大日本印刷株式会社

ISBN978-4-02-264941-6

朝日文庫

欅《けやき》しぐれ
山本一力
深川の老舗大店・桔梗屋太兵衛から後見を託された霊巌寺の猪之吉は、桔梗屋乗っ取り一味に一世一代の大勝負を賭ける！《解説・川本三郎》

たすけ鍼《ばり》
山本一力
深川に住む染谷《せんこく》は〝ツボ師〟の異名をとる名鍼灸師。病を癒し、心を救い、人助けや世直しに奔走する日々を描く長篇時代小説。《解説・重金敦之》

五二屋傳蔵《ぐにやでんぞう》
山本一力
幕末の江戸。鋭い眼力と深い情で客を迎える質屋「伊勢屋」の主・傳蔵と盗賊頭の龍冴、男たちの知略と矜持がぶつかり合う。《解説・西上心太》

柚子《ゆず》の花咲く
葉室麟
少年時代の恩師が殺された事実を知った筒井恭平は、真相を突き止めるため命懸けで敵藩に潜入する――。感動の長篇時代小説。《解説・江上剛》

この君なくば
葉室麟
伍代藩士の譲と栞は惹かれ合う仲だが、譲は密命を帯びて京へ向かうことに。やがて栞の前に譲に心を寄せる女性が現れて。《解説・東えりか》

風花帖《かざはなじょう》
葉室麟
小倉藩の印南新六は、生涯をかけて守ると誓った女性・吉乃のため、藩の騒動に身を投じて行く――。感動の傑作時代小説。《解説・今川英子》

宇江佐 真理
憂《う》き世《よ》店《だな》
松前藩士物語
江戸末期、お国替えのため浪人となった元松前藩士一家の裏店での貧しくも温かい暮らしを情感たっぷりに描く時代小説。《解説・長辻象平》

宇江佐 真理
うめ婆《ばあ》行状記
北町奉行同心の夫を亡くしたうめ。念願の独り暮らしを始めるが、隠し子騒動に巻き込まれてひと肌脱ぐことにするが。《解説・諸田玲子、末國善己》

福原 俊彦
海賊同心、参る！
船手組の若き同心・坂船宗也は紀州海賊の末裔だ。八代将軍・徳川吉宗が奨励する水練で旗本が変死するが、その咎を宗也が負うことになる。

大原 久澄
冨久屋《ふくや》けいあん花暦
親に売られ、男に騙され、奉公先を求めて口入屋にやってくる女たちの生きざまを人情味溢れる筆致で描く、感動の書き下ろし連作時代小説。

木内 昇
ある男
「地方は、中央に隷属しているわけじゃあないのだぜ」。明治政府の中央集権体制に昂然と抗った名もなき男たちの痛切な叫びを描く《解説・苅部 直》

あさの あつこ
花宴《はなうたげ》
武家の子女として生きる紀江に訪れた悲劇――。過酷な人生に凛として立ち向かう女性の姿を描き夫婦の意味を問う傑作時代小説。《解説・縄田一男》

細谷正充編／安西篤子／池波正太郎／北重人／澤田ふじ子／南條範夫／諸田玲子／山本周五郎
悲恋
朝日文庫時代小説アンソロジー　思慕・恋情編

夫亡き後、舅と人目を忍ぶ生活を送る未亡人。父を斬首され、川に身投げした娘と牢屋奉行跡取りの運命の再会。名手による男女の業と悲劇を描く。

細谷正充編／宇江佐真理、北原亞以子、杉本苑子、半村良、平岩弓枝、山本一力、山本周五郎
情に泣く
朝日文庫時代小説アンソロジー　人情・市井編

失踪した若君を探すため物乞いに堕ちた老藩士、家族に虐げられ娼家で金を毟られる旗本の四男坊など、名手による珠玉の物語。《解説・細谷正充》

梶　よう子
ことり屋おけい探鳥双紙

消えた夫の帰りを待ちながら小鳥屋を営むおけい。時折店で起こる厄介ごとをときほぐし、しなやかに生きるおけいの姿を描く。《解説・大矢博子》

伊東　潤
江戸を造った男

海運航路整備、治水、灌漑、鉱山採掘……江戸の都市計画・日本大改造の総指揮者、河村瑞賢の波瀾万丈の生涯を描く長編時代小説。《解説・飯田泰之》

佐々木　裕一
斬！　江戸の用心棒

剣術修行から江戸に戻った真十郎は、老中だった父の横死を知る。用心棒に身をやつした真十郎が悪事の真相に斬り込む、書下ろし新シリーズ。

山下　洋輔
ドバラダ門

「明治の五大監獄」を造ったおれの祖父、山下啓次郎。西郷が叩き、大久保が弾く。幕末明治のヒーロー全員集結、超絶ルーツ小説。《解説・筒井康隆》

高橋　克彦
ジャーニー・ボーイ
明治一一年、英国人女性探検家イザベラ・バードと通訳兼護衛役の伊藤鶴吉は、真実の日本の姿を求めて旅に出る！　胸躍る冒険譚。《解説・末國善己》

原作・錦織　良成／ノベライズ・松永　弘高
たたら侍
幻の鋼を作る家の跡取り・伍介は、戦乱の中で村を守るため、侍になるべく一人旅立った。劇団EXILE・青柳翔主演の映画を完全ノベライズ！

畠中　恵
明治・妖モダン
巡査の滝と原田は一瞬で成長する少女や妖出現の噂など不思議な事件に奔走する。ドキドキ時々ヒヤリの痛快妖怪ファンタジー。《解説・杉江松恋》

畠中　恵
明治・金色キタン
東京銀座の巡査・原田と滝は、妖しい石や廃寺の噂など謎の解決に奔走する。『明治・妖モダン』続編！　不思議な連作小説。《解説・池澤春菜》

吉田　雄亮
お隠れ将軍
暗殺の謀から逃れ、岡崎継次郎と名を変えた第七代将軍徳川家継。彼は、葵の紋が彫られた名刀を手に、徳川の世を乱す悪漢どもに対峙する！

野火　迅
使ってみたい　武士の日本語
「大儀である」「ぜひもない」など武士ならではの言葉二〇七語を、池波正太郎、藤沢周平らの時代小説や、井原西鶴の浮世草子から厳選して紹介。

永井　義男
図説 吉原事典

最新の文化やファッションの発信地でもあった江戸最大の遊興場所・吉原の表と裏を、浮世絵と図版満載で解説。時代小説・吉原ファン必携の書。

永井　義男
図説 大江戸性風俗事典

吉原、江戸四宿、岡場所の違いや、花魁、芸者、陰間、夜鷹の実情など、江戸の「フーゾク」を豊富な図版とエピソードで徹底解剖。

永井　義男
本当はブラックな江戸時代

江戸は本当に人情味にあふれ、清潔で安全だったのか？　当時の資料を元に、江戸時代がいかに〝ブラック〟な時代だったかを徹底検証。

氏家　幹人
性なる江戸の秘め談義

江戸と明治をのぞき見れば、飽くなき性愛への欲求にふける我が祖先たちの姿が。萌える男とうずく女の多様な愛の形、その夜話、七五話。

小林　信彦
名人
志ん生、そして志ん朝

稀代の落語家、古今亭志ん生と志ん朝。この父子二代の軌跡を独自の視点で活写する極上の人物論。志ん朝と著者の絶妙対談も再録。《解説・森　卓也》

山野　勝
大江戸坂道探訪
東京の坂にひそむ歴史の謎と不思議に迫る

東京の坂の成り立ちといわれ、周辺の名所や旧跡などを紹介した坂道ガイド。有名な坂から知られざる坂まで一〇〇本を紹介。《解説・タモリ》